성녀와 마녀

박경리 장편소설

다산
책방

차
례

일러두기

- 의성어, 의태어, 방언 등은 작가의 의도에 따라 원문을 따랐다.
- 방언, 외래어에서 유래된 단어 등은 본문 뒤에 따로 정리해 찾아볼 수 있게 했다.

1. 피가 나쁘다

노오랗게 피었던 장충단공원의 개나리는 지기 시작한다. 공원 주변의 언덕과 산비탈에 꽉 들어앉은 소쇄한 양관洋館들, 그 형형색색의 양관들의 담 너머로부터 마치 쏟아져 나온 듯한 라일락, 벗나무, 은행나무, 또는 줄장미 그 밖의 여러 가지 수목에는 새순이 돋아나서 아스름한 연둣빛을 자아내고 있다. 그 연한 푸르름 위로 청자색 아지랑이가 흔들리면서 봄은 눈부신 햇빛 아래 무르익어 가는 것이다. 아니 봄은 벌써 노곤한 자태로 행복과 권태에 겨운 것같이도 느껴진다.

일요일의 정오. 저명한 외과의 안원석安元碩 박사 자택에서는 지금 젊은 손님들을 맞이하기 위하여 가정부 신 여사 지휘에 따라 하인들이 분주하게 움직이고 있었다. 안 박사의 딸 수미壽美의 스물두 번째 생일 파티가 열리는 때문이다. 이 파티에는 수미의 약혼자 허세준許世俊을 비롯한 여러 친구들을 초대했고 음악대학의 강사이며 젊은 작곡가인, 수미의 오빠 수영壽永의 친구들도 오게 되어 있었다.

안 박사의 부인이 육이오사변으로 돌아간 후 가정부로 와 있는 신 여사는 이미 중년으로서 열렬한 크리스천이다. 그는 수미를 위하여 어젯밤부터 부지런히 음식을 장만했고, 집 안을 말끔히 치워놓았던 것이다. 오래 묵혔던 홀의 페치카*에는 불을 지펴 실내의 온기를 조절하고 식당에는 풀기가 빳빳한 식탁보, 냅킨을, 분홍빛 카네이션을 꽂은 유리병도 군데군데 배치하는 것을 잊지 않았고, 신 여사의 온화한 취미를 살려 젊은이들에게 알맞은 분위기를 마련하고서 손님들이 오기를 기다리고 있는 것이다.

안 박사의 저택은 장충단공원에서 비스듬히 굽어진 길을 얼마쯤 걸어 올라간 곳에 적지 않은 지면을 차지하고 있었다. 넓은 정원에는 어젯밤에 뿌린 빗물이 축축이 배어들어 상큼한 풀냄새를 풍기고 있었다. 사오백 평이나 됨직한 넓은 공간은 봄을 맞이하여 곱게 단장을 하였다는 느낌이 없고 오히려 황량한 기분이 든다. 별로 손질을 하지 않은 채 상록수들이 아무렇게나 우거져 있고 나뒹그러진 통나무 토막이며, 모양 없이 굴러 있는 이끼 낀 바위하며, 마치 겨울을 겪고 난 어느 들판과도 같이 살풍경하기도 하고 자연스럽다면 자연스럽기도 하다. 돋아나기 시작한 풀밭에 지난가을에 떨어진 가랑잎들이 그대로 쌓여 있는 속에서 방금 다람쥐 새끼라도 쪼르르 달려 나와 통나무나 바위틈에 숨어버릴 것 같은 풍경이다.

다듬고 가꾸고 하느니보다 있는 것을 있는 그대로 내버려두어 비바람에 연륜을 쌓아감으로써 자아내는 그런 풍치가 좋지 않으냐는 것이 안 박사의 주장이다. 그리고 보면 자동차, 전차가 쉴 새 없이 질주하는 서울 안이라 할 수 없으리만큼 저택은 한적하다. 식구가 적은 탓도 있겠지만.

아치형 철문 밖에 자동차가 두 대 머문다. 초대받아 오는 손님들인 모양이다. 몇 쌍의 남녀들이 들어선다. 그들은 숲속의 새들처럼 화창하게 지껄이며 웃으며 현관 쪽으로 걸어간다.

일행이 현관 앞에 이르자 벌써 그들이 온 기미를 알고 안에서 먼저 문이 열리더니 계집애가 손님들을 민첩하게 홀로 안내한다. 성장盛裝을 한 수미와 수수하게 차린 수영이 몹시 반가운 듯 그들에게 자리를 권한다.

"제법 신사 숙녀 같군. 이렇게 약속 시간을 지켜주니 말이야."

이마 위에 흐트러져 내려온 머리를 쓸어 올리며 수영이 말한다. 후리후리하게 큰 키에 얼굴이 약간 창백했다. 그는 말을 하면서도 그 깊숙한 눈이 누구를 찾는 듯 희번덕거린다.

"어느 분의 초대라고 소홀히 하겠소. 적어도 한국의 천재적인 작곡가 안수영 씨의 초댄데……."

수영의 친구이며 성악가인 박현태朴鉉泰의 비꼬는 말이다.

"허참, 위대한 성악가 박현태의 왕림을 영광으로 알라는 뜻이군그래."

수영은 웃으며 가볍게 응수한다.

"어마! 오늘은 저의 생일이어요? 오빠하고 박 선생님은 서로 자기들끼리 생색을 내고 계셔. 정말 주객이 전도되었군요."

수미가 불만스레 입술을 내어민다.

"주객이 전도라…… 하하핫, 참 그렇지. 오늘은 수미가 주빈이고 난 손님이지. 알아, 알았어. 하하핫……."

수영은 수미의 어깨를 가볍게 친다. 모두 유쾌하게 따라 웃는다.

"자아 그럼, 일선부대는 도착인데 아직 후방부대는 안 나타나고……."

수영이 시계를 쳐들어 보며 중얼거린다.

"뭐? 일선부대? 아니지. 일선부대가 아직 안 온 거야. 공연히 우리 후방부대가 먼저 와서 미안하이."

수미 집에 잘 드나드는 불어 교사 한영진韓英辰이 수미의 얼굴을 슬쩍 살피며 말한다.

"아참, 세준 씨는 왜 늦을까?"

수미는 아무런 스스러움도 없이 약혼자가 늦는 것을 걱정한다.

"그자 멋있는 선물 땜에 쏘다닐 거요. 뻔하지 뭐."

세준의 친구가 싱글벙글 웃으며 말을 건넨다.

"아직 너덧 사람이 안 왔군."

수영은 왜 그런지 조마조마한 표정으로 창밖을 바라본다.

"자아 주빈! 수미 씨! 수미 씨는 이리로 오세요. 오늘은 수영 군이 모든 시중을 들 테니까."

의자에 앉은 남자 축들이 수미를 부른다. 수미는 오늘의 주인공답게 주름을 담뿍 잡은 바이올렛빛 드레스에 진주 네클리스, 이어링을 하고 로만스라인의 머리 맵시, 그런 것이 잘 조화되어 아주 귀여웠다. 수미는 동그스름한 얼굴에 티 없는 웃음을 띠며 남성들이 둘러앉은 가운데 들어가 자리 잡는다. 그리고 한영진 뒤에 조심스레 몸을 가누고 있는 문하란文霞蘭을 눈으로 찾더니 환하게 웃어 보인다. 볼우물이 폭 팬 웃음의 얼굴은 어린애처럼 천진해 보인다. 하란도 부드러운 미소를 지으며 고개를 끄덕여 준다. 수미는 이내 얼굴을 다른 데로 돌리며 여자 친구들에게 쉴 새 없이 말을 던지고 웃음을 터뜨린다.

하란은 전축을 들여다보더니 계집아이에게 무엇인지 말을 하고 수영의 뒷모습을 살그머니 바라본다. 방 안에 왔다 갔다 하는 수영을 놓치지 않고 하란의 눈은 좇아간다.

조용한 하란의 모습, 모두 시끄럽게 지껄이고 있는 속에서 사뿐히 떠 있는 흰 꽃잎같이 청초한 모습이다. 흰 저고리에 수박색 치마가 더욱 그런 인상을 깊게 한다. 투명하리만큼 흰 얼굴에 짙은 그늘을 지워주는 속눈썹, 입술이 살그머니 열리면서 웃음을 참는 듯 이빨 두 개가 아랫 입술을 깨문다. 꿈을 머금은 듯 소리 없이 웃음이 흐른다. 수영이 서둘면서 문을 열다가 별안간 밖에서 계집아이가 먼저 문을 미는 바람에 이마를 호되게 부딪친 것이다. 수영은 이마를 쓱쓱 문지르며 밖으로 나간다. 하란은 그러한 수영의 실수가 우스웠던 것이다.

"거 문 선생 혼자만 즐거운 공상에 잠기지 말고 우리 얘기나 좀 합시다그려."

박현태가 담배를 꺼내 물면서 하란에게 말을 건다. 하란은 소스라치게 놀란다. 자기의 비밀을 현태가 지금까지 지켜보고 있었다는 생각에서 흰 얼굴에 핏기가 확 돈다.

"전, 전 얘기할 줄도 모르는걸요. 듣고만 있어도 즐거워요."

당황한 나머지 하란은 자기도 모르게 말을 주워섬긴다.

"하긴 무척 혼자서 즐거운 모양입니다. 약간 샘이 나는데요?"

"아이 선생님두, 그럼 선생님은 즐겁지 않으셔요?"

"나야 뭐, 언제나 주역이 될 수 없는 사람이니까. 전적으로 즐거울 순 없죠."

"어머, 오페라에선 언제나 주역을 도맡아 하시면서."

"오페라의 주역? 하하핫, 참 그렇군. 그렇지만 연극에나마 주역이 되어야지 그렇지 않곤 어디 억울하고 서러워서 살겠어요? 인생에 있어선 언제나 안수영 같은 작자가 주역이 된단 말이오. 하하핫……."

현태는 묘하게 공허한 소리로 웃는다.

"박 선생님! 너무 우리 언닐 놀리지 마셔요. 소복이 쌓인 눈 같아서 거칠게 다루시면 꺼져 없어져요."

수미가 구원의 손을 뻗는다.

"네, 네, 그렇지만 그건 수미 씨의 노파심이고, 실상 문 선생은 참대처럼 영 꺾이지 않는답니다."

이렇게 실없는 말을 주고받고 있는데 수영은 안의 거실에서 수화기를 들고 다이얼을 돌리고 있었다.

"형숙 씨 바꿔주세요."

그 집 식모의 목소리가 이내 울려왔다. 오형숙吳馨淑은 얼마 전에 나갔다는 것이다.

"어디로 나갔어요?"

그쪽에서 생일집에 가나 보더라는 대답이다. 수영은 겨우 안심한 듯 수화기를 놓고 나오는데, 복도에서 신 여사와 부딪친다.

"아버님께서 아직 손님들은 다 오시지 않았느냐고 묻는군요."

"아, 곧 올 겁니다."

수영은 그렇게 대답하고 홀로 걸어간다.

안 박사는 요즘 밖에다 여자를 하나 둔 모양이었으나 웬일인지 집에 들르려고 하지 않았고 자식들이 거기에 관한 말을 하는 것도 꺼려하는 눈치였다. 다만 토요일이면 집을 비웠고 일요일은 그곳에서 지내는 모양이었다. 그러나 오늘은 수미의 생일이라 어젯밤에는 선물을 사 들고 들어왔던 것이다. 지금도 서재에서 모두 같이 점심을 하려고 기다리고 있는 참이었다.

홀에는 그새 몇 사람이 더 왔다. 그러나 형숙과 세준은 아직 나타나지 않았다. 박현태는 아침도 굶고 왔는데 배고파 죽겠다고 야단이다.

모두들 할 일 없이 잡담만 늘어놓는다. 그때 마침 현관문 열리는 소리가 들려왔다. 수영은 전류라도 핏속에 통한 듯이 자리에서 벌떡 일어서더니 바삐 문을 밀고 나간다. 밖으로 나간 수영의 눈은 막 신발을 벗으려고 앞으로 허리를 구부린 오형숙의 이마 위에 가서 못 박힌다. 형숙은 혼자가 아니었다. 세준과 같이 온 것이다.

"아, 어떻게 이리 같이들 오나?"

수영은 앞으로 다가서며 묻는다. 형숙이 신발을 벗고 마루로 올라서면서,

"오다가 만났어요."

"음? 그런데 늦었구먼, 모두 눈이 빠지게 기다리고 있는데……."

그러자 세준이 손에 든 꾸러미를 쳐들어 보이며,

"이걸 사느라고 쏘다녔어요."

"하하핫! 그렇잖아도 아까 누가 필시 그럴 거라고 하더군. 그럼 어서 들어가 보게나. 수미가 좋아하겠구먼."

수영은 세준을 먼저 들여보내고 형숙을 노려본다.

"왜 늦었어."

말소리는 낮고 부드럽다.

"미장원에 갔었어요."

청명하고 둥근, 그리고 몹시나 매력적인 목소리가 야무진 입매에서 굴러 나온다. 수영은 형숙의 어깨를 꾹 눌러 잡더니 세차게 흔든다.

"미장원에 가지 않아도 얼마든지 예쁜걸."

타는 눈으로 형숙을 깊숙이 들여다본다. 커다랗게 꺼풀진 형숙의 눈이 알짱알짱 흔들린다. 심연과 같이 신비스러운 그 속에 무엇이 있는지 알 수 없다고 수영은 생각한다. 그러나 한번 쳐다보기만 하면 그 눈은 누구나 평생토록 잊을 수 없는 그런 무서운 아름다움을 지니고 있었다.

"그렇게 자꾸만 보면 싫어요, 선생님."

수영의 팔을 뿌리치고 미끄러져 나가는 작은 몸매가 날쌔어 한 마리의 새 같다.

형숙은 수영이 나가는 음악대학의 성악과 학생이다. 그는 눈뿐만 아니라 또 하나의 신비한 매력을 갖고 있다. 그것은 드물게 보는 훌륭한 소프라노의 소유자라는 것이다. 그의 목소리에는 눈에 못지않은 마력이 숨어 있었다.

잠시 동안 수영과 형숙이 사랑의 밀어를 주고받을 때 홀에서는 수미가 하란에게 약혼자 세준을 소개하고 있었다.

"언니, 허세준 씨가 그림쟁이라는 것 아시죠?"

"응, 네가 저번에 말했잖아? 저 국선에도 입선하셨다고."

"저, 세준 씨, 이분 문하란 씨, 제가 가장 좋아하는 언니, 선배

17

예요. 지금 선화여고의 영어 선생님이세요.”

하란은 다소곳이 고개를 숙인다. 그러나 세준은 잠시 동안 하란을 멍하니 바라보는 것이었다.

“뭘 바보처럼 그러고 있어요?”

수미가 세준의 옷자락을 잡아당긴다. 그러자 세준은 놀란 듯 꾸벅 절을 하며,

“허세준입니다. 앞으로⋯⋯.”

뒷말이 입 속에서 사라진다.

이때 수영은 형숙을 앞세우고 들어왔다. 하란의 눈과 형숙의 눈이 부딪친다. 순간 하란의 입언저리에는 눈에 띄지 않을 정도의 가느다란 경련이 인다. 하란, 형숙은 초면이 아니다. 하란은 수미하고 어울려 다니는 형숙을 만나본 일도 있었고 수미가 가지고 온 초대권으로 그의 독창회에 가본 일도 있었다.

겨우 초대받은 사람이 한자리에 모였을 때 기둥 시계는 두 시를 쳤다. 그들은 벌써부터 준비가 다 되어 있는 식당으로 우르르 몰려간다.

박현태가,

“아이 배고파. 생일 아침에 잘 먹으려고 사흘을 굶다가 그만 생일 아침에 죽고 말았다는 어리석은 친구가 있었다는데, 이거 정말 잘 먹으려고 아침까지 굶고 왔더니 배 속이 막 우는걸.”

여전히 익살이다.

“박 선생님도 여간 엄살쟁이가 아니에요?”

"허 이거 수미 씨를 위한 고통이니 할 수 있습니까, 이제 허리 끈을 늘여놓고 차근차근 먹어야지."

"네, 네, 많이 잡수세요. 오빠, 그럼 아버지 모시고 와야죠? 오빠가 가세요."

"어렵쇼, 정말 날 부려먹을 작정이군. 그러나 안 되지. 오늘은 아버지께서 너를 낳아주셨어. 결코 날 낳아주시지 않았거든. 그러니까 네가 가서 그 고마우신 아버지를 모시고 와야지."

"어머, 아무리, 아버지가 절 낳아주셨을까? 남자가 어떻게 애길 다 낳아요?"

"빨리 가아, 그 스커트 자락을 살짝 잡고 경건하게 아버지를 모시고 오는 거야."

"깍쟁이 오빠!"

수미는 정말 수영의 말대로 스커트 자락을 잡고 분주하게 달려 나간다. 모두 그의 뒷모습을 보고 웃는다. 웃음이 멎은 뒤 어른을 맞이하는 예의로서 일단 잡담을 거두고 조용히 앉아 기다린다.

식당 창가에 매달린 새장에서 카나리아 한 마리가 전에 없이 많은 사람들이 모여든 것이 신기로웠던지 목을 뽑고 화창하게 노래를 부른다.

"이거 금강산도 식후경이라더니, 카나리아의 고운 목소리고 뭐고 배고파 살겠나."

"아따 어지간히 보챈다."

누군가 그런 말을 할 때 밖에서 조용조용한 발소리와 경쾌한 발소리가 함께 엉키며 들려오더니 수미의 높은 음성과 함께 문이 활짝 열린다. 안 박사의 점잖은 모습이 들어선다. 여유 있는 웃음을 띠고 있다. 벌써 은빛이 된 두발을 곱게 빗질하고 단정한 잿빛 플란넬 양복에 타이는 연한 블루, 고상한 노신사다.

"모두들 잘 왔네. 자 그럼 늦었으니 시작하지."

안 박사는 마련된 윗자리에 가서 앉는다. 수미는 세준과 마주보는 자리에 가서 앉더니, 얌전하게 냅킨을 편다.

식사는 조용히 시작되었다. 박현태도 익살을 그만두고 제법 의젓하게 닭고기를 뜯는다. 안 박사는 식사 도중에 하란을 자주 쳐다보았다. 그럴 때마다 그의 표정은 온화해지는 것이었다. 그러나 가끔 형숙을 쳐다볼 때의 그의 눈빛은 날카로워지기도 하고 어두워지기도 한다. 식사가 끝나고 과실이 나왔다. 그리고 홍차가 나온다. 안 박사는 홍차를 마시면서,

"하란아, 어때? 교사 생활은 할 만한가?"

"네."

짧게 대답하였으나 하란의 얼굴에는 깊은 존경과 감사의 빛이 돈다. 하란을 선화여고에 취직시킨 사람은 안 박사다. 그뿐만 아니라 사변 때 하란의 아버지가 납치되고 어머니마저 세상을 떠난 이후 친아버지처럼 안 박사는 하란을 도왔던 것이다. 하란이 대학을 졸업할 수 있었던 것도 그의 원조가 있었기 때문이다. 사실 안 박사는 친구의 딸로서 하란을 측은하게 여겨온

바이지만 일면 며느릿감으로서도 늘 마음속으로 생각해 왔던 것이다.

식사가 다 끝난 뒤 모두 홀로 나왔다. 각기 소파에 앉는다. 안 박사는 젊은 사람들의 이야기를 들으며 담배를 태운다. 그의 맞은편에 형숙이가 앉아 있었다. 그는 뭐가 우스운지 목소리를 돌돌 굴리며 웃고 있었다. 안 박사의 얼굴이 흐려진다.

'저 계집애는 꼭 제 어미를 닮았단 말이야. 저 웃음소리까지도……'

안 박사는 천천히 자리에서 일어선다.

형숙이 웃음을 멈추고 빤히 쳐다본다. 안 박사는 마지못해 하는 듯,

"요즘 아버지는 안녕하시냐?"

"네, 여전합니다."

"자아, 그럼 난 퇴각할까?"

"왜요? 아버지, 더 놀다 가세요. 아버지? 오늘은 제 생일이니까 춤추세요, 네?"

"그만두겠다. 너희들이나 잘 놀아라. 여긴 아무리 떠들어도 잡아갈 사람이 없을 테니까."

그렇게 말하고 안 박사가 나가자,

"아아 살겠다. 도무지 노인네가 계시면 어깨가 굽어져서 펼 수가 있어야지."

현태는 어깨를 축 내린다.

때마침 홀에 음악이 흘러나오기 시작한다. 남성들이 일어서서 여성들에게 춤을 청했다. 여자들은 좀 주춤거리다가 이내 스텝을 밟고 미끄러져 나가는 것이었다. 수영은 형숙이와 돌고 있었고 수미는 물론 세준하고, 하란은 현태, 그 밖에 각각 쌍쌍을 지어 경쾌한 리듬을 따라가고 있었다. 그러나 하란은 그리 서툰 춤이 아닌데도 웬일인지 현태의 발을 밟았고 얼굴마저 약간 파리했다. 그러나 다음 새로운 곡이 시작되어 파트너가 바뀌었을 때 수영은 현태에게 안겨서 돌아가는 형숙을 찾느라고 하란의 발을 밟는 것이었다. 이렇게 쫓고 쫓기는 젊은 남녀들의 마음, 그 미묘한 신경의 움직임 속에서 화려한 젊음의 향연은 거침없이 진행되고 있는 것이다. 그러나 몇 번 돌고 난 뒤 세준은 피로하다는 구실로 춤을 거절하고 테이블 옆에 가서 의자에 털썩 주저앉는다. 그리고 맥주는 거들떠보지도 않고 양주를 따라서 자꾸 마신다. 마시면서 도무지 재미없이 춤을 추고 있는 하란을 쳐다본다.

'어디서 본 얼굴인데, 내가 어디서 봤을까?'

그러나 이러한 세준의 심정도 모르고 수미는 유쾌하기만 하다. 박현태도 유쾌하고 모두가 유쾌해 보인다. 다만 하란과 세준을 빼놓고는.

어느새 창밖에는 황혼이 깃들고 실내는 불이 켜졌다.

"자, 불이 켜졌으니 한 곡!"

한영진이 다시 소리를 지른다. 낮은 키가 늘어날 듯 손을 쳐들었다. 그러자 박수갈채다.

"기왕이면 오페라를 하시지. 테너 박현태 씨, 소프라노에 오형숙 양, 〈토스카〉의 한 막을 해도 좋고, 〈춘희〉, 〈나비부인〉, 무엇이든 환영합니다!"

한영진이 다시 소리를 지른다.

"쳇! 모두 여자 독무대야."

박현태의 불평이다.

"그럼 좋아. 〈돈 조반니〉, 〈리골레토〉, 〈라 보엠〉, 아무거라도 척척, 캐스트는 이만하면 최고야. 엑스트라는 수영 군, 모자라면 나라도 한다."

한영진은 자못 자신 있는 몸짓을 한다. 그러나 그 오페라는 성립이 되지 못하고 말았다. 주역인 형숙이가 굳이 싫다고 버틴 때문이다. 그래 흥이 깨어진 남성들은 술로 돌아갔고 술이 들어오자 자리는 좀 난잡해진 채 다시 춤이 시작된다.

누구의 장난인지 홀의 불이 꺼진다. 그새 달이 떠 있었다. 열어젖혀 놓은 창가에서 찬 바람을 몰고 달빛이 새어든다.

형숙은 머리가 아프다 하며 정원으로 나갔다. 형숙이 나간 뒤 얼마 있다가 수영도 남몰래 살며시 뜰로 빠져나가는 것이었다. 이것을 눈치챈 사람은 하란 혼자뿐이었다. 그녀는 심한 충격을 받은 듯 휘청거리더니 가까스로 창가에 놓인 의자에 가서 푹 주저앉는다. 창에서 비친 달빛 아래 얼굴이 몹시 창백했다. 그녀는 정원으로 시선을 보냈으나 그의 눈앞에는 수영도 형숙도 보이지 않았다.

수영과 형숙은 홀에서 멀리 떨어진 곳에 가 있었다. 그들은 은행나무에 기대어 선 채 소나기처럼 내리쏟아지는 달빛을 받고 있었다. 사방은 고요하고 홀에서 울려 나오는 음악이 아스라이 먼 곳에서처럼 희미하게 들려올 뿐이었다.

밤은 마술사처럼 살벌했던 정원을 아름답게 꾸며놓았다. 모든 것이 낭만이고 꿈이다. 하물며 서로 사랑하는 그들에게 있어서 온 천지는 사랑의 영가靈歌를 불러주고 있는 것이다. 말이 없어도 그들은 너무나 많은 이야기들을 주고받을 수 있었으며 얼굴을 보지 않아도 그들은 서로의 행복을 그대로 나누고 있는 것이다. 다만 황홀할 뿐이다.

"형숙이."

형숙은 고개를 돌린다. 얼굴이 좌우로 흔들린다. 대리석같이 조밀한 얼굴 위에 나무 그림자가 걸린다. 하얀 얼굴에 걸린 짙은 나무 그림자. 너무나 고요하다. 수영은 형숙의 손을 덥석 잡는다.

"어쩌면 이 밤은 이렇게 슬픈가. 사랑한다는 것은 슬픔인지도 몰라. 형숙이 넌 마녀야. 사람의 마음을 완전히 파멸시키고야 마는 그런 힘을 지니고 있어. 난 때때로 형숙이가 무서워진다. 내 마음을 마구 짓밟아 놓고 달아날 것만 같아. 형용할 수 없는 이 불안함, 형숙일 생각할 적마다 내 마음의 안정을 잃어버린다. 누가 자꾸만 빼앗아 갈 것만 같은 불안이 말이야, 나를 괴롭히지."

"전 아무 불안도 없어요. 선생님은 영원히 내 것이라고 믿고 있어요. 선생님의 불안은 그만큼 선생님 자신이 자신에게 충실치 못한 때문이에요. 저는 선생님을 아무도 저에게서 빼앗아 가지 못한다고 믿어요."

"그렇다! 너로부터 어느 누구라도 나를 빼앗아 갈 수는 없지."

"전 여태까지 제 손의 것을 남한테 빼앗겨 본 일이 없어요. 제가 싫어서 버렸음 버렸지."

"버렸음 버렸지!"

형숙의 말을 되뇌는 수영의 얼굴이 굳어진다. 높이 솟은 양미간이 반씩 모여들면서 어두운 그림자가 흘러간다.

"설마, 설마 형숙이 나를 버리지는 않겠지. 그렇지!"

수영은 노한 사자처럼 형숙을 덮친다. 숨결이 몹시 거칠었다. 그는 형숙의 가는 허리를 꽉 껴안으며,

"죽이고 싶다! 형숙이!"

울부짖으며 형숙의 입술을 찾으려는 순간 뒤에서 기침 소리가 난다. 소스라치게 놀란 두 사람은 얼른 떨어져 선다. 그리고 기침 소리가 난 곳을 살핀다. 흰 그림자 같은 것이 앵두나무 사이에서 어른거린다.

"앗!"

형숙은 유령이라도 본 듯 낮게 소리치며 수영에게 꽉 매달린다. 흰 그림자가 가까이 온다.

"아, 너희들이 나와 있었니?"

안 박사의 목소리였다. 한복을 입은 안 박사가 웃으며 다가온다. 수영은 당황한 나머지,

"아, 아버지셔요? 저, 달, 달이 밝고, 형, 형숙이가 머리가 아프다고 해서……."

"응, 참 달이 밝구나. 나도 달이 하 밝아 나왔지."

"아저씨, 깜짝 놀랐어요."

형숙이 천연스럽게 말한다.

"유령인 줄 알았나? 핫핫핫……."

"흰 옷을 입고 계시니……."

형숙은 웃고 있는 안 박사를 빤히 쳐다본다. 조금도 주저하는 빛이 없는 눈이다. 오히려 수영이 민망한 듯 이리저리 눈 둘 곳을 찾고 있었다.

"한창 재미나게 노는 모양이지? 노는 것도 젊은 한때지. 유감 없이 놀구 유감 없이 일하구."

안 박사는 무안해하는 아들을 위하여 일부러 화제를 돌린다.

"아직 밤바람은 차구먼. 형숙이?"

"네."

"저 미안하지만 우리 신 여사보구 내 가운을 좀 갖다 달라고 해요. 으시시 춥구먼. 역시 젊은 사람들과는 달라서."

그러자 수영이,

"제가 가서 가져오죠."

"너 나하고 얘기 좀 하자."

안 박사의 표정은 일순간 엄숙했다. 형숙은 힐끗 수영을 쳐다보며,

"제가 가겠어요."

걸어가는 형숙의 뒷모습을 물끄러미 바라보고 섰던 안 박사는 그 모습이 사라지자 옆에 있는 통나무 위에 가서 앉는다.

"너도 이리 와서 앉아라."

수영은 시무룩한 얼굴로 안 박사 옆에 가서 앉는다. 그는 아버지가 못마땅했던 것이다. 무슨 얘기가 있길래 고의적으로 형숙을 비키게 했는가, 그것은 형숙에 대한 모욕이 아닌가, 그 자존심 강한 형숙의 심정을 생각하면 수영은 견딜 수 없이 아버지의 처사가 불쾌했던 것이다.

안 박사는 조끼 주머니 속에서 담배를 꺼내어 물더니 불을 그어대고 난 뒤,

"너 형숙일 사랑하냐?"

잠시 대답이 없다가,

"네, 사랑합니다. 형숙이와 결혼할 작정입니다."

"안 돼."

안 박사는 격렬한 어조로 수영의 말을 잘라버린다.

"왜요!"

"그건 안 된다. 절대로 안 된다. 그 여자하고 만일 결혼을 하면 넌 파멸이다."

"파멸이라뇨! 어, 어째서 그렇단 말씀입니까?"

수영은 너무나 뜻밖의 일이라 자기도 모르게 언성을 높이며 흥분한다.

"안 된다. 나는 결코 용서 안 할 테다."

"그 이유를, 그 이유를 말씀하세요! 아버지, 아버지는 어째서 형숙을 모욕하십니까? 아버지가 결혼하시는 게 아닙니다. 제가 결혼하는 겁니다. 저의 처는 제가 선택할 자유와 권리가 있는 거예요!"

수영은 안 박사한테 덤벼들 듯이 통나무 위에서 벌떡 일어선다.

"너의 자유와 권리가 가장 옳게 행사되기를 바라는 아버지로서 너를 충고하고 인도할 의무가 있다!"

"그럼 형숙을 택한 저의 자유와 권리가 어째서 그릇 행사된 것인지 그것부터 말씀하세요!"

"응! 말하마, 형숙은 피가 나쁘다."

수영은 머리를 번쩍 쳐들었다. 달빛이 넓은 이마 위에 쏟아진다. 백지장처럼 핏기를 잃은 입술이 떨고 있었다.

"피, 피가 나쁘다구요?"

목구멍으로 기어드는 목소리였다. 안 박사는 손을 깍지 끼고 발끝을 가만히 내려다보며 말이 없다. 넓은 정원에는 유리같이 투명한 공기가 꽉 밀려들어 오는 듯 그렇게 무거운 침묵이 흐르고 있었다.

"말씀하세요, 아버지. 형숙의 나쁜 피는, 그럼, 그것은 무엇을 의미하는가를 말씀하세요."

수영은 숨이 차는지 어깨를 휘저으며 신음하듯 말하였다.

"자아, 여기 내 옆에 앉거라. 내 젊은 날의 어리석고 못났던 이야기를 들려주마."

안 박사는 자기가 앉은 통나무 귀퉁이를 가리키며 아들에게 앉으라고 권한다. 그러나 수영은 말뚝처럼 꼿꼿이 선 채,

"듣기 싫습니다. 저는 지금 젊은 날의 아버지 얘기를 들으려고 여기에 서 있는 것은 아닙니다. 형숙의 그 나쁜 피를 설명해 주십시오."

수영은 흥분 상태에서 평소에 없는 거친 말을 안 박사 앞에 내뱉는 것이었다.

"그 얘기가 즉 형숙에 관한 설명이 되기 때문이다. 흥분하지 말고 앉거라. 나도 너에게 이런 말, 내 허물인 이런 말을 하고 싶지는 않았다. 그러나 너를 위해 이 말을 안 할 수 없게 되었구나."

안 박사의 얼굴에는 쓰디쓴 웃음이 떠올랐다. 수영은 안 박사가 재차 권하는데도 불구하고 통나무 위에 앉지 않았다. 그리고 그냥 땅바닥에 풀썩 주저앉으며 다음 말이 나올 안 박사의 입매를 마치 적수처럼 노려본다. 안 박사는 말을 꺼내놓기는 했으나 쉽사리 다음 말을 시작할 수가 없었던지 담배를 꺼내어 다시 피워 문다.

"사실은 너희들 단둘이 은행나무 밑에 서 있는 것을 우연히 서재의 창가에서 보았다. 이상한 감이 들더군. 그래서 좀 거북한 짓이기는 했지만 서둘러야겠기에 나왔지."

그러고 보니 서재의 창문과 그들이 서 있었던 은행나무 사이는 거리가 멀다 하여도 일직선이다. 안 박사는 담배의 재를 떨면서 다시 말을 잇는다.

"너도 잘 알다시피 형숙의 아버지 오정환은 내 오랜 친구다. 달갑지 않은 인연이었지만. 그러니까 거의 삼십여 년 전의 일이로구나. 내가 의전에 다닐 무렵이지. 오정환은 나와 같이 의전 학생이었다. 그는 도중에 학교를 그만두고 말았지만. 어떻게 해서 오 군하고 친해졌는지 하여간 친해졌단 말이야. 그때 우리 집안은 명문일 뿐만 아니라 이름난 지주였었다. 그러나 오 군은 가난하고 향기롭지 못한 가문의 자손이었다."

수영의 얼굴에 안도의 빛이 돌더니 이내 냉소로 변한다.

"그럼 아버지께서 형숙의 피가 나쁘다고 말씀하신 것은 상놈의 자손이란 뜻이군요. 적어도 이십 세기의 과학자이신 아버지께 그런 말씀을 듣는다는 건 너무나 의왼데요? 전 무슨 몹쓸 유전이라도 있었나 싶어 놀랐습니다."

"아니다. 상놈이니 양반이니 하는 그런 일이 아니다. 잠자코 내 말을 들어라."

수영의 얼굴이 다시 긴장된다.

"아무튼 그때 오 군은 가난한 학생이더란 말이다. 그래서 나는 물질적으로 그를 도와주고 우정이 계속되었는데, 어느 날 그하고 같이 가는 길가에서 우연히 한 여자를 만났어. 그 여자는 오 군의 누이로서 이름난 기생이라는 거야. 처음엔 오 군도 나에게 부끄러웠던지 우물쭈물했으나 나중에 누이라는 고백을 하더군. 이름은 국주, 나인 나보다 세 살 위였는데 무서운 탕녀, 희대의 요부였다. 너한테 이런 얘기하는 것은 애비로서 부끄러운 일이다만…… 나는 그 계집을 본 순간 정신을 모두 **빼앗기고** 말았단다. 학생이라는 신분도 잊고 어머니의 상심도 돌보지 않고 그 계집을 쫓아다니게 되었어. 일찍 아버님이 돌아가셨기에 마음대로 할 수 있었던 재산도 그 계집으로 말미암아 절반을 탕진하고. 그러나 계집은 항상 배반과 조롱으로 나를 대하였다. 어떻게 해서 학교만은 그럭저럭 무사히 졸업을 했지만 나는 거의 쓸모없는 폐인이 되고 결국 계집은 다른 사내한테 도망을 치고 말았어. 처음엔 나도 그런 계집을 처로 삼으려는 생각을 추호도 하지 않았으나 차츰 집착이 강해지자 그를 독점하고 싶었고 그런 수단으로 결혼까지 생각했었다. 그러나 계집은 그것을 원치 않았을 뿐만 아니라 나를 사랑했던 것도 아니었다. 그렇다고 해서 그 어느 사내에게 마음이 있었던 것도 아니야. 그는 나면서부터 탕녀였고 애정이 무엇인가를 모르는 여자였으니까. 그러나 그것만이라면 그만이겠는데 그 계집은 어떤 사내고 간에 망쳐놓고야 마는 이상한 습벽이 있었다. 그는 단 하나밖에 없는 동생인 오 군에게 단돈 한 푼의 도움도 주지 않는 그런 여자였으니까……."

수영은 너무나 의외의 아버지의 과거에 놀라기는 했으나, 그러나 그에게는 형숙의 문제가 더 절실했던 것이다. 그래서 지루하기 짝이 없는 안 박사의 말을 가로막는다.

"아버지, 그 여자하고 형숙이가 무슨 상관입니까. 그 여자에 대한 이야기라면 전 더 이상 들을 필요가 없습니다."

"가만히 내 이야기를 들어."

안 박사는 성급하게 서두는 수영을 제지하고 다시 말을 잇는다.

"계집이 달아난 후 나는 늦게나마 뉘우치고 절반이나 탕진된 재산을 정리한 뒤 네 어머니하고 결혼을 했지. 너를 낳고 차츰 안정된 가정을 이룩하고 있는 판에 계집이 또 나타났단 말이야. 처음엔 나도 자신이 있었어. 다시는 그 계집한테 끌리지 않으리라는. 그러나 그 자신이라는 것은 무력했어. 다시 나는 계집한테 빠지고 말았다. 그때 그에게는 재산도 많았고, 장안에서 그녀의 미색을 모르는 사내가 없었지. 두 번째 말려들어 간 나는 그야말로 완전히 폐인이 되고 가정은 파괴되고, 그래놓고서 계집은 또 달아났다. 그 후 네 어머니의 친정에서 어떻게 생각했던지 알거지가 된 나를 미국으로 보내주고, 그곳에서 나는 다시 회복했다. 미국에서 공부를 마치고 돌아오니 계집은 이미 죽었더군. 지독한 아편쟁이가 되어 자살을 했다는데 그것도 혼자 죽지 않고 나처럼 못난 사나이를 하나 꾀어서 같이 죽었다고 하더군. 그 계집은 죽는 날까지 사내를 망쳐버리는 그 습벽만은 버리지 않았던 모양이다. 계집이 죽은 덕택에 그 많은 재산이 오정환에게 굴러들어 온 것은 말할 것도 없는 일이고, 그 재산이라는 것이 몇 사내를 망쳐놓은 악전이었더란 말이다."

"아버지, 그만, 그만하세요. 요는 형숙의 아버지 재산에 대한 설명이군요."

그러나 안 박사는 그 물음에는 아무런 대답도 하지 않고 오히려 엉뚱스러운 질문을 했다.

"수영아, 넌 그런 여자를 원하느냐?"

"그게 형숙하고 무슨 상관입니까."

수영은 아까 질문을 되풀이했다.

"나는 젊은 날의 실수를 네가 다시 되풀이할 것을 원치 않는다. 나는 현숙한 네 어머니 때문에 다시 살아날 수 있었지만 만일 네 어머니 같은 여자가 없었더라면 내 생애는 그야말로 물거품처럼 꺼져버리고 말았을 게다. 한 탕녀로 말미암아."

"설령 형숙의 고모가 그런 여자였다 할지라도 형숙의 인격과는 아무런 관계가 없습니다. 더욱이 피를 운운하시는 것은 고루한 말씀입니다. 전 형숙의 인격을 존중하고 사랑합니다. 저는 형숙과 결혼하고 말 것입니다."

수영은 강경하게 말한다.

"내 얘기는 모두, 형숙과 결혼은 절대로 할 수 없다는 전제하에 시작된 것이다. 형숙의 혈관을 흐르는 피는 분명히 나쁘다."

수영은 불쾌감을 참지 못하고 안 박사로부터 외면을 한다.

"형숙이는 그 국주하고 꼭 같은 여자다. 생김새, 목소리, 웃음소리까지. 사람을 쳐다보는 눈과 태도, 그것은 모두 요부의 자세다. 나는 그런 여자를 며느리로 삼지는 않겠다."

"아버지는 형숙을 모욕하시는군요. 아버지의 심리는 일종의 복수하려는 상태입니다. 형숙이가 왜 그 고모의 행위를 책임져야 합니까?"

수영은 화를 벌컥 낸다.

"고모라구? 고모가 아니니 말이다."

"고모가 아니라구요?"

"그렇다. 고모가 아니다. 국주는 형숙의 어미다."

"네?"

"내가 미국으로 간 뒤 어떤 놈팡이하고 살다가 낳은 계집앤데 실상 그놈이 애빈지 아닌지 그것도 분명치는 않다."

"절대로! 혀, 형숙은 오정환 씨의 따님입니다. 그의 어머니는 지금도 엄연히 살아 계십니다."

수영이 외친다.

"오 군의 부인은 형숙의 외숙모다. 어머니가 아니다. 국주가 죽은 뒤 국주의 재산과 그 젖먹이 계집애를 오 군 부처가 물려받았을 뿐이다."

"아아!"

수영은 머리 속에 손가락을 집어넣고 머리를 붙안는다.*

"형숙은 너를 파멸시킬 것이다. 그에게는 어미의 피가 그대로 흐르고 있다. 무서운 탕녀, 요부의 피가 말이다."

안 박사의 말이 끝나기도 전에 바로 뒤에 있는 나무 밑에서 울부짖음과 함께 무엇이 털썩하고 쓰러지는 소리가 들려왔다. 안 박사와 수영은 동시에 소리 난 곳으로 달려간다. 그곳에 형숙이 기절을 한 채 쓰러져 있었다.

수영이가 달려들어 형숙을 번쩍 안았다. 그리고 집으로 뛰어가는 것이었다. 안 박사는 깊은 한숨을 내쉬며 수영의 뒤로 발을 옮긴다. 형숙은 안 박사가 자기를 멀리하고 수영에게 할 말이 있다는 그 말이 궁금했다. 그래서 그는 신 여사한테 가려다가 되돌아서서 그 나무 밑에 몸을 붙이고 그들의 말을 전부 엿들은 것이다.

수영은 형숙을 안고 엉겁결에 홀에 뛰어들었다. 시끄럽게 떠들고 있던 젊은 치들이 놀라며 모여들었다.

"오빠! 웬일이에요?"

수영은 창백한 얼굴로 달려드는 수미를 한쪽 어깨로 밀쳐버리며 대답 없이 홀을 지나 안의 침실로 들어가 버리는 것이었다. 뒤따라 들어온 안 박사가,

"걱정 말아. 곧 정신이 들 게다."

그렇게 말하며 탁자 위에 흩어진 술병 속에서 포도주 병을 집어 든다.

"아버지, 형숙이 왜 그랬어요?"

수미는 수영에게서 회답이 없었던 말을 되물었다. 안 박사는 넋이 나간 사람처럼 멍하니 서 있는 하란을 눈여겨보면서,

"수영이하고 하도 달이 밝아서 바람을 쐬며 얘기를 좀 하고 있었더니만 형숙이도 마침 바람을 쐬러 나왔던 모양이야. 그래 내가 이렇게 흰옷을 입고 있는 걸 보고 허깨빈 줄 알았던 모양이지."

변명치고는 구차한 것이었다.

"곧 정신이 들 테지, 이걸 마시면. 걱정들 말고 놀게."

안 박사가 포도주 병을 들고 안으로 들어가자 수미도 걱정이 되었는지 이내 뒤따라간다. 흥이 깨어진 좌석에는 한동안 침묵이 흘렀다.

"이미 장은 파장이군그래."

박현태가 침묵을 깨뜨렸다. 그리고 창가로 슬슬 걸어가더니 담배를 빼어 물고,

"음…… 달 밝은 밤의 춘사라…… 달이 유죄던가? 사랑의 장난이 지나쳤단 말인가? 하하핫…… 수영 군도 겉으로 볼 사람이 아니군."

"허깨비를 보고 기절을 했다는데 자넨 뭐가 그리 배가 아파서 가시 돋친 말을 하는가."

한영진이 싱글벙글 웃으며 핀잔을 준다.

"아아, 달도 밝다. 유감한 밤이로다. 쫓고 쫓기고 아름다운 화원에 일진의 바람이 부니 사방에 그 꽃잎이 낭자하도다."

박현태는 대사를 외듯 멋들어지게 뇐다.

"허 그럴싸한데? 자네 노래보다 대사가 더 멋들어지군그래."

이렇게 서로 말을 주고받는데 허세준만은 일체 함구무언이다. 하란도 마찬가지였다. 박현태는 돌아서면서,

"우리 이젠 그만 가지. 잔치도 끝났고 국밥도 얻어먹었으니까. 문 선생, 가십시다. 우울하실 필요는 없습니다. 바람 부는 대로 물결 치는 대로 살아봅시다."

현태는 우스개로 말하는 것이었으나 하란을 쳐다보는 눈빛은 날카롭다. 하란은 현태의 농담 섞인 진담을 듣자 하얀 얼굴에 피가 모이고 별안간 눈에 눈물이 가득 괸다. 슬펐기 때문이 아니다. 하란은 분했다. 그리고 자기 마음의 움직임을 낱낱이 알고 말하는 현태에게 부끄럽고 자기 자신이 너무 처참하게 느껴졌던 것이다. 모두 현태의 말을 기다리고나 있었던 것처럼 코트와 모자를 집어 들며 돌아갈 채비를 차린다.

이때 분주한 발소리와 함께 수미가 홀로 들어왔다.

"어마! 왜들 이러세요? 형숙인 이제 괜찮아요. 더 놀다 가세요."

현태는 천천히 팔을 들어 시계를 보면서,

"이제 가죠. 놀 만큼 놀았으니까."

다른 사람도 현태의 의견에 동의하듯 손에서 모자랑 코트를 놓으려 하지 않는다.

"아이 참, 속상해. 그놈 계집애 언제 빠져나가 사고를 일으

켰담."

　단순한 수미는 모두 돌아가려는 것이 섭섭한 나머지 형숙을 탓한다.

"그럼 세준 씨하고 언닌 좀 더 놀다 가세요."

　수미는 하는 수 없이 하란과 허세준을 잡아놓고 다른 사람을 문밖에까지 바래다주러 나간다. 하란은 한시라도 바삐 이 집에서 빠져나가고 싶었다. 그러나 현태의 동정을 받아가며 어울려서 나가기가 싫었다. 마침 수미가 잡는 바람에 못 이긴 체 자리에서 뜨지 않았던 것이다.

2. 귀로歸路

모두 돌아가 버리니 갑자기 홀은 넓어진 것 같고 방 안의 공기는 냉랭하게 식어버리는 것 같았다. 흩어진 술병과 음식 접시를 치우려고 들어온 신 여사가 하란에게 웃는 얼굴로,

"아깐 정말 놀랐어요. 별안간 수영 씨가 냉수를 떠오라고 호통을 치는 바람에, 나는 형숙 씨가 먹은 음식에 체한 줄만 알았죠. 참 별일 다 있군요."

신 여사의 말투는 결코 형숙에 대하여 호의적인 것은 아니었다. 신 여사는 벌써 사변 전, 부인이 살아 있을 때부터 이 집에 드나들어 적어도 수영이나 수미보다는 더 이 집의 내막을 알고 있었다. 형숙의 비밀까지는 알지 못했지만 부인의 생존 시 수미의 친한 동무로서 형숙이 집에 자주 드나들었는데 웬일인지 그 부인은 형숙을 싫어했다. 원체 점잖은 사람이라 아이들 앞에 크

게 내색은 하지 않았으나 신 여사만은 그런 공기를 잘 알고 있었다. 그래 그런지 신 여사도 어느새 형숙을 싫어하게 된 것이다. 도무지 건방지고 거만하다고 신 여사는 생각했다. 거기에 비하면 하란은 여자답고 얼굴도 선녀처럼 예쁘고, 그래서 신 여사는 하란에게 호감을 갖고 있었다. 그리고 안 박사가 수영의 색싯감으로 정하고 있는 심중도 잘 알고 있는지라 신 여사는 하란이 올 때마다 단순한 손님이 아닌 대접을 잊지 않았다.

신 여사가 나간 뒤 허세준과 하란은 서로 말을 잊어버린 사람처럼 마주 앉아 있었다. 파아란 형광등이 두 사람의 어깨 위에 희미하게 비쳐 있고 창밖에서는 나뭇가지가 바람에 흔들리고 있었다.

얼마 후 손님을 보낸 수미가 홀로 돌아오자 집 안에서도 인기척이 나더니 수영이 나타났고 형숙의 얼음장 같은 모습이 나타났다.

"형숙이, 좀 기다려. 자동차가 올 때까지."

수영의 얼굴에는 어두움이 있었으나 말씨만은 조용했고 타이르는 투다.

"이제 괜찮니? 집에 돌아가겠어?"

수미가 형숙의 얼굴을 들여다보며 묻는데 형숙은 대답이 없었다. 자기 때문에 놀라게 해서 미안하다는 말이 나옴직한데 형숙은 자기 주변에 아무도 사람이 있지 않은 것처럼 날카롭게 번득이는 눈으로 한쪽 벽을 쏘아보고 있을 뿐이었다.

이윽고 수영이 돌아왔다.

"허 군하고 하란 씨는 더 놀다 가시겠어요? 전 형숙일 데려다 주어야겠는데……."

수영은 마지못해 하란에게 말을 건다.

"저도 가야겠어요."

허세준이 벌떡 일어선다.

"형님은 형숙 씰 모셔다 드리세요. 문 선생님은 제가 모시겠어요. 좀 걸어 내려가면 택시가 있겠죠."

세준은 말을 덧붙인다. 그사이 형숙은 온다 간다는 인사도 없이 혼자 걸어나가고 있었다.

"참 이상하다, 형숙이가 왜 저럴까?"

수미가 중얼거렸으나 형숙은 들은 척도 않고 나가버리는 것이었다. 수영이 초조한 듯 급히 따라 나간다. 나머지 세 사람도 밖으로 나갔다.

형숙은 기다리고 있는 자동차에 혼자 훌쩍 뛰어오르더니 똑바로 운전사의 뒤통수만 바라본다. 마치 영혼이 없는 꼭두각시처럼 온 근육이 정지한 상태다.

"그럼 허 군이 하란 씰 모시고 가게."

수영이 그렇게 말하고 자동차에 오르려고 했을 때,

"타시지 마세요! 저 혼자 가겠어요."

목소리가 쨍하니 밤공기를 울렸다. 수영뿐만 아니라 나머지 세 사람도 움찔한다. 그처럼 형숙의 목소리는 날카로웠던 것이다.

"혼자 보내기가 불안해서 그러는 거야. 잠자코 있어."

수영은 약하디약한 목소리로 말대꾸를 하며 여전히 자동차에
오르려고 하는데 형숙은 차가운 미소를 경련처럼 일으키며,

"전 병자가 아니에요. 따라오실 필요 없어요."

싸늘하게 내뱉었을 뿐만 아니라 자동차 문을 거칠게 닫아버
린다. 수영은 지나친 형숙의 태도에 오히려 멍청해진다.

"운전사 아저씨 빨리 가세요!"

형숙이 명령한다. 그러나 운전사는 어리벙벙하여 수영을 바
라본다. 수영은 하는 수 없이 조수 자리에 타려 하는데 뒤에서
또 형숙의 목소리가 쨍하고 울렸다.

"선생님이 타시면 전 내려서 걸어가겠어요!"

세 번째나 거절을 당하자 수영의 얼굴에도 노여움이 나타났
다. 그것은 지나친 모욕이었던 것이다.

"그럼 김 군이 잘 모셔다 드려."

수영은 복받치는 감정을 누르듯 나직이 말하고 물러선다. 자
동차가 떠났다.

수영은 형숙이 물 밖에 올려놓은 생선처럼 파닥거리는 행동
을 이해하지 않을 수 없었다. 그가 받은 오늘 밤의 상처를 생각
한다면 그런 자기에 대한 모욕적인 행동을 용서할 수밖에 없다.
아니 오히려 가엾고 가슴이 미어지는 것 같기도 했다. 그 오만
한 형숙이 자기의 출생에 대하여 밤새껏 고민할 것을 생각하

니 아버지가 원망스럽기만 했다.

수영은 자동차가 떠나간 뒤에도 그 자리에서 움직이지 않았다. 그는 담배를 꺼내어 불을 붙여 물고 그대로 서 있는 것이다. 뒤에 서 있던 세 사람은 수영의 그 어쩔 수 없이 절박한 자세에서 무어라 말할 수 없는 압박감을 느낀다. 그래서 그대로 숨을 죽인 채 수영의 뒷모습을 바라볼 뿐이다. 수영은 다 타버린 꽁초를 획 집어 던지고 돌아섰다.

"아아."

수영은 세 사람을 비로소 발견한 듯 약간 주춤한다. 사실 수영은 세 사람의 존재를 까마득히 잊어버리고 있었던 것이다. 그만큼 그는 형숙 한 사람에 대하여 골몰하고 있었던 것이다.

"오빠, 무슨 일이 있었어요? 형숙이가 이상하지 않아요?"

수미가 참다못해 묻는다. 수영은 멍청히 수미를 쳐다보다가 그 말대답은 하지 않고,

"나 골이 아파 그만 먼저 실례하겠어. 허 군, 그럼."

수영은 하란을 완전히 묵살하고 머리를 쓸어 넘기며 집 안으로 들어가 버린다.

하란은 눈앞이 캄캄하고, 아무것도 보이지 않았다. 이렇게 짓밟힐 줄을 차마 몰랐다. 형숙에 비하여 자기는 일고의 가치조차 없다는 듯한 수영의 태도는 하란의 가슴을 발기발기 찢어놓고 말았다.

"참 이상해. 오빠두 그렇구."

수미가 고개를 갸웃거린다.

"그럼 문 선생님, 우리도 가십시다."

허세준이 무거운 입을 열었다. 철문까지 같이 걸어 나온 수미는,

"어떡하나? 한참 걸어야겠네요, 택시를 잡으려면."

"좀 걸어보는 것도 좋죠."

세준이 수미에게 흥미 없는 대답을 한다.

"그럼 두 분이니까 난 들어가겠어요. 오빠두 이상하구…… 궁금해 죽겠네. 그럼 언니, 또 놀러 오세요? 세준 씨, 내일 만나요."

수미는 수영의 일이 궁금해 문밖에서 그들과 작별하고 집 안으로 바삐 들어간다.

두 사람은 말 한마디 없이 내리막길을 걸어 내려간다. 산산한 밤바람이 어깨를 스치고 지나갔다. 집집의 창마다 희미한 불빛이 내비치고 있었다. 장충단공원 앞까지 왔을 때 택시가 지나갔다. 그러나 그들은 차를 잡을 생각도 않고 발끝만 내려다보며 걷고 있었다.

"문 선생님을 어디서 꼭 한 번 뵌 것 같은데요."

세준이 불쑥 말을 했다. 하란은 소스라치듯 놀라며,

"네?"

하란은 세준이 무슨 말을 했는지 전혀 알지 못했던 것이다.

"어디서 꼭 한번 뵀던 분 같아요."

"누가요?"

하란의 목소리가 떨려 나왔다.

"문 선생님을……."

하란은 말이 없다가 한참 만에,

"혹 저를 닮은 사람이 있었는지도 모르죠."

역시 목소리가 떨려 나왔다.

"닮은 사람? 그럴는지도 모르죠."

그러고는 오랫동안 두 사람 사이에 말이 끊어졌다. 을지로육가까지 왔다.

"어디까지 걸을 작정이십니까."

"아아, 네, 여긴, 여긴 을지로군요."

하란이 당황하며 말한다.

"문 선생님께선 퍽 괴로우신 모양인데……."

세준은 비스듬히 하란을 내려다본다.

"괴롭다고요? 저 차를 잡아주세요."

하란은 신경의 분열을 느끼며 오가는 자동차를 두리번거린다. 세준은 이맛살을 모은다. 짙은 눈썹 아래 눈이 푹 팬 것처럼 어둡다.

'보면 볼수록 소청한 여자다. 도대체 이 여자를 나는 어디서 보았을까?'

세준은 택시를 잡기 위하여 손을 들었을 때도 그 생각을 했다. 자동차에 올라탔다.

"효자동이라죠?"

세준이 묻는 말에 하란은 잠자코 고개를 끄덕인다.

"효자동으로 돌아서 서대문으로."

세준은 운전사에게 말하고 뒤로 몸을 기댄다. 하란의 눈빛 같은 목덜미에서 향긋한 살 내음이 풍겨온다. 세준은 가벼운 현기증을 느낀다. 수미를 데리고 여러 번 놀러 다녔지만 세준은 여태까지 이런 분위기를 느껴본 일이 없었다. 지금 서리 맞은 백화같이 연연한 모습이 바로 옆에서 흔들리고 있다.

'이 여자한테 비하면 수미는 아직 어린애야. 수미는 인형이고 하란 씨는 여자야.'

세준은 숨이 가빠지는 것을 느낀다. 세준은 가빠지는 숨을 늦추듯 초면인 하란에게 대담한 말을 던진다.

"문 선생님, 문 선생님은 수영 형을 사랑하시죠."

하란의 얼굴이 질린다. 그리고 아까 박현태의 말이 있었을 때처럼 눈에 눈물이 괸다. 하란은 얼른 고개를 젖히면서,

"제가 그분을 사랑해요? 아니에요. 저는 자격이 없어요."

"자격이 없다니요? 오히려 수영 형님한테 지나치십니다."

세준은 왜 자기가 처음 만난 하란에게 그런 실례된 말을 했는지 알 수 없었다. 그러나 세준은 오늘 하룻밤이 무척 긴 세월 같기도 하고 짧은 순간 같기도 했다. 그는 파티가 시작되면서부터 하란의 일거일동에 주목해 온 것이다. 수영을 향하여 가는 하란의 얼굴, 그것은 가련한 것이었다. 그리고 그 절실한 하란의 얼

굴은 세준의 피에다 질투의 감정을 불어넣는 것이었다.

"실례했습니다. 제가 지나친 말씀을 올렸군요."

흐느껴 울고 있는 하란을 바라보며 세준은 사과를 한다.

자동차는 중앙청을 지나 효자동으로 들어섰다. 세준은 자동차가 어디로 가건 아랑곳없이 흐느껴 울고 있는 하란을 바라보고 있었다.

"어디로 가죠? 효자동인데요?"

운전사가 말을 하자 하란은 손수건을 꺼내어 눈물을 닦았다. 자동차에서 내려가지고 허세준에게 목례를 보낸 하란은 마치 도둑질이라도 한 사람처럼 좁은 골목길을 도망쳐 가는 것이었다. 집 앞에까지 온 하란은 흐트러지지도 않은 머리를 쓸어 넘기며 잠시 동안 흥분을 가라앉히듯 서 있었다.

하란은 전선에 걸려 있는 달이 자기 뒷모습을 보고 필경 비웃고 있으리라는 생각이 들었다. 그는 집에 들어가지도 못하고 양손으로 얼굴을 감싼다. 손가락 사이로 눈물이 흘러내린다. 온 세상이 적막하기만 했다. 뉘를 보고 가슴에 쌓인 슬픔을 말하며 털어놓을 수 있겠는가 싶었다. 하란은 문을 밀고 들어섰다. 그는 안방에 있는 사촌 언니인 연순娟順에게 이제 돌아왔다는 말도 없이 곧장 자기가 거처하는 건넌방으로 들어갔다. 그는 전등도 켜지 않고 방바닥에 푹 주저앉는다.

"하란이냐?"

안방에서 졸리운 듯한 연순의 말이 건너왔다.

"네."

"늦었구나."

"좀 늦었어요."

하란은 어둠 속에 묻히면서 중얼거리듯 대답하였다. 연순은 잠이 깨어 칭얼거리는 어린것을 토닥거리며 그 이상 말을 하지 않았다. 한참 후에 칭얼대던 아이의 울음소리도 멎었다. 아이의 보채는 소리가 멎으니 집 안은 다시 괴괴한 정적으로 돌아간다. 연순이도 잠이 들어버린 모양으로 고른 숨소리가 들려온다.

하란이 연순의 집으로 옮겨온 지도 어언간 삼 년에 접어들었다. 유복자까지 세 아이를 남겨놓고 오랜 병고에 시달리던 형부가 돌아간 뒤 하란은 하숙 생활을 그만두고 불행한 연순의 집으로 옮겨온 것이다. 연순은 남편의 병시중에 지쳐 슬픔을 느낄 겨를도 없이 유복자를 낳고 어린 자식들을 거느리게 되니 생활이 넉넉할 리도 없지만 그보다 외로워서 못 살겠다고 하란을 오게 한 것이다.

하란은 일어서서 옷을 벗었다. 전등을 켜지 않아도 장지문에 달빛이 뿌옇게 반사되어 방 안은 희미했다. 하란은 자리에 들었다. 그는 눈을 뜨고 희미한 어둠을 쳐다본다. 온 세상의 적막이 모두 다 한꺼번에 가슴에 몰려드는 것만 같았다. 몸을 이리저리 뒤쳐보았다. 그러나 잠이 올 리가 없었다. 생각만 해도 고통스럽고 견딜 수 없었다. 눈앞을 스쳐가는 괴로운 장면, 돌아오는 자동차 속에서 그만 울어버렸던 자기 자신의 모습, 비참하고 가련한 자기의 모습이었다. 그것은 처녀로서 너무나 부끄러운 행위였던 것이다.

허세준이 안수영을 사랑하느냐고 물었을 때 어째서 자기가 울어버렸는지 알 수 없었다. 생전 처음 만나본 남성, 더군다나 수미의 약혼자인 그 남성 앞에서 수치스럽게 울음을 터뜨렸다는 것은 전혀 무방비한 노출이 아니고 무엇인가. 여자로서, 또한 미혼의 여자로서 결코 옳은 일은 아니었을 것이다. 아무리 수영을 사랑했기로서니, 또 수영의 태도에서 받은 충격이 컸기로서니 그렇게 맹목적일 수는 없다. 하란은 그렇게 생각하니 자기에 대한 분노와 증오가 가슴을 뜨겁게 하는 것이었다.

'문 선생님은 수영 형을 사랑하시죠?'

그렇게 물어보던 허세준의 굵직한 목소리가 귀에 쟁쟁 울려 드디어 그 목소리는 커다란 징 소리처럼 고막을 내리치는 것이었다.

'초면의 사람이 눈치를 챌 만큼 그렇게 나는 안수영 씨에 대하여 맹목적이었더란 말인가?'

그러고 보니 비단 허세준만이 아니었다. 박현태도,

'우울하실 필요는 없습니다. 바람 부는 대로 물결 치는 대로 살아봅시다.'

하며 뜻을 품은 눈으로 하란을 바라보던 생각이 났다. 하란은 자기 자신에 대한 분노와 증오가 다시 치솟았다. 그는 베개에다 머리를 파묻고 소리를 죽이며 운다.

'서로 사랑하다가 그분이 나를 배반했다면 또 모르겠지만 애당초부터 그인 나한테 애정이 없었다, 전혀. 그것은 내 혼자의 슬픈 시름이며 짝사랑이었다. 그렇다면 나의 감정 노출은 하나의 웃음거리, 어릿광대다. 아아, 그것은 정말 슬픈 어릿광대다. 얼마나 그들은 나를 동정하고 경멸했을꼬. 못난이, 아아 못난이……'

하란은 마음속으로 울부짖었다. 하란은 몸을 배배 꼬듯 괴로워했으나 이상하게도 수영을 미워하고 원망하는 마음은 없었다. 마치 늦가을 밤의 바람처럼 쌀쌀하던 수영이, 하란의 존재에는 털끝만큼의 관심도 보여주지 않던 수영이, 한 가닥의 신경도 하란에게 향함이 없었던 수영이었다. 그러나 하란은 수영을 생각할 때 원망보다도 그리움이, 미움보다도 더 절실한 그리움만이 가슴에 북받쳐 올랐다. 수영이 냉정했기 때문에 도리어 하란의 가슴에다 더 뜨거운 불을 질렀는지도 모른다.

3. 공작工作

고통에 충만된 밤이었다. 눈 한 번 붙여보지 못한 괴로운 밤은 가고 장지문에 희뿌연 아침이 서려든다.

하란은 무거운 머리를 들었다. 하룻밤 사이에 병자처럼 수척해진 얼굴이 애처로움을 자아낸다. 아침도 먹지 않고 집을 나서려고 했을 때 연순이 불렀다.

"너 어디 아프니?"

"머리가 좀 아파요."

하란은 고개를 숙이고 연순의 눈을 피했다.

"오늘은 그만 쉬려무나."

"그래도 가봐야죠."

그렇게 대답하고 거리에 나오기는 했으나 땅을 밟는 다리가 휘청거렸다. 땅 밑에 깔리는 아침 햇빛이 자줏빛으로 자꾸만 감각되기도 했다. 하란은 이대로 학교에 못 가겠다는 생각을 하며 몇 번이나 발길을 돌리려 했으나 발은 하란의 희박한 의사를 받아들이지 않고 학교로 향하는 것이었다.

눈앞이 아찔해지는 것을 여러 번 참아가며 겨우 두 시간 수업을 끝내고 교실 밖으로 나온 하란은 바로 옆 교실에서 수업을 마치고 나오는 한영진과 부딪쳤다. 하란은 그를 피하고 싶었으나 한영진은 하란을 놓치지 않고 싱글벙글 웃으며 다가왔다.

"문 선생, 어제저녁의 결말은 어떻게 됐죠?"

호기심에 찬 눈을 들고 하란을 쳐다보며 물었다.

"무사히 돌아갔나 봐요."

하란은 냉정하려 애를 썼지만 목소리가 떨려 나왔다.

"물론 무사히 돌아갔겠죠. 그렇지만 이상하지 않아요? 문 선생은 그렇게 생각하지 않습니까?"

"……."

"수영 군은 순정형에다 감정파거든요. 그러니까 맹목적일 수밖에 없지. 형숙인 예사 요물이 아닙니다. 어제저녁의 멋들어진 연극은 아마 형숙의 대본일 거요. 수영은 그 연극에 자기도 모르는 새에 심각한 나이트 역을 한 게요. 더욱이 안 박사까지 등장한 걸 보면 연극은 상당히 절정까지 도달했던 모양이오. 그 작자 도무지 감정파가 돼서 맹목적이란 말이야."

"사람은 다 사랑을 하게 되면 맹목적이죠."

하란은 현기증을 느끼며 말하였다.

"그렇지만 상대가 약간 문젭니다. 그 여자는 허영심, 질투심, 보복심의 덩어리요."

"어떻게 그리 남의 일을 잘 아셔요?"

"그야 알 만한 이유가 있죠. 형숙인 우리 집사람하고 국민학교 때부터 선후배 관계가 있으니까."

"아아, 그러셔요?"

하란은 관심 없는 표정으로 말하였다.

'형숙이, 얼마나 나에겐 미운 여자였던가. 그러나 나는 그녀를 미워할 아무런 자격도 권리도 없는 것이다. 수영 씨는 내 애인이 아니다. 그인 그 여자의 애인이 아니냐.'

하란은 이런 화제에서 놓여나고 싶었다. 그러나 한영진은 하란의 마음을 아는지 모르는지 이야기를 계속하고 있었다.

"……나처럼 여편네 자식들을 거느리는 가난뱅이 샐러리맨에겐 그 화려한 연애와 사랑싸움엔 그야말로 구경꾼의 자격밖에 없지만 역시 그들의 귀추엔 관심이 간단 말이에요. 두고 보세요. 볼만한 구경거리가 될 테니까. 형숙이란 여자는 보통 여자가 아닙니다. 수영이가 홀딱 빠질 만한 무서운 매력이 있지만, 문젠…… 그 작자, 지가 가르친 제잘 무슨 거룩한 공주님처럼 생각한단 말이야. 숭배도 이만저만인가……."

한영진은 그 이상 말을 계속하지 못했다. 교직원실 문이 바로 코앞에 닿은 때문이다. 하란은 눈앞에 불꽃이 튀는 것을 또다시 느꼈다. 직원실에 들어서는데도 눈앞에는 아무것도 보이지 않았다. 한 밤을 꼬박 새운 데다가 아침을 굶었겠다, 자극적인 말은 귓가에 쟁쟁거리고 있으니 그의 약한 신경과 몸이 온전할 리가 없다.

점심시간 때 하란은 견딜 수 없어서 조퇴를 하려고 마음먹었다. 그러나 오후에도 자기가 나가야 할 수업이 두 시간이나 있었으므로 그녀는 다른 동료한테 대강을 부탁했다. 그때 한영진이,

"문 선생, 전화 왔습니다."

수화기를 든 채 하란을 불렀다. 하란은 수미한테서 온 것쯤으로 알고 수화기를 잡는데 옆에서 한영진이,

"남성입니다."

하고 씩 웃는 것이 아닌가.

"여보세요, 제가 문하란입니다."

"아, 문 선생님이세요."

굵은 남자의 목소리였으나 하란은 그 목소리의 임자가 누군지 알 수 없었다. 그러나 이내 그쪽에서 다시 목소리가 울려왔다.

"저는 허세준입니다."

하란은 뜻하지 않았던 상대방에 적잖게 놀라며 수화기를 고쳐 쥔다.

머릿속이 멍멍했다. 눈앞에서는 자꾸 불꽃이 튀긴다. 아무것도 헤아릴 수 없는 채 심한 두통이 일어난다. 하란은 매달리듯

수화기를 꼭 잡았다.

"어젯밤에는 실례가 많았습니다. 술을 마셨기 때문에 그런 실례된 말을 한 것 같습니다. 아침에 자고 일어나니 여간 후회가 되지 않더군요. 그래서 사과를 올리려구요……."

"괜찮습니다. 일부러 그렇게까지……."

전화는 끊어진 것도 아닌 모양인데 아무런 말도 울려오지 않았다. 한참 만에,

"바쁘시죠?"

조심스러운 허세준의 목소리다.

"별로……."

"틈이 있겠습니까?"

"글쎄……."

하란은 허세준이 무슨 말을 했는지 알 수 없었다. 눈앞에 무지개 같은 구름이 뒤덮여 왔다.

"저 틈이 있으시면…… 자, 잠깐 만나 뵙고 싶습니다. 사과도 올리구……."

허세준은 마치 소년처럼 더듬거리며 말하였다. 하란은 그 대답을 할 겨를도 없이 손에 쥔 수화기를 떨어뜨리고 마룻바닥에 쓰러진다.

"아! 문 선생이!"

한영진이 소리치며 달려왔다. 다른 직원들도 모여들었다. 하란은 핏기 잃은 입술을 꼭 다물고 있었다. 의자 모서리에 찍힌

볼에서 피가 불그레하게 배어난다. 한영진은 하란을 안아 일으킨다. 비둘기처럼 가뿐한 무게였다.

소란스러운 속에서 하란은 자동차에 실려 병원으로 떠났다. 직원들이 한동안 웅성거렸다. 한영진은 이마에 솟은 땀을 씻으며,

"온, 별일이 다 있네. 요즘은 졸도하는 게 무슨 유행인가 보다."

한영진은 혼자 중얼거렸다.

"뭐라구요? 졸도하는 게 유행이라구요?"

공민 선생이 한영진의 중얼거림을 귀담아듣고 반문했다.

"아, 아니……."

한영진은 당황하며 말을 얼버무린다. 어젯밤 댄스파티에서 여자가 졸도했다는 말을 차마 할 수 없었기 때문이다.

"전활 받다가 쓰러졌는데 집안에서 무슨 불상사라도 있었는지요……."

애처가라는 소문이 있는 국어 선생이 말한다.

"집안이요? 집안에 누가 있어야죠, 문 선생은 혼잔데요……."

한영진이 가볍게 부정하니까,

"누가 알아요? 애인이라도 있어 무슨 변고가."

"아니에요. 문 선생은 방금 몸이 아프다고 저한테 대강을 부탁했어요. 아침부터 그분 얼굴빛이 나빴어요."

대강을 부탁받은 여선생이 하란을 위하여 변호를 한다. 한영진은 그들의 화제에서 잠시 물러나 묵묵히 앉아 있었다.

'박현태에게 전화 걸어줄까? 이런 기회를 만들어주어야 박현태의 짝사랑이 성사하지. 이것도 좋은 일이야. 뭐 하란 씨가 아무리 수영을 좋아한들 소용이 있나. 형숙이 찰거머리처럼 딱 붙어 있는데 어림도 없지. 수영이도 하란 씨 같은 여자하고 결혼을 해야 앞날이 평탄할 텐데……'

한영진은 근래에 없이 조용한 표정으로 창밖을 바라보며 마음속으로 중얼거린다.

한영진은 좀 일찍이 교문을 나섰다. 직원실에서 박현태에게 전화를 걸려고 생각했으나 그만두고 말았다. 그렇지 않아도 미인인 하란에 대하여 여자들은 시기심으로, 남자들은 호기심으로, 각각 관심을 갖고 있었다. 그런 분위기 속에서 박현태에게 전화를 건댔자 자세한 말을 할 수 없을 것이란 생각에서 전화는 그만두고 학교를 나선 것이다.

거리에 나온 한영진은 잘 드나드는 다방 향원으로 찾아갔다. 그곳에서 전화의 다이얼을 돌리면서 한영진은,

'이 작자 벌써 거리에 나갔는지도 모르겠다.'

그러나 현태는 마침 집에 있었다. 현태는 대뜸,

"웬일이야? 나한테 전활 다 걸게. 어젯밤 남은 술에 미련이 있나?"

"미련이 있다니, 천만에. 난 지금도 아직 술이 덜 깬 기분인걸. 사건은 여전히 연장되고 있으니 말이지."

"술이 덜 깨다니? 난 그 당장에 술맛이 떨어지데. 젊은 놈이

그 연애 활극을 구경하니 마음이 온전하겠느냐 말이다. 그래서 집에 돌아와 독주를 켰지."

"독주고 뭐고 빨리 나오게."

"무슨 일이 있나?"

"무슨 일이 있어야만 꼭 나오겠나?"

"글쎄, 나 좀 바쁜 일이 있어 그러는 거야."

"그럼 그만두게. 중매쟁이의 의사를 무시한다면 좋아, 나도 자넬 위해 걱정을 안 해도 되니까 편안하구."

"무슨 말을 그렇게 해? 중매쟁이라니? 그건 무슨 말이야?"

"연애의 중매쟁이라는 거야. 다시 말하면 연애 공작원이지. 누가 자네 맘을 모르는 줄 알아? 후회 안 하려거든 빨리 나와."

"똑똑하게 말을 해봐. 공연히 빙빙 꼬아 돌리지 말고……."

"흥! 속이 타기는 타는 모양이야."

"왜 자꾸 밑도 끝도 없이 사람의 말꼬리만 잡는 거야."

"이봐 현태, 내 말 잘 들어. 알겠나? 자네도 말이야 나이트 노릇을 한번 근사하게 해보라는 거야. 어젯밤 수영이처럼 말이야."

"뭐? 수영이처럼?"

"그래 수영이가 형숙한테 한 것처럼 아주 열정적으로 연극을 한번 하는 거지."

"그럼 자네한테도 형숙이가 전활 했던가?"

"형숙이라니?"

한영진은 어리벙벙해 가지고 되물어본다.

"이상한데? 방금 말이야. 형숙이한테서 전화가 왔단 말이야.
날 좀 만나자는 거지."

"그으래?"

"그럼 자넨 모르고 하는 소린가?"

"뭘 모르기는?"

"자네가 수영이처럼 나이트 노릇을 하라니 어쩌라니 하기에
난 또 알고 하는 소린 줄 알았지."

"오오라, 그래서 내가 만나자는데 바쁜 일이 있다고 거절이구
나. 자네도 수영이처럼 그 깜찍스런 제자의 숭배자란 말이지."

"그야 먼저 약속을 했으니까. 어여쁜 이성이 데이트하자는데
제자고 개똥이구 거절할 사내가 있겠나?"

"음, 좋아. 선택은 자유에 속하는 문제니까. 한마디만 해두겠
네. 문하란 씨를 만나려거든 다섯 시 정각에 향원으로 나오게.
다섯 시가 지나면 형숙한테 간 걸로 알고 향원에서 퇴장하겠네."

박현태가 뭐라고 급히 말을 하는 것 같았으나 한영진은 수화
기를 쟁강 놓아버린다.

'자아식, 지가 안 나오고 견뎌 배기나.'

한영진은 시계를 들여다본다. 다섯 시가 되려면 앞으로 이십
분밖에 남지 않았다.

'너무 조급히 시간을 잡았구나. 자식, 시간까지 나오려면 힘
들겠다. 십 분쯤 에누리해 주지.'

시계가 다섯 시를 지나 오 분을 넘어서려고 했을 때 박현태는 헐레벌떡 나타났다.

"그럼 그렇지."

한영진이 조롱에 찬 웃음을 웃는다. 그러자 박현태는 사방을 두리번거리며 한영진 옆에 오더니,

"아뿔싸! 내가 또 한가한테 속았구나."

그는 하란의 모습이 띄지 않자 그렇게 한탄한다.

"뭐? 한가가 어쨌다고?"

"하란 씨는 어디 있어? 형숙이 만나는 정보를 어디서 탐지하고 방해 공작이냐 말이다."

박현태는 그렇게 말하기는 했어도 굳이 억울한 빛은 얼굴에 없었다.

"과연 열성분자야. 그만하면 나이트의 자격이 충분해. 장승처럼 그렇게 서 있지 말고 앉게."

박현태는 풀썩 자리에 주저앉는다.

"택시까지 집어타고 왔는데 뭐야? 사람을 놀려먹어도 분수가 있지."

"놀리긴 내가 언제 놀렸어?"

"거짓말해 갖고 사람을 꾀어내 놓고 능청은."

"내가 거짓말을 해? 적어도 학교 훈장님인데 내가 거짓말을 해?"

한영진은 박현태의 마음만 달뜨게 하고 좀처럼 본론에 들어

가려 하지 않는다.

"차나 마시면서 얘기하지. 늦봄이 찾아와 날씨가 노곤해 그런지 요즘은 주로 젊은 여성들에게 졸도라는 병이 대유행인 모양이야."

"잔말 말고 날 불러낸 의도부터 말하게. 난 지금 호주머니가 텅 비어 있으니 그렇게 미리 각오하고……."

"의도야 물어보나 마나 지극히 두터운 우정이지."

"제에기랄 것! 따귀나 한 대 갈겨줄까 보다. 빨리 말해!"

박현태의 부아통이 터진 모양이다.

"사실은 말이야 오늘 하란 씨가 졸도를 했단 말이야, 학교에서."

"뭐?"

"아침부터 안색이 나쁘더니…… 어젯밤에 상당히 심한 충격을 받은 모양이지?"

"……."

"수영에 대한 감정이 이만저만 아닌가 봐. 그렇지만 그건 좀 어렵게 되었지. 수영은 형숙한테 빠져서 천방지축을 모르고 있는데 하란 씨가 아무리 애타는 순정을 바친댔자 소용없는 일이지. 우리 같음 단연코 형숙보다 하란 씨를 택하겠네만, 하란 씨는 얼굴이 곱겠다, 마음씨가 착하겠다, 장차 현숙한 부인이 될 자질은 백 퍼센트, 형숙이야 그건 요부형이지. 하긴 사람의 인연이란 인력으로 할 수 없는 노릇이요, 보는 눈은 천층만층

이니……."

"아따 얘기두 치사하게 길다. 누가 자네더러 데려가라기에 걱정인가?"

박현태는 완전히 불쾌한 빛을 띤다.

"왜 그리 성미가 급해. 이건 서론이야. 이제 그쯤 하고 본론으로 들어가지. 오늘 낮에 하란 씨는 졸도를 해 동인병원에 입원을 했는데 말이야."

한영진은 전화를 받다가 쓰러졌다는 말은 하지 않았다.

"우리 감정일랑 빼버리고 좀 계산을 해보잔 말이야. 다시 말하자면 연극을 멋있게 한다는 것도 좋구."

한영진은 그렇게 말하며 박현태를 슬쩍 쳐다본다. 박현태는 담배를 태우며 한영진의 말을 듣는 둥 마는 둥 창밖을 바라보고 있었다.

"수영한테 향하는 하란 씨의 마음을 자네가 가로채 보란 말이야. 이제 하란 씨도 수영에 대하여 단념을 할 단계에 이르렀으니까. 이런 기회를 자네가 잡아보란 말이야. 마음의 상처를 입고 병석에 누운 여자의 마음이란 갈대처럼 고독하고 바람 부는 대로 나부낀단 말이야. 어때? 이런 기회를 제공한 내 우정을 자넨 무시하려는가?"

"……."

한영진은 농담 반 진담 반으로 말하는 것이었으나 박현태는 웃지 않았다.

"그렇게 심각한 얼굴일랑 하지 말게. 자네한텐 아예 어울리지도 않네. 한번 행동을 개시함이 여하한가. 안 돼도 밑질 것 없구 성사하면 다행이구⋯⋯."

"한번 다른 남자한테 마음을 먹는 사람을⋯⋯ 난 그런 순정파 아니야."

"어, 참 그런게 아니야. 내 뭐랬어. 감정일랑 쏙 빼어버리고 연극을 하랬잖아. 그리 결벽을 주장할 처진가? 자네 입장도⋯⋯."

박현태에겐 몇 번인가 연애 경험이 있다. 그래서 그걸 두고 하는 말이다.

"하란 씨는 좋은 여성이야. 여자란 일단 결혼만 하게 되면 새로운 애정도 생기구, 그러구러* 인생의 안착지를 마련하는 거지. 자네 예술을 위해서도 하란 씨는 좋은 내조자가 될 거야."

"내 그러기는 싫네. 배우도 되기 싫고, 애정을 구걸하기도 싫네."

"그럼 왜 여기에 나왔지?"

"글쎄⋯⋯."

"잔말 말고 오늘 저녁에 그 병원으로 문병 가게. 그리고 자주 만날 계기를 만들어두는 거야."

"자네 우정은 고맙네만 부자연스런 짓은 하기 싫단 말이야."

"틀렸어, 틀려. 큰소리 뻥뻥 치고 배짱도 남보다 센데 여자 문제엔 그리 소심하단 말이야. 그래서 번번이 실패를 하지."

한참 동안 이러구저러구 말이 많았다. 헤어질 무렵 한영진은,

"내가 이렇게 머릴 짜내가지고 연애 공작을 해놨는데 아마 자네도 안 가고는 못 배길 거야."

"천만에……."

그날 밤 박현태는 하란에게 문병 가지 않았다. 그러나 다음 날 현태는 동인병원으로 찾아갔다. 하란은 핏기 잃은 얼굴로 천장만 쳐다보고 누워 있었다.

"어떻게 아시고 오셨어요?"

"한 군이 전화로 알려주더군요. 그래 지나는 길에 들렀습니다. 좀 어떠세요?"

"뭐 대단치도 않은 것 같은데 병원에선 일주일이나 입원하라고 하는군요."

하란은 아무도 없는 병실에 혼자 누워 있기가 외로웠던지 미소를 띠며 말하였다. 박현태는 의자를 잡아당겨 침대 가까이 앉으면서,

"아무도 없는데 누가 간호 하세요?"

"언니가 방금 다녀갔어요. 어린 조카들이 있어서 잠깐 집에 돌아갔어요."

"안 박사한테 알렸습니까?"

현태는 안 박사가 하란의 후견인 비슷한 관계에 있는 것을 알고 물어보았다.

"네, 오늘 알렸습니다만…… 공연히 걱정을 또 드린 것 같아서……."

"기왕이면 그 병원에 드실 걸 그랬군요."

"거긴 외과라서……."

그러고는 말이 끊어진다. 항상 걸찍하게 말도 많고 익살도 곧잘 부리는 현태였으나 정작 하란과 단둘이 마주 보고 있으니 말문이 막히는 모양이다. 한참 후,

"하란 씨는 너무 신경이 약합니다."

현태는 풀쑥 그 말을 해놓고 얼굴을 찌푸린다. 하란은 겁먹은 아이처럼 현태를 쳐다본다.

"그만한 일로…… 너무 자신을 학대하지 마세요."

현태는 그 이상 말을 잇지 못한다. 하란의 창백한 얼굴에 피를 모으는 양이 애처로웠던 것이다.

"아, 잘못했습니다. 편찮으신데 공연히 쓸데없는 말을……."

하란은 감정이 격해서 그런지 별안간 기침을 했다. 마치 흐느끼는 듯 기침이 멎지 않는다. 하란은 손을 뻗어 이리저리 손수건을 찾는다. 그러나 쉽사리 찾지 못하는 것을 보자 현태는 자기 호주머니 속에서 깨끗하게 빨아 넣은 손수건을 꺼내어 하란의 얼굴 위에 얹어준다. 하란은 그 손수건을 밀어내고 기어코 자기 것을 찾아 입언저리를 막는 것이었다. 현태의 눈 밑 근육이 불룩불룩 움직인다.

"그렇게 제가 싫으십니까?"

하란은 놀란 듯 현태를 쳐다본다.

"그렇게도 제가 싫으십니까?"

현태는 꼭 같은 말을 되풀이하였다.

"아, 왜 그런 말씀을, 제가, 무슨 잘못이라도……."

"하란 씨!"

현태는 하란의 흰 손목을 덥석 잡는다. 그의 눈에는 순간 핏
발이 서는 것 같았다. 무대에 서면 그 힘찬 목소리가 굴러 나오
던 굵은 목이 갑자기 부풀어 오른 것만 같았다.

"선생님, 왜 이러세요? 놓으세요."

하란은 비둘기 새끼처럼 오들오들 떨었다.

"난 오래전부터 하란 씨를 사랑해 왔소. 얼마나 수영일 미워
했는지 모르겠소."

하란은 한 손으로 현태를 밀어내고 붙잡힌 팔을 뽑아낸다.
야무지고 냉랭한 행동이었다. 그것은 거절이 아니고 무엇인가.
현태의 얼굴이 창백해진다. 바로 그때 병실 문을 두드리는 소리
가 들려왔다. 병실로 들어온 사람은 안 박사였다.

"오오, 박 군 아닌가?"

안 박사는 일어서서 맞이하는 박현태를 보고 놀라워했다. 곱
게 빗질을 한 은빛 머리와 연회색 플란넬 양복을 입은 안 박사
의 모습은 낮이 되어 그런지 그저께 밤보다 좀 늙어 보였다.

"어떻게 알구 자네가 왔나?"

안 박사는 안색에 나타내지 않았지만 방 안 공기가 이상하여
그렇게 물었다.

"한영진이 전활 걸어주더군요. 그래서 지나는 길에 들렀습

니다.”

박현태는 침대에서 일어나 앉는 하란을 등으로 막으며 얼떨떨하게 말한다.

“좀 어떠냐?”

안 박사는 시선을 하란에게 보내며 물어본다. 박현태는 거북하게 몸을 젖히며 물러섰다. 건강한 몸집이 퍽 무력하게 보였다. 안 박사를 쳐다보는 하란의 눈에는 눈물이 글썽 돌았다. 안 박사는 언짢은 생각이 들었다. 아무리 자기가 부모 대신 보살펴 준다 하여도 몸져누운 하란의 마음이 오죽 외로우랴 싶었던 것이다. 안 박사는 박현태가 앉았던 의자에 앉으며,

“지금 김 박사한테 들어오면서 물어봤는데 걱정할 것 없다고 하더군.”

안 박사는 하란을 안심시키려고 그렇게 말했다. 하란은 핏기 없는 입술을 축이며,

“공연히 걱정만 끼쳐서. 전 집으로 돌아가도 좋을 것 같은데 병원에서 자꾸만…….”

“병원 측의 말을 들어야지. 환자는 언제나 의사 말에 복종해야 하는 거야. 하란은 몸이 약한 게 탈이지. 이런 기회에 푹 쉬어보는 것도 좋아.”

안 박사의 부드러운 목소리를 듣고 있는 하란은 서글프기도 하고, 기쁘기도 한 이상한 감정이었다. 그리운 사람의 아버지, 그리운 사람을 닮은 그의 육친을 바라보는 것은 위안을 받는

일인 동시에 서글픔을 자아내기도 하였다. 그리고 방금 박현태로부터 받은 충격은 그녀의 가냘픈 가슴을 뒤흔들어 놓은 채였다. 안 박사가 하란을 위로하고 있을 때 거북하게 뒤에 서 있던 박현태는 탁자 위에 놓은 모자를 집어 들었다.

"선생님, 저 먼저 가보겠습니다."

"아니 왜? 좀 더 있다 나하고 같이 나가지."

안 박사는 지나치게 박현태를 묵살한 것을 뉘우쳐 반색을 했다.

"전 바빠서 먼저 가겠습니다."

"응, 그래?"

박현태의 심정으론 한시바삐 병원으로부터 빠져나가고 싶었던 것이다. 그는 하란에게 고개를 돌려,

"그럼 문 선생, 조섭 잘하세요."

"고맙습니다."

하란은 입속말을 했다. 그러나 박현태가 도어를 밀고 밖으로 나가는 뒷모습을 보았을 때 하란은 자기의 지나쳤던 거절의 태도가 뉘우쳐졌다. 네가 뭐길래 그렇게 도도하냐 싶었고 너 역시 걷어채인 가련한 여자가 아닌가 싶었던 것이다. 한동안 말없이 앉아 있던 안 박사는,

"수영이가 오지 않았댔나?"

"……."

안 박사는 하란의 대답이 없는 것을 보고 미간을 찌푸린다.

"온다고 했는데? 내일 오려나?"

온다고 했다는 말은 거짓말이다. 안 박사가 전화로 하란에게 가보라고 했을 때 수영은 아무 말도 하지 않았던 것이다.

안 박사는 긴 속눈썹을 내리깔고 말이 없는 하란의 모습을 측은히 생각하였다. 안 박사는 하란의 졸도가 지난날 밤 형숙과의 소동에서 받은 충격 때문이라는 것을 짐작하였다. 평소부터 하란이 수영에 대하여 호감을 가지고 있는 것만은 확실하였다. 지금 하란의 모습에서 안 박사는 그가 얼마나 큰 절망에 빠져 있는가를 보았다. 그만큼 하란은 수영을 사랑하고 있었다는 생각을 하니 안 박사는 어떤 일이 있어도 그들을 결합시켜 주어야 하겠다는 결심이 굳어지는 것이었다.

"하란아."

"네?"

하란은 순한 대답을 하며 내리깐 눈을 치떴다.

"너도 이젠 결혼을 해야지."

"……."

"너의 결혼은 내가 책임져야 할 게다. 네 아버지에 대한 의리로서도."

하란은 숨진 부나비처럼 움직이지도 않았다.

안 박사는 하란의 가련한 모습을 내려다보고 있는데 자꾸만 눈앞에 형숙과 수영의 모습이 어른거렸다. 안 박사는 그들의 모습을 뿌리치려고 창밖으로 시선을 돌려버린다. 하란은 안 박사가 말을 하다 말고 창밖으로 시선을 두는 것을 보았을 때 이상한 불안감이 들었다.

'내가 절망하고 있는 것을 안 박사는 눈치챈 모양이다. 안 박사는 내 마음을 무마시키기 위하여 아마 다른 곳으로 나를 결혼시키고 싶어 하는가 봐.'

하란은 그렇게 생각하니 흐느껴질 것만 같은 설움이 복받쳐 올랐다.

그러나 안 박사 앞에서 울어버릴 수는 없었다.

"전 결혼하지 않겠어요."

하란은 나직이 말하였다. 안 박사는 그 말대답은 하지 않고,

"하란이 너는 수영이하고 결혼해야 한다. 꼭 그렇게 해야만 한다."

하란은 뜻밖의 말에 놀라워하며 겁먹은 눈으로 안 박사를 쳐다보았다. 안 박사는 하란의 얼굴을 내려다보며 굳은 결의를 나타낸다. 그리고 하란을 안심시켜 주듯 빙그레 웃었다.

"남녀 간의 애정이란 때론 맹목적일 수도 있고 그릇됨을 모르는 경우도 있는 법이다. 그러나 인간의 진실이라는 것은 어느 때고 인간이 돌아가야 하는 고향 같은 것이다."

안 박사는 지나간 날의 자기 일에 비추어 조용히 타이르고 하란의 절망된 마음을 감싸는 것이었다.

"설령 좀 복잡한 일이 있었다 할지라도 결국은 수영하고 넌 결혼을 해야 한다."

74

하란은 아무 말도 하지 못하였다. 그의 생각 같아서는 수영 씨는 형숙이란 여자를 사랑하고 있으니 할 수 없는 일 아니겠느냐고 말하고 싶었으나 차마 어른 앞에서 그런 당돌한 말을 할 수는 없었다.

"그럼 난 가겠다. 내일 수영이하고 수미가 오겠지. 수미는 나 돌아다니느라고 아직 네가 아픈 것을 모르고 있을 게다. 그럼 몸조심 잘해라."

안 박사는 하란의 까만 눈동자를 등허리에 느끼며 병실을 나섰다.

4. 목격

저녁에 집에 돌아간 안 박사는 맞이하는 신 여사에게,

"수영인 들어왔소?"

"네."

"지금 방에 있어요?"

"방에 계신가 봐요."

안 박사는 곧장 수영의 방 앞으로 걸어갔다.

"수영이 있나?"

방 앞에 서서 물어본다.

"네."

우울한 수영의 목소리다.

"들어가도 괜찮냐?"

대답이 없다.

"할 말이 있는데……."

안 박사는 조심스럽게 말을 거듭하였다. 방 안에서 발소리가
나더니 수영이 문을 열어주었다. 그러나 그는 아버지의 얼굴을
외면한 채였다.

"들어오세요."

안 박사는 방으로 들어가 소파에 앉았다. 수영은 지금까지 누
워 있었던 모양으로 파자마를 입은 채 침대에 걸터앉는다.

"어디 아팠댔나?"

"아, 아뇨."

수영은 여전히 안 박사를 외면한 채 대답하였다. 안 박사는
그러한 아들을 한동안 말없이 바라보았다. 상아처럼 반반한 이
마 위에 흘러내려 온 머리를 걷어 올릴 생각도 않고 수영은 멍
하니 앉아 있었다.

"하란이가 어제 학교에서 졸도한 이유를 알겠나?"

안 박사는 불쑥 그런 말을 했다.

"그걸 제가 어떻게 알겠어요."

수영은 일부러 반발적인 어조로 대답한다.

"정말로 모르겠나?"

안 박사의 목소리에도 약간 노기가 있었다. 수영이 고의적
으로 반발하려 드는 것이 안 박사의 마음을 불안케 하였던 것
이다.

"제가 알 턱이 있겠어요?"

수영은 여전히 반발적이다. 사실 수영은 전혀 그것을 몰랐던 것은 아니다.

"그럼 내가 알려주마. 그저께 밤 네가 취한 태도에 그 원인이 있었다면 너도 알 만한 일이 아니냐."

"저의 태도와 하란 씨의 졸도가 무슨 상관이에요?"

"끝내 그렇게 능청만 부리기냐? 너도 책임을 느껴야 하잖냐."

"왜 제가 책임을 느껴야 합니까?"

"하란은 널 사랑하고 있다."

"그 여자가 절 사랑하건 말건 제가 책임을 느껴야 할 이유가 없습니다. 저는 책임을 느껴야 할 만한 짓을 하지 않았으니까요."

수영은 목소리는 냉정하였다. 수영이 그렇게 말을 하는 데는 안 박사도 반박할 여지가 없었다. 수영의 마음에는 다만 형숙만으로 가득 차 있는 것이라 생각하니 암담한 기분만 든다.

"넌 졸장부다!"

안 박사는 홧김에 소릴 바락 질렀다. 수영은 입을 다물었다. 그 말에는 좀 질리는 모양이다.

"넌 용렬하고 마음이 좁다. 사내란 그런 게 아니다."

안 박사는 흥분되어 있었다. 사실 수영은 그가 말하는 것처럼 감정 자체도 그렇게 냉정하였던 것은 아니었다. 하란이 자기를 사랑하고 그날 밤에 받은 고통 때문에 학교에서 쓰러졌다는 말은 그의 마음을 다소 흔들어놓았다. 그러나 그러한 마음의 동요를 아버지 앞에 보여주기는 싫었다. 싫었을 뿐만 아니라 그는 아버지를 미워하고 원망하고 있었다. 수없이 전화를 걸어도 받아주지 않던 형숙이, 찾아가도 없다고만 하고 만나주지 않던 형숙이, 그것이 모두 아버지의 탓이라 생각하니 울화통이 터질 지경이다.

"하란은 내 딸 못잖게 귀중한 아이다. 나는 그 애를 내 자식만큼이나 사랑한다. 내가 새삼스럽게 말하지 않아도 그 애가 얼마나 착한 마음을 가졌는지 너도 알고 있을 게다. 그 애 성격도 잘 알고 있을 게다."

안 박사는 초조하게 수영을 살폈다. 수영은 얼굴을 찌푸린 채 창밖을 내다보고만 있다. 아버지의 말을 듣고 있지 않다는 표시다.

"너는 하란이하고 결혼해야 한다. 그 애야말로 너의 짝이다."

수영은 코웃음 치듯 아무런 대꾸도 하지 않았다. 대드는 것보다 냉소를 짓고 있는 아들을 바라보는 것이 안 박사에게 더 큰 고통을 주었다.

"오빠!"

언제 왔는지 수미가 밖에서 도어를 쿵쿵 쳤다.

"들어와."

수영은 마침 잘되었다는 듯 얼른 대답을 하였다. 도어를 왈칵 밀어젖히고 들어선 수미는 입맛이 쓰다는 듯 앉아 있는 안 박사를 보자,

"어마! 아버지도 계시네? 웬일이세요?"

수미는 방에 들어오자 수영이 옆에 털썩 주저앉았다. 침대의 스프링이 튀었다.

"넌 어딜 돌아다니는 거냐?"

안 박사가 퉁명스럽게 물었다.

"글쎄 허세준 씨가 행방불명이에요. 만나자고 해놓고 아무리 기다려도 와야죠. 그래 집으로 찾아갔더니 없잖아요. 참 싱거운 사람 다 있지. 내일 만나면 혼내주어야지."

수미만은 천하태평이다.

"넌 병원에 안 가봤지?"

안 박사는 수미가 모르고 있는 것을 알고 있었지만 수영에 대한 불만에서 일부러 그랬던 것이다.

"병원이라뇨?"

"하란이 입원했단 말이야."

"어머! 왜요?"

"과로했던 모양이야."

안 박사는 졸도를 과로라 표현했다.

"큰 병은 아니어요?"

"큰 병은 아니지만 내일 가봐. 외로운 아이니까, 우리 집 식구가 돌보지 않음 누가 돌보겠니?"

"응? 그럼 가봐야죠."

수미는 한참 말이 없다가,

"아, 참 오빠 형숙이하고 쌈했어? 명동에서 만났어요. 어떤 남성하고 같이 가면서 날 못 본 체하잖아요? 그래 미워서 짓궂게 따라가 어딜 가느냐고 물었더니 아주 쌀쌀하게 영화 보러 간다잖아요? 멋쟁이던데? 보이 프렌든가 봐요."

안 박사는 거 보란 듯 넌지시 수영을 바라보는데 수영의 얼굴에는 살기가 등등했다. 지금까지 반반했던 이마 위에 혈관이 부풀어 오른다. 그 형상이 하도 무서워 조잘거리던 수미도 입을 다물고 말았다. 수영은 걷잡을 수 없는 질투의 파도 속에서 자기의 이성을 완전히 잃고 있었다. 그는 걸터앉아 있던 베드에서 벌떡 일어났다. 그는 파자마 바람으로 도어를 거칠게 닫아부치고 나가버린다. 그는 홀로 나와서 소파에 몸을 내던진다. 그리고 머리카락 속에 손가락을 모두 쑤셔 넣고 머리를 푹 수그렸다. 그는 마침 쏟아지는 소나기 소리도 모르는 양 언제까지나 그러고 앉아 있었다.

다음 날 아침 수영은 학교에 나가지 않고 형숙의 집으로 달려갔다. 그러나 수영은 어젯밤처럼 흥분해 있었던 것은 아니었다. 그는 스스로 자신을 달래고 형숙이의 마음을 이해하려고 노력하였다.

수영이 현관으로 들어섰을 때 마침 형숙은 외출 준비를 하고 나오는 판이었다. 학교에 나가는 것도 아닌 모양으로 산뜻한 그린빛 원피스에 조그마한 핸드백을 들고 있었다.

수영과 마주친 형숙은 얼굴이 좀 굳어졌다. 그러나 이내 냉정

한 표정으로 돌아갔다. 수영은 대뜸,

"왜 전활 안 받는 거야?"

형숙은 슬쩍 수영을 쳐다보다가 그 말대답은 않고 구두를 신더니 앞서 나간다. 뒤쫓아 나간 수영은 다시,

"형숙이, 왜 날 피하는 거야?"

"피하기는 누가 피해요? 제가 뭐 죄지었나요?"

도리어 반문이다.

"그러지 말고 나하고 얘기 좀 해."

"무슨 말씀이 있으세요?"

"정말 형숙이가 이러기야?"

수영은 부아통이 터진 듯 형숙의 팔을 낚아챘다.

"이러지 마세요! 할 말씀이 있다면 하세요. 전 약속이 있어 바빠요."

수영은 그 말은 들은 체 만 체 지나가는 택시를 하나 잡는다.

"자, 타!"

형숙은 반항할 기세를 보이다가 무슨 생각을 했는지 수영에게 밀리며 자동차에 올랐다.

"반도호텔로!"

수영은 형숙을 납치라도 하는 듯 흥분된 목소리로 말하였다.

반도호텔 앞에서 자동차가 멎자 수영은 형숙을 데리고 반도호텔로 들어갔다. 엘리베이터에 밀려 들어간 형숙은 태연한 자세로 수박색 제복을 입은 엘리베이터 조종사의 거무튀튀한 얼

굴을 쳐다보고 있었다.

수영과 형숙은 스카이라운지에 올라갔다. 오전이 되어 그런지 별로 손님이 없었다. 간밤에 내린 소나기 때문인지 가로수가 푸른 시가의 전망은 상쾌하였다.

"자, 앉아요."

수영은 형숙의 어깨를 누르듯 자리에 앉힌 뒤 자기도 마주 앉는다.

웨이터가 주문을 받으러 왔다.

"콜라하고 비루*."

간단히 주문을 하고 태연히 앉았는 형숙에게 눈을 돌린다.

"어젯밤 뉘하고 영화 보러 갔지?"

올 때만 해도 수영은 그 문제에 대하여 크게 생각지 않으려고 했다. 그러나 막상 그 말을 묻고 보니 가슴이 지글지글 타올랐다. 심한 질투와 불신의 감정이 북받쳐 왔던 것이다.

"그런 심문을 왜 받아야 하는지 그 이유부터 말씀해 주셔야겠는데요."

한 다리를 포개 얹고 커다란 눈을 들어 수영을 뚫어지게 쳐다본다. 수영은 그 눈 속으로 온 정신이 빨려 들어가고 있는 자기 자신을 느끼지는 못했다. 그 눈은 마치 무서운 자석처럼 수영의 모든 것을 견인牽引하고 만 것이다.

"형숙은 내 사람이야. 난 형숙의 소유자란 말이야. 물어볼 권리가 있다."

수영은 나른해진 자기의 지각을 되살리며 말하였다.

"호호호호……."

형숙은 자지러지게 웃었다. 돌돌 굴러가는 목소리, 그 목소리는 수영의 청각에 말할 수 없는 쾌감을 주었다. 설령 그 웃음소리가 자기를 비웃고 자기를 조롱하는 것이었다 할지라도 그 웃음소리는 그지없이 매혹적인 것이 아닐 수 없었다. 조용히 타이르고 결혼 문제를 엄숙하게 꺼내려던 계획은 몽롱한 속에 풀어지고 말았다. 할 말이 모두 혓바닥 속에 녹아 없어져 버린 것만 같았다. 수영은 자기를 잃은 채 형숙의 웃음의 여음을 듣고 있었다.

"누굴 당신네들 종년으로 아세요? 소유권을 주장하시게."

이빨을 끊어내는 샘물같이 차가운 말이다.

"왜 그런 말을 하는 거야? 아버지하고 난 엄연한 개개인이야. 난 형숙하고 결혼하고 말 테다."

"명문의 자제분이 무서운 탕녀, 요부의 피가 흐르고 있는 여자하고 결혼을 하다니, 그게 될 말이에요."

형숙의 얼굴에 별안간 피가 걷혀지더니 얼굴이 무섭게 변해 버린다. 처참한 얼굴이다. 그러나 그는 이내 자학의 구렁텅이에서 일어선 여왕처럼 수영을 눈 밑으로 내려다보았다.

"아버지의 실언은 내가 대신 사과하겠어. 미안해, 용서해 줘. 그러나 아버지의 심정도 이해해 줄 수는 없을까?"

"누굴 이해하고 용서할 이유도 필요도 없어요. 저는 자신을 똑바로 보았을 뿐이니까요."

"똑바로 보다니?"

수영은 불안스럽게 물었다. 그러나 형숙은 그 말을 들은 체도 하지 않고,

"무서운 열등감, 자기혐오, 그것에서 놓여날 것을 지금 바라고 있을 뿐입니다. 절 괴롭히지 마세요. 그리고 전 무서운 열등감과 자기혐오의 제물이 되기는 싫어요."

"그건 또 무슨 뜻이야?"

수영은 마치 자기의 몸이 기름 마른 기계처럼 되어감을 느꼈다. 말이라고 하는 게 모두 초점을 잃고 있다고 느꼈다.

"안수영 씨와 결혼하지 않겠다는 말입니다. 저는 일생을 감정의 노예로서 살 순 없단 말입니다."

"왜 감정의 노예로 살아야 하나? 우린 서로 사랑하고 있지 않은가?"

"그건 대등했을 때의 이야기죠. 안 선생은 명문의 자제, 저는 탕녀의 피가 흐르고 있는 여자, 탕녀의 딸에겐 탕녀의 아들이라야만 제격이고, 호흡을 같이할 수 있거든요."

형숙은 말을 끊었다가 다시 시작한다.

"저는 탕녀와, 피가 나쁜 저의 어머니란 여자를 생각해 봤어요. 그 여자는 아마도 사랑을 몰랐다기보다 감정의 노예로부터 빠져나가려고 평생 발버둥 친 여자가 아니었을까 그렇게 생각해 봤어요. 사내들은 그 여자를 소유하려, 그 여자를 정신적

인 노예로 만들려고 했을 거예요. 사랑했겠죠. 그렇지만 경멸했을 거예요. 결코 존경하지는 않았을 거예요. 그 여잔 많은 사내들을 망쳐버렸다지만 결국 그녀는 아편중독자가 되었고 자살을 하지 않았습니까? 전 그 여잘 변호하려는 건 아니에요. 저는 지금 자신의 마음을 돌이켜 그렇게 이해했을 뿐이에요. 기생이었던 여자가 열등감 때문에 그 애정이 그릇되었고, 그와 같이 탕녀의 딸이었기에 그 애정이 얼마나 그릇되게 발전될 것인가. 저는 안 선생의 동정을 받아가며 제가 지니고 있다는 유전적인 사실을 엄폐하고 살아가긴 싫단 말입니다."

형숙은 열에 들뜬 사람처럼 지껄여댔다.

"세대가 다르잖아. 그런 낡은 얘긴 하지 마."

"아무리 세대가 달라도 감정적인 계급은 엄존하고 있어요."

형숙은 그렇게 말하더니 자리에서 벌떡 일어섰다.

"어딜 가는 거야?"

수영은 당황하며 형숙의 팔을 잡았다.

"이거 놓으세요."

형숙의 목소리는 어느새 가라앉아 있었다.

"어딜 가는 거야. 난 할 말을 한 마디도 못 하였다."

"전화 걸러 가는 거예요."

형숙은 핸드백을 두고 카운터로 갔다. 전화를 걸었는지 형숙은 이내 돌아왔다. 수영은 기다리고 있었다는 듯,

"형숙의 말 이해할 수 있어. 그러나 옳고 강한 애정이라면 모

든 걸 초월할 수 있을 거야. 이방인끼리도 결혼을 하는데 그런 사소한 문제가 어째서 우리들의 결혼을 막을 수 있을까?"

실상 사소한 문제는 아니었다. 그러나 수영은 의식적으로 사소한 문제로 돌리려고 했다.

"남의 예를 들지는 마세요. 사물을 보고 느끼는 것은 개개인이 다 같을 수는 없어요. 저는 저의 느낌에 순응할 수밖에 없으니까요. 이 세상의 풍습과 제도가 개혁되지 않는 이상 저의 감정도 개혁시킬 수는 없어요."

"그것은 무서운 에고이스트다. 애정 앞에서는 개성이 없다."

수영은 견딜 수 없다는 듯 소리쳤다.

"그 말은 사랑을 미화시키려 드는 거짓일 뿐이에요. 결국 사랑을 주는 것도 사랑을 받는 것도 모두 자신을 위한 일이 아니겠어요? 수절이니 사랑의 순교니 하는 따위는 모두 다 위선을 강요해 온 하나의 풍습에 지나지 못해요. 그렇지 않다면 그것은 마취의 상태를 원한 것뿐이에요. 사람은 모두 마취를 당하고 싶어 하거든요. 자기 자신을 속이고 싶어 하거든요. 제 어머니라는 여자도 아마 자신을 좀 속이고 싶어 마약중독자가 되었고, 그것이 안 되니까 자살을 했을 거예요."

형숙의 말은 예리한 칼로 베어버린 자국처럼 빈틈이 없었다. 서로 주거니받거니 시비를 하고 있을 때 출입구를 바라보고 있던 형숙은 손을 번쩍 들었다. 청년 한 사람이 형숙을 향하여 뚜벅뚜벅 걸어왔다. 멋진 복장이었다. 얼굴도 제법 희멀쑥했다.

청년은 날카로운 수영의 얼굴을 보자 좀 멈칫하고 서버린다.

"미스터 김, 잠깐만 앉으세요."

수영은 같이 영화를 보러 가더라는 사내가 바로 이 청년인 것을 짐작하였다.

"이분 저의 보이 프렌드예요. 김상주 씨라고 민의원 김윤구 씨의 아드님이에요. 그리고 이분은 우리 학교 안수영 선생님."

형숙은 천연스럽게 인사를 시킨다. 김상주는 당돌하게 손을 내어 밀었다. 그러나 수영은 손을 내밀지 않고 고개만 약간 숙였을 뿐이다. 김상주는 내밀었던 손이 부끄러웠던지 멋쩍게 수습한다.

"선생님, 전 이분하고 약속이 있어 그럼 먼저 가겠어요."

형숙은 수영의 말도 기다리지 않고 일어서서 청년의 등을 밀듯 걸어간다. 수영은 분노에 찬 눈으로 그들의 뒷모습을 쏘아본다. 생각 같아선 쫓아가서 김상주란 애송이를 계단 밑으로 굴러 떨어뜨리고 싶었으나 주먹이 부르르 떨렸을 뿐이다.

"역시 형숙은 요부인가, 어미의 피를 받은 요부인가, 저렇게 태연하게 나를 짓밟을 수 있단 말인가?"

수영은 일어섰다. 눈앞이 캄캄하였다. 심한 패배감이 전신을 감돈다. 수영은 계산을 치르고 아래로 내려왔다. 그들의 모습은 벌써 보이지 않았다. 거리로 쫓아 나왔다. 거리에도 그들의 모습은 있지 않았다. 수영은 미칠 것만 같았다. 왜 아까 그 녀석의 대갈통을 부수어버리지 않았던가 싶었다. 을지로 쪽으로 걸어

나와 신호를 기다리고 섰을 때 수영은 자기 자신의 감정이 발광에 가까웠던 것을 깨달았다. 그리고 자신이 지금까지 형숙 이외의 일은 아무것도 생각지 않았음을 깨달았다.

집으로 돌아온 수영은 빗길을 쏘다니던 강아지처럼 침대에 쓰러졌다. 간밤에 눈 한번 붙여보지 못한 생각이 났다. 그러자 전화벨이 요란스럽게 울렸다. 수영은 침대에 누운 채 손을 뻗었다.

"누구세요?"

"수영이냐?"

안 박사의 목소리다.

"너 병원에 가보았느냐?"

"병원이고 뭐고 제발 아무 말씀 마세요!"

수영은 악을 쓰며 수화기를 내동댕이쳤다. 그러나 다시 벨이 울리기 시작하였다. 수영은 수화기를 내려놓고 이불을 뒤집어 쓰고 만다. 얼마 동안을 잤는지 모른다. 수영이 눈을 떴을 때 방안은 어둑어둑했다. 담배를 하나 피워 물었다. 그러나 미처 담배가 다 타기도 전에 벌떡 일어났다. 그는 또다시 형숙의 집으로 달려갔다. 현관으로 들어간 수영은 식모에게,

"형숙이 있죠?"

강압적인 목소리다.

"안 계신데요?"

"정말이오?"

수영은 네가 거짓말을 하지 않느냐는 투로 말했다.

"정말이에요. 나가셔서 아직 안 돌아오셨어요."

식모의 표정은 거짓말이 아님을 나타내고 있었다. 수영은 맥이 풀린 듯 밖으로 나왔다. 사방은 완전히 어둠 속에 묻혀 있었다.

'여기서 돌아오기까지 기다리자.'

수영은 길목 어귀에 있는 전봇대에 몸을 기대어 담배를 피워 물었다. 여러 가지 의혹이 그의 가슴을 짓눌렀다.

'정말 형숙은 아버지를 망친 그의 어머니와 같은 여자인가?'

얼마 동안이나 지났는지 수영은 자기 얼굴을 환히 비춰주는 자동차의 헤드라이트에 놀라 전봇대의 뒤로 물러섰다. 눈앞을 스쳐가는 자동차, 그 자동차 안에서 형숙이 웃고 있었다. 형숙은 혼자가 아니었다. 남자와 같이 다정하게 어깨를 비비고 있었다. 수영은 눈앞이 캄캄해졌다. 그는 자기도 모르게 자동차를 뒤쫓아 달려갔다.

형숙의 집 앞에 멎은 자동차 속에서 마침 형숙이 내렸다. 형숙이 뒤를 따라 내린 사나이, 수영은 가등* 밑에 비친 그 얼굴을 보고 달려가려던 걸음을 멈추었다. 그리고 마치 말뚝처럼 우뚝 서버리는 것이었다. 형숙을 뒤따라 내린 사나이는 뜻밖에도 박현태였다.

수영은 전신의 피가 식는 것만 같았다. 전선에 걸려 있는 달이 두 조각 세 조각 나더니 산산이 부서져 버리는 것만 같았다.

박현태의 떡 벌어진 어깨가 바위처럼 눈앞에 크게 다가오는가
하면 하나의 흑점처럼 멀어지기도 하였다. 수영은 고개를 흔들
었다. 자기의 신경이 정상이 아님을 깨달았다. 박현태가 형숙을
데려다주기로서니 그것을 지나치게 심각해할 일은 아니라 생각
하였다.

"내가 며칠 동안 흥분하고 있었기 때문이야."

그러나 선선히 나서지지가 않았다.

"그럼 들어가 보세요."

박현태의 굵은 목소리였다.

"좀 노시다 가세요."

형숙이 박현태의 팔을 끌었다.

"늦었는데……."

박현태는 시계를 들여다보았다. 그러더니 자동차를 보내고
형숙을 따라 집으로 들어간다. 수영은 다시 흥분 상태에 빠져버
렸다. 낮에 스카이라운지에서 김상주란 사나이하고 만나고 밤
에는 박현태를 만났다는 생각을 하니 견딜 수 없이 불쾌했다.

"역시 요부다!"

수영은 침을 뱉고 돌아서려고 했다. 그러나 다리가 땅에 붙어
버린 듯 걸음을 옮길 수 없었다. 수영은 형숙의 방이 있는 이 층
을 올려다보았다. 창문에 그림자가 어른거린다. 그림자는 다정
스럽게 가까워진다. 수영은 질투에 가슴이 타는 듯했다. 그냥
문을 부수고 이 층으로 쫓아 올라가 형숙을 가로채어 어디로 마

구 달아나고 싶었다. 사람이라곤 한 사람도 살지 않는 무인지대로 달아나고 싶었다. 아무도 형숙을 빼앗아 갈 수도 없고 형숙이 달아날 수도 없는 곳으로 달아나고 싶었다.

수영은 어느새 형숙을 요부라 경멸하고 있지 않았다. 그에게는 다만 형숙을 영원토록 독점하고 싶은 갈망만이 흐느껴지도록 가슴에 벅차왔다. 수영의 눈에서는 눈물이 흘렀다. 그러나 수영은 자기 자신을 못난 놈이라 생각하지 않았다. 달은 갈기갈기 찢어져 명주실처럼 마음을 휘감아 와서 그것이 하나의 선율처럼 소리를 내었다. 자기 자신의 울음소리와도 같이 느껴졌다.

"사내 녀석이 찔찔 울기는…… 나비가 죽었다고 울구, 소가 짐을 많이 싣고 간다고 울구, 온 아이두 순 감정파야."

하던 어린 시절의 어머니 말이 생각났다.

수영의 이성으로는 형숙을 요부라고 침 뱉고 돌아가는 것이었으나 발이 떨어지지 않았고 그의 감정으로는 형숙의 방으로 뛰어들고 싶었으나 한 가닥의 의지가 그를 움직이지 못하게 하였다.

"아니다. 형숙은 지금 자기 자신에 대하여 반발을 하고 있는 것이다. 자기 어머니에 대한 염오, 아버지로부터 받은 모욕을 잊어버리고 싶어 저러는 거야."

수영은 형숙에 대한 부정과 긍정을 수없이 반복하며 끝내는 자기의 마음이 조금이라도 안정할 수 있는 곳으로 추측을 이끌어가는 것이었다. 수영은 마음을 가라앉히기 위하여 담배를 피워 물었다. 그러나 그의 눈은 이 층 창문을 떠나지 않았다.

"기다리자, 여기서. 박현태가 돌아간 후 형숙을 만나서 얘기하자."

무한히 긴 시간이 흘러간 것만 같았다. 그리고 창문에 그들의 머리 그림자가 어른거릴 때마다 가슴이 터질 듯 뛰었다. 그리고 피가 광포하게 솟구쳐 올랐다.

얼마 동안이 지났는지 모른다. 현관의 문이 와르르 열렸다. 수영은 재빨리 전주 뒤에 몸을 숨기고 숨을 죽였다.

"또 놀러 오시죠. 박 선생님?"

형숙의 또랑또랑한 목소리였다. 수영의 마음을 떨리게 하던 형숙의 목소리였다.

"수영이한테 맞아 죽으면 어떡하게요?"

"왜 그런 말씀을 하세요? 그분한텐 그분의 세계가 있고 저한테는 저의 세계가 있을 뿐이에요. 저는 자유예요. 누구의 구애도 받지 않아요."

"오죠."

박현태의 낮은 대답이다.

"그럼 악수."

형숙은 손을 쑥 내어 밀었다. 그리고 요염하게 웃었다. 양어깨가 리드미컬하게 흔들리는 것 같았다. 현태는 형숙의 웃는 얼굴을 넋이 빠진 것처럼 바라다보았다.

"악수 안 하세요."

말이 떨어지기도 전에 박현태는 형숙을 와락 안았다. 형숙은 잠시 반항을 하다가 결국 박현태의 포옹에 응한다.

수영은 눈앞이 아찔했다. 고함이 터져 나오려는 입을 양손으로 꽉 틀어막는다. 그러나 입 속에서 이빨이 부딪는 소리가 났다.

박현태는 형숙의 허리를 놓아준다. 그리고 커다란 손을 들어 형숙의 선이 고운 턱을 받쳐 들었다. 형숙은 눈도 깜박이지 않고 들여다보고는 박현태를 마주 보았다.

"형숙은 마녀야."

"저 자신도 그렇게 자처하구 있어요."

형숙의 눈이 순간 번득였다. 눈물 같은 것이었는지도 모른다.

"그럼 잘 자요."

돌아선 박현태는 담배를 뽑아 물고 라이터를 켜면서 돌아보지도 않고 내리막길을 천천히 걸어 내려갔다. 형숙은 양손으로 머리를 부여안고 섰다가 집으로 들어갔다.

수영은 박현태가 내려간 반대 방향의 길을 마구 뛰어 내려갔다. 수영은 그 길로 명동에 나왔다. 그리고 눈에 띄는 바로 들어갔다.

그는 여급이 부어주는 대로 술을 마셨다. 얼마를 마셨는지 모른다. 여급이 어떤 말을 걸어와도 대답 한마디 하지 않았다.

"실연을 하셨나 봐, 아이 눈도 무서워라."

여급은 아무리 말을 걸어도 대답 없이 술만 마시고 있는 수영에게 핀잔을 주었다. 수영은 여급 얼굴 위에 술잔을 던져버리고 싶은 충동을 겨우 참았다.

수영은 밤길을 어떻게 헤매어 집으로 돌아왔는지 알 수 없었다. 그는 집에 들어서자 쓰러졌다. 쓰러진 채 흑흑 흐느껴 우는 것이었다. 이 소동에 자던 수미도 일어났고 안 박사도 나왔다. 안 박사는 아들을 일으켰다. 그리고 그를 침실로 끌고 갔다. 수영은 침대 위에 엎드려 여전히 흐느껴 울었다. 안 박사는 소파에 앉아 담배를 빨면서 아들의 모습을 물끄러미 바라보았다. 수영은 얼마 후 잠이 들어버렸다.

안 박사는 수영이 어릴 때처럼 베개를 바로 괴어 받쳐주고 발소리를 죽이며 방을 나섰다. 시계가 두 시를 쳤다. 밤은 고요하기만 했다. 수미의 방에도 불이 꺼져 있었다.

안 박사는 신발을 끌고 뜰로 나왔다. 그리고 통나무 위에 걸터앉아 담배를 피워 물었다. 생각할수록 마음은 암담하였다. 어찌하여 부자간이 이렇게 꼭 같은 길을 밟아가는가 싶었던 것이다. 운명의 장난치고는 너무나 짓궂다는 생각도 들었다. 수영의 광란적인 태도는 옛날의 자기 모습을 방불케 하였고 감정이 마구 한곳으로 치솟는 모양도 옛날의 자신을 보는 듯하였다. 한 부자가 한 모녀를 두고 빚어지는 애욕의 갈등도 기구한 운명이 아닐 수 없었다.

"수영일 외국에다 보내버릴까?"

안 박사는 퍼뜩 그런 생각이 떠올랐다. 옛날에 자기를 처갓집에서 미국으로 보내준 생각이 났다.

"그렇다. 보내버리자. 하란하고 같이 보내버리자."

안 박사는 담배를 밟아 문드리고 방으로 돌아왔다.

수영은 매일 밤 술을 마시고 돌아왔다. 얼굴은 점점 창백하게 되어가고 눈은 항상 벌겋게 타고 있었다. 아무것도 모르는 수미도 수영의 무질서한 생활에 눈살을 찌푸렸고 수영의 눈을 보면 무섭다고 했다. 집 안에는 무거운 공기가 흘렀다. 아무도 수영을 나무라지 못했다. 만일 나무라거나 간섭을 한다면 벼락이라도 떨어져 버릴 것 같은 그런 무서운 수영의 형상이었기 때문이다.

수영의 흥분이 가라앉기를 기다리던 안 박사는 어느 날 아침 수영의 방으로 갔다. 수영은 침대에 걸터앉아 담배를 피우고 있다가 안 박사를 흘끗 쳐다볼 뿐 무슨 얘기가 있느냐는 말도 물어보지 않았다.

"수영아?"

수영은 또다시 흘끗 안 박사를 쳐다보았다.

"외국에 한번 가보는 게 어떨까?"

안 박사의 목소리는 심히 조심스러웠다. 그러나 수영의 얼굴은 무표정했다.

"불란서나 미국이나 너 가고 싶은 데 한번 가보는 것도 좋을 것 같은데?"

"……"

"한번 바람을 쐬는 것도 좋을 거야, 포부도 커지구. 한국 땅은 너무 좁다."

"……."

"어때?"

"동정을 하세요?"

수영은 날카롭게 물었다.

"왜 그리 고깝게 생각하니? 아무튼 잘 생각해 봐라."

안 박사는 형숙에 관한 문제는 입 밖에도 내지 않았다. 수영의 감정에 자극을 주는 일은 일체 피하자는 심산이었던 것이다. 그러나 안 박사는 일어서서 도어 앞에까지 걸어와 손잡이를 잡았을 때 문을 밀지 않고 그 자세대로 한참 서 있었다. 그러더니 돌아보지도 않고 한다는 말이,

"그리구 틈이 있으면 병원에 한번 가봐라. 하란이 적적한 모양이더라."

안 박사는 수영의 대답도 듣지 않고 말을 마치자 황급히 밖으로 나가버린다.

5. 역전

수영은 해가 지자 꾸겨진 채 내버려둔 양복을 걸치고 밖으로 나왔다. 그는 곧장 명동으로 나갔다. 그리고 호텔의 지하에 있는 바로 내려가는 것이었다.

어두컴컴한 바에는 벌써 몇몇 손님들이 술을 마시고 있었다. 한구석에는 이브닝드레스를 입은 여자 둘이 맥주를 마시고 있었다.

수영은 카운터에 몸을 밀면서 술을 청했다. 수영은 내어 미는 술잔을 들어 입 속에 들이붓고 다시 술잔을 내어 밀었다. 수영이 바로 옆에 비스듬히 돌아선 사나이는 골똘히 무엇을 생각하며 역시 수영과 마찬가지로 말없이 술을 마시고 있었다. 사나이는 때때로 술잔을 부서져라 두 손으로 눌러 잡기도 하였다. 어지간히 취하기는 취한 모양이다. 사나이는 술잔을 내어 밀면서 수영 쪽으로 몸을 돌렸다.

"어."

수영이 좀 놀란다.

"허 군 아닌가?"

수영이 말을 걸었다.

"……?"

허세준은 몸을 똑바로 하며 수영을 흐리멍텅한 눈으로 바라보았다.

"아, 형님이세요?"

허세준은 혀 꼬부라진 소리로 흥미 없이 말하였다.

"수미가 행방불명이 되었다고 야단이던데 여기 있구나."

수영도 말은 그렇게 하였으나 허세준과 마찬가지로 극히 흥미 없는 표정이었다.

"아, 그, 그러세요? 날 찾아 뭐 할려구요?"

허세준은 여전히 흐리멍텅한 눈으로 수영을 봤다.

"무성의한 약혼자로군. 그거는 그거구, 자 술이나 드세. 술집에서 계집의 얘기는 재수가 없다."

"흥!"

허세준은 눈 밑으로 수영을 살피듯 노려보며 코웃음을 쳤다.

"자네 나한테 감정이 있나?"

"감정요? 있죠. 그러나 그만둡세다. 그런데 형님은 무엇하러 술 마시러 왔수?"

허세준의 혀 꼬부라진 말은 두서없는 것이었다.

"자넨 왜 왔나?"

"저야 실연, 아니 짝사랑의 답답증 때문이죠."

"수미하고 싸움했나?"

"뭐요? 수미요오? 형님의 누이동생 수미 말씀이세요?"

허세준은 수영에게 감겨들었다.

"물론이지. 이 사람이 돌았나?"

"그 앤, 형님의 누이동생은 귀여운 인형이죠. 하하하……."

허세준의 웃음이 어두컴컴한 허공에 울렸다.

"형님은 참 복도 많으슈. 자아, 그럼 형님을 사랑하는 여성을 위하여, 그의 건강과 행복을 위해 축배를 듭시다. 이봐, 샴페인 하나 터뜨려!"

허세준은 술잔으로 카운터를 두들겼다.

"건방진 소리 작작 해. 사랑하는 여성? 흥 개나 먹으라지."

수영은 허세준이 형숙을 두고 말하는 것으로 오해를 했다. 그는 거칠게 술잔을 들었다. 여급은 샴페인을 멋있게 터뜨렸다. 그리고 큰 글라스에 콸콸 붓는다. 새빨간 액체가 쏟아지는 것을 허세준은 바라보고 있다가 잔 하나를 수영에게 쑥 내어 민다.

"형님, 자 축배를 듭시다. 형님을 사랑하는 여성을 위하여."

허세준은 수영이 들기도 전에 술잔을 부딪쳤다.

"왜 이러는 거야? 날 놀리는 거야?"

수영도 술이 어지간히 된 모양이다.

"내 말이 뭐 잘못되었나요?"

허세준은 술잔을 쳐든 채 수영에게 대들었다.

"날 모욕하기야? 사랑하는 여성이란 또 뭐야?"

"공연히 그러지 맙시다. 자포자기로 술을 퍼먹는 놈이 후한 인심을 쓰는 거요. 그것이 나빴어요?"

"이 새끼 정말 날 이렇게 놀리기야?"

수영은 눈에 불을 켜고 허세준을 노려보았다. 누구든지 때려 눕히지 못해 몸이 근질근질한데 눈앞에서 허세준이 자꾸만 자극을 주는 것이 견디기 어려웠던 것이다. 수영의 상처받은 마음에는 허세준의 말이 낱낱이 자기를 못났다고 비웃는 것만 같았던 것이다. 수영의 혈관 속에는 알코올이 쾌속도로 달리고 있었다.

"놀리다니요? 천만의 말씀, 진심으로 선망과 질투를 느껴 마지않습니다."

허세준은 진심이란 말을 되풀이하며 허리까지 굽히고 절을 하는 시늉을 한다.

"이 새끼 가만히 내버려두니……."

수영은 정말로 허세준이 자기를 놀리는 줄만 알고 그의 앞가슴을 바싹 틀어쥐었다.

"치세요. 치란 말이오. 누이동생의 배신자요, 형님의 애인을 훔치려는 놈이오. 자아, 치, 치세요!"

허세준은 술김에 해서는 안 될 말을 하며 대들었다.

"무엇이? 네놈도 그년의 꽁무니를 따라다닌단 말이야!"

수영은 허세준을 땅바닥에 쓰러뜨리고 그의 목을 졸랐다. 노한 표범처럼 영악한 수영의 표정이었다. 바 안은 순식간에 수라장이 되었다. 여급들이 소리를 질렀고 매니저가 달려 나왔다. 수영은 세준을 무참하게 때렸다. 세준이 말하는 여자가 어디까지나 형숙인 줄만 알고 수영은 덤비는 것이나 허세준은 반항하지 않고 맞았다. 코피가 터졌다. 겨우 사람들이 달려들어 수영을 끌어내었다. 수영의 이마에서는 땀방울이 비 오듯 흘러내렸다. 얼굴은 종잇장처럼 희었다. 수영은 술값을 치르고,

"내 동생이야, 걱정들 말어. 이놈을 병원에 끌고 가야지."

수영은 손수건으로 허세준의 얼굴을 문질러주며 그를 끌고 밖으로 나왔다. 지나가는 택시를 잡은 수영은 허세준을 거칠게 떠밀어 넣고 안외과 병원으로 달리게 하였다.

"아무도 사람의 감정까지 지배할 수는 없다. 지배할 권리는 없다. 사람이 사람을 사랑하는 것이 어째서 죄가 되며 사랑할 수 없다는 것이 어째서 죄가 되는가? 나는 좋아했을 뿐이다. 사랑했을 뿐이다. 마음속으로, 누구한테도 폐를 끼친 일은 없었다."

허세준은 코피가 묻어 엉망이 된 얼굴을 쳐들고 지껄였다.

"이 새끼 입 닥쳐, 더 이상 지껄이면 죽여버린다!"

수영의 얼굴에는 살기가 등등하였다. 그래도 허세준은 지껄였다. 모두가 다 술 탓이다. 그는 지껄이다가 잠이 들어버렸다.

수영은 안외과 앞에까지 와서 혼자 병원으로 들어갔다. 그리고 조수를 불러내어 허세준을 끌어들이게 하였다.

"아버진 들어가셨어?"

"네."

간호원이 대답하면서 침대 위에 누인 허세준과 수영을 번갈아 보며 불안한 표정을 지었다.

"이 사람 술에 취해 좀 다친 모양인데 치료해 주시구, 오늘 밤엔 여기서 재워 내일 돌려보내시오."

수영은 그렇게 말하고 한참 동안 우두커니 얼빠진 사람처럼 앉아 있다가 훌쩍 일어섰다.

"잘 돌보아 주어요. 집안사람이니까."

수영은 그 말을 남겨놓고 밖으로 나왔다. 그는 가로수에 기대어 서서 멍하니 하늘을 쳐다보고 있다가 지나가는 택시를 보자 번쩍 손을 든다. 그는 하란이 입원한 동인병원으로 갈 참인 것이다. 그러나 그의 머릿속에는 아무 생각도 없었다.

병원으로 들어간 수영은 환자와의 면회를 간호원에게 청했다. 그러나 간호원은 야간이라 안 된다고 거절하는 것이었다. 개인 병원이고 또한 경환자이니 굳이 그런 규약을 고집할 것도 없겠는데 수영의 행색이 말이 아니었을 뿐이 아니라 지독한 술 냄새를 뿜고 있으니 간호원으로서도 거절을 아니할 수 없었다.

"집안사람이니 꼭 만나야겠소. 만일 의심이 난다면 환자한테 가 물어보슈. 안수영이란 사람이 왔다고. 만일 환자가 면회를 거절한다면 그냥 돌아가죠."

간호원은 수영을 힐끗힐끗 살피다가 입원실 있는 별관으로 사라졌다. 얼마 후 간호원이 돌아왔다.

"올라오세요."

간호원은 그렇게 말하고 앞장서서 수영을 하란의 병실까지 안내해 주었다. 하란의 병실에는 아무도 없었다. 하란이 혼자 침대에서 일어나 앉아 수영을 맞이하였다. 흰 바탕에 분홍색 꽃 무늬가 있는 파자마를 입은 하란의 얼굴은 수척하였으나 그의 얼굴에는 슬픔과 기쁨이 뒤섞여 있었다. 수영은 팔을 돌려 문을 닫고 난 뒤 하란 앞으로 뚜벅뚜벅 걸어왔다. 그리고 옆에 놓인 의자를 거칠게 잡아당겨 털썩 주저앉았다. 하란은 수영의 거친 숨소리와 말이 아닌 행색을 이상히 여기는 듯 그를 자세자세* 쳐다보았다.

"좀 어떠세요?"

수영의 목소리는 성난 것 같았다.

"괜찮아요. 내일 퇴원하려고 했는데 오셨군요."

하란은 고개를 숙이고 흰 손을 내려다본다.

"때를 맞춰서 왔군."

수영은 냅다 던지는 듯 퉁명스럽게 말하였다. 하란은 그 말소리가 마음에 아프게 왔던 모양으로 고개를 홱 들었다. 술 냄새가 뭉클하게 얼굴 위로 풍겨왔다. 창백한 수영의 얼굴을 말없이 한참 동안이나 바라본다. 할 말이 없었다. 아니 할 말이 없었다

109

기보다 말이 입 밖에 나오지 않았다.

수영이 역시 오기는 왔어도 할 말이 없었다. 할 말이 없었을 뿐만 아니라 하란에 대한 감정의 정체를 파악할 수조차 없었다. 다만 술기 어린 눈에 비친 하란의 얼굴이 참 곱다고 생각하였다. 목덜미를 타고 내리는 선이 참 부드럽다고 생각하였다. 그렇게 생각한 순간 수영은 이상한 흥분을 느꼈다. 애정이 아닌 정욕을 느꼈던 것이다. 그 정욕 속에는 여자를 학대해 주고 싶은 잔인한 감정도 분명히 섞여 있었다.

"담배 피워도 좋죠?"

하란은 이상하게 번득거리는 수영의 눈을 바라보며 고개를 끄덕였다. 수영은 마치 짐승처럼 씨근덕거렸다. 창백한 얼굴, 핏발이 선 눈, 넥타이는 어디다가 집어 던졌는지 없었고 단추마저 떨어진 와이셔츠에는 군데군데 핏방울이 묻어 있었다. 수영은 흘러내린 머리를 고개를 흔들어 뒤로 젖힌 후 담배를 꺼내어 피워 물었다. 참말로 참담한 모습이 아닐 수 없었다.

'이분이 왜 이렇게 변했을까? 며칠 사이에……'

수영의 태도는 위문 온 것이 아니고 도리어 병자를 학대하기 위하여 온 것만 같았다.

"하란 씨, 왜 병이 났죠?"

수영은 경멸에 찬 눈으로 하란을 쳐다보았다. 하란은 수영의 그 표정을 보았을 때 입술을 깨물고 말았다.

'잔인한 사람이다. 이럴 수가 있을까?'

하란은 마음속으로 울부짖었다.

"하란 씨, 나 술 좀 마셨소. 용서하시오."

수영은 다소 뉘우쳐졌는지 어조를 낮추었다. 수영은 다시 하란의 얼굴을 곱다고 생각하였다. 잠옷이 퍽 어울린다고 생각하였다. 그리고 하란은 침대 위에 앉아 있다고 생각하였다. 수영은 성큼 손을 내어 밀었다. 한 손으로 하란의 손목을 잡았다. 하란은 놀라며 손을 자기 앞으로 잡아당겼다.

수영은 기묘한 웃음을 웃는다. 그리고 한 손에 쥔 담배를 창밖에 휙 집어 던지고 일어섰다. 그는 밖으로 나가려고 한 다리를 물러 세웠다. 그러나 그의 눈에는 다시 침대라는 감각이 강하게 가슴에 왔다. 그는 견딜 수 없는 정욕을 느꼈다.

수영은 하란을 침대 위에 쓰러뜨렸다. 기절할 듯 놀란 하란은 양손을 뻗으며 소릴 치려고 했다. 수영은 하란의 입을 한 손으로 덥석 막으며 나직이 속삭였다.

"나는 하란이와 결혼하는 거야. 떠들지 말어."

그러나 하란이는 수치심과 두려움에 완강히 반항했다.

"떠들지 말어. 떠들면 수영은 매장이야. 남편 될 사람을 매장할 테야?"

수영은 미친 짐승만 같았다.

"놓아주세요. 이런 법이!"

하란은 전깃불 아래 자기의 옷이 벗겨지는 것에 공포를 느껴 새파랗게 질린다. 그러나 수영은 위협과 완력으로 하란을 범하고 말았다.

하란은 외칠 수가 없었다. 날 매장시키겠냐고 덤비는 수영 앞에서 무력할 수밖에 없었다. 수영은 여성에 대한 일종의 학대의식으로 하란을 짓밟아 놓고 병실 밖으로 뛰어나간다.

하란은 수영이 나간 뒤 자리에 엎드려 울었다. 아무리 생각하여도 이러한 돌발사를 이해할 수 없었던 것이었다.

"애정의 표시가 아니라, 마치 원수를 바라보듯 한 그의 눈이 아니었던가, 왜 그는 이렇게 해야만 했던가."

하란은 다시 자리에 엎드려 울었다.

집으로 돌아온 수영은 자기 방으로 들어가지 않고 곧장 안 박사의 방으로 갔다. 안 박사는 책상 앞에 앉아 책을 읽고 있다가 귀신처럼 나타난 수영을 보고 깜짝 놀란다.

"웬일이냐? 그 피는?"

안 박사는 자리에서 벌떡 일어났다. 마치 아들이 살인사건이라도 저지른 듯 안 박사의 얼굴에서는 핏기가 가시어졌다.

"좀 싸웠죠. 상대방의 코피예요."

수영은 자리에 앉지도 않고 우뚝 선 채,

"아버지, 저 하란이하고 결혼하겠어요."

"뭐, 하란이하구?"

안 박사는 금세 얼굴에 희색이 돈다.

"네, 하란이하구."

수영은 암송하듯 또렷또렷이 말하였다.

"반갑다. 결국 그게 순리지. 병원에 갔었니?"

"네, 틀림없이 갔었습니다."

수영은 자조의 빛을 띠고 있었다.

"이제 제 방으로 돌아가겠습니다."

수영은 잊을 수 없으리만큼 고뇌에 찬 눈으로 안 박사를 쳐다보더니 조용히 방문을 닫고 나가버렸다.

안 박사는 읽던 책을 덮어버리고 방 안을 이리저리 걸어다녔다. 아들의 결혼 결심이 정상의 것이 아님을 그는 뼈저리게 느꼈던 것이다. 그것은 수영의 그 눈으로도 충분한 설명이 될 수 있었다.

"내가 한 일은 과연 옳았던가?"

안 박사는 혼잣말을 했다. 그리고 형숙의 비밀을 터뜨린 자기의 행동이 옳았던가 하는 깊은 의심이 그의 마음에 엄습하여 왔다.

안 박사는 발소리를 죽이며 수영의 방으로 다가갔다. 그리고 문에다 귀를 붙이고 방 안의 기색을 살폈다. 방 안에서는 아무 소리도 들려오지 않았다.

6. 결혼행진곡

하란과 수영의 약혼식이 급격하게 거행되었다. 하란은 뜻하지 않게 주어진 자기에의 현실을 믿을 수 없는 듯 불안한 얼굴이었고 수영은 무거운 침묵을 지켰다. 안 박사만은 지극히 만족스러운 표정으로 사랑하는 아들과 하란에게 축복의 눈길을 보내는 것이었다. 그러나 수영과 형숙의 관계를 아는 주변 사람들은 이 돌연한 약혼식에 대하여 의아의 빛을 감추지 못했다. 특히 박현태와 하란의 사이를 공작하던 한영진은 눈알을 굴리며 의심이 풀어지지 않는 눈초리로 시종일관 당사자인 하란과 수영의 얼굴을 주시하는 것이었다.

약혼식이 끝나자 한영진은 박현태를 따라 그의 집으로 갔다. 아무래도 사설을 좀 늘어놓아야만 직성이 풀어질 모양이다.

"그럴 수가 있나? 이거 세상이 거꾸로 도는 게 아니야?"

한영진은 방에 들어와 앉기가 바쁘게 뇌까렸다. 박현태는 말 없이 담배만 퍽퍽 피우고 있었다.

"아무래도 뭐가 좀 잘못된 것 같아. 그렇지 않아?"

"인생이란 언제나 잘못으로 시작되는 거야. 남의 일에 공연히 핏대 세우지 말게."

박현태는 창밖으로 담배를 홱 내던진다. 그리고 어두운 웃음을 얼굴 위에 흘린다.

"의젓한 말씀이라 하여간 반갑네. 그렇다고 남의 말문까지야 막을 순 없지."

"하긴 연애 공작원의 면목이 똥이 되었으니 한 말씀쯤 변명도 있을 법하지. 그러나 그렇게 정보에 어두워서야 무슨 놈의 공작 원이람?"

내뱉는 말이었다. 한영진은 머리를 긁적긁적 긁으며,

"온, 세상에 그리 전광석화식으로 일이 진행되어서야 낸들 알 도리가 있겠나."

"이봐, 한영진 공작원께선 또 모르는 일이 있어."

"또 모르는 일?"

"공연히 놀라지 말구 잘 들어두어. 며칠만 있으면 말이야, 아 마도 박현태 씨, 오형숙 양의 약혼이 공개될 거란 말이야."

"뭐? 농담은 그만두시지. 공연히 싱겁게스리."

"흥! 농담이라구? 두고 보면 알 게 아니야?"

"그럼 정말이란 말이지? 하하하."

한영진은 깔깔 웃어젖히며 박현태의 말을 믿으려 하지 않는다.

"두구 보란 말이야, 내기를 걸어두 좋네."

한영진은 박현태의 태연한 모습을 멍하니 바라본다.

"이거 천지개벽설이 돌더니만 어떻게 되어먹은 일이야? 박현태가 사랑하던 문하란과 오형숙을 사랑하던 안수영이 결혼을 하구, 안수영이 사랑하던 오형숙과 문하란의……."

"흥! 문하란이 걷어찬 박현태와 약혼을 한단 말씀이야."

박현태는 한영진의 말을 가로채어 말끝을 맺어주고 픽 웃는다.

"암만해도 납득이 가지 않는다. 수영이 형숙한테 그리 미쳐서 야단이었는데, 간단하게 변심할 위인이 아닐 텐데? 정말 이상한 일이야."

한영진은 정말 그의 말대로 납득이 가지 않는 표정으로 박현태를 살폈다. 박현태는 고개를 돌려 창밖을 우두커니 바라본다. 한창 꽃들이 지고 있었다.

"바야흐로 계절은 약혼의 계절이다."

박현태는 나직이 뇌며 조소를 머금는다.

"이봐."

한영진은 박현태를 비밀스럽게 부른다.

"말이나 하게."

"자네가 공작한 게 아니야?"

"천만에, 이건 인력이 아니구 운명이야."

박현태는 물끄러미 밖을 내다보며 대답하였다.

"이건 도시 이그러진 일들이야. 일종의 반발 행위가 빚어낸 비극이다. 필시…… 응, 비극이다."

"그럴는지도 모르지. 반발의 연쇄작용이라 할 수 있겠지. 그러나 비극이란 말만은 취소하게. 인생이란 역행하면 혼란이 일구 또한 그건 과도기랄 수도 있다. 그러나 세월이 흐르면 그런대로 제자리가 마련되는 법이니까 과히 걱정할 건 아니야."

말의 내용은 진지한 것이었다. 그러나 박현태의 표정은 진지하지 못했다. 자기 자신의 일을 이야기하고 있다기보다 오히려 남의 일을 비판하듯 무관심하기 짝이 없는 얼굴이었다.

약혼식이 끝난 이튿날이었다. 수영은 학교에서 강의를 마치고 교문으로 걸어 나오고 있었다. 하늘을 유리알처럼 구름 한 점 없었다.

"안 선생님, 같이 가세요!"

형숙이 악보를 옆에 끼고 쫓아 나왔다. 수영의 양어깨가 부르르 떨린다. 걸음을 멈추지 않는다.

"아이참, 빨리도 걸으시네. 같이 가시자니까."

형숙은 숨을 할딱이며 수영이 옆에 바싹 다가섰다. 그리고 방그레 웃었다. 그간 도도하게, 수영을 경멸하듯 눈 아래로 바라보는 듯한 태도가 표변해 있었다.

수영은 어깨로 바람을 베듯 꼿꼿한 자세로 걷고 있었다. 형숙의 머리칼을 걷어 올린 이맛전이 불룩불룩 움직이고 있었다. 그러나 그 얼굴 위에 번져 있는 화려한 미소를 거두지는 않았다.

"선생님?"

"……."

"형숙이 축하의 뜻으로 차 한잔 대접할까요?"

"……."

"정말 뜻밖이었어요. 하긴 어차피 그렇게 되겠지만서두……."

형숙은 하늘로 얼굴을 쳐든다.

"벌써 약혼식이 끝났다죠? 결혼은 언제 하나요?"

"……."

"아이참, 갑자기 벙어리가 되셨나 봐?"

형숙은 수영의 소맷자락이라도 잡아끌듯 몸을 바싹 다가세우며 그의 꾹 다물어진 입술을 올려다본다. 수영은 일순간 형숙을 끌어다가 햇빛이 쨍쨍 내리쏟아지는 거리에 나자빠뜨리고 싶은 강렬한 충동을 느꼈다. 그러나 주먹이 굳어졌을 뿐이다.

"빨리 가아! 요부 같은 계집!"

수영의 입에서는 행동 대신 욕설이 튀어나왔다.

"어마? 왜 이러세요? 뭐 제가 잘못했나요?"

천연스러운 얼굴이다.

"가라면 빨리 가아! 목을 졸라매어 죽인다!"

"호호호…… 저를 죽이겠다구요? 참 재미나는군요. 그렇지만 축하드리러 온 사람에게 그런 대접을 해서야 쓰겠어요?"

"너 축하는 받지 않는다."

"아아, 그러세요? 이거 번지가 틀렸군요."

형숙은 어디까지나 태연자약이다.

수영은 미친 사람처럼 형숙을 쏘아보더니 와락 그녀를 밀어낸다.

"내 손에 죽지 않으려거든 빨리 가아! 요부 같으니라구……."

"호호호…… 요부? 호호호…… 그렇지만 절 죽이지는 못할걸요? 저에게도 어엿한 보호자가 있으니까 말이에요."

"그야 보호자가 열댓 놈이나 될 테지."

수영은 눈을 가늘게 뜨고 마치 독사와 같은 맹렬한 시선을 형숙에게 퍼붓는다. 그 눈에는 애모와 고통이 엉클어져 전신을 비꼬는 듯한 느낌을 주었다. 입에서는 신음 소리가 터져 나올 듯하다. 형숙의 얼굴에도 핏기가 가셔졌다. 그러나 그녀는 여전히 웃고 있었다.

"농담의 말씀은 그만두세요. 전 박현태 씨하고 결혼하는 거예요."

수영의 양어깨가 먼저처럼 부르르 떨렸다. 그는 빠른 걸음으로 걸어간다. 누가 뒤에서 잡기라도 한다면 그 팔을 부러뜨리고 말 기상이다.

"호호호……."

뒤에서 형숙의 까드러진 목소리가 건조한 공기를 돌돌 굴리며 맑게 울려왔다. 형숙은 눈물과 웃음을 들이마시며 하늘로 얼굴을 쳐들고 천천히 걸어간다.

수영은 그 길로 곧장 단골 바로 갔다. 그는 곤드라지게 술을 퍼마셨다. 그는 여급들의 웃음소리를 들었을 때 아무 죄 없는 그 여자들의 목을 졸라주고 싶은 충동을 느꼈다.

별이 하늘에 무수히 뿌려진 시각, 수영은 비틀거리며 거리에 나왔다. 그는 집으로 돌아가지 않고 효자동에 있는 하란의 집을 찾아가는 것이었다. 그는 대문을 발길로 걷어찼다.

"하란아!"

하란이 놀라며 쫓아 나왔다. 술 냄새가 얼굴 위에 푹 끼친다. 수영은 하란의 팔을 덥석 잡았다. 그리고 대문 밖으로 끌어내었다.

"어머 왜 이러세요? 또 술 취하셨군요?"

하란은 어찌할 바를 모른다.

"왜, 술을 마시면 안 되나요? 벌써 간섭이시오?"

"아니 그게 아니구……."

"그게 아니구 그럼 뭐야!"

수영은 대뜸 시비조다.

"몸에 해로워요."

"몸에 해롭다구? 흥 현모양처의 표본 같은 소릴 하는군그래. 그 현모양처의 스타일은 그러나 벗어버리는 게 좋을걸? 매력이 없어."

하란은 입술을 깨물었다. 난폭한 말이다. 하란의 자존심을 여지없이 후려치는 말이다.

'술을 마셨으니까…….'

하란은 스스로 위안을 하려고 노력했다.

"나 할 얘기가 있수."

수영은 푹 쑤시는 듯 말한다.

"그럼 들어오세요."

하란은 안방에 있는 연순의 기척을 살피며 나직이 말했다.

"내가 들어갈 게 아니라 하란이가 나와요."

"어딜 가시려구요?"

"어딜 가건 나만 따라오면 되잖아? 싫거든 그만두구……."

수영은 버럭 소리를 질렀다. 하란은 자기의 옷차림을 잠시 내려다보다가 따라나섰다. 양처럼 순하디순한 모습이었다. 지옥이라도 수영을 위해서라면 따라갈 자세다.

수영은 일단 하란이 걸음을 내디뎠을 때는 벌써 혼자 앞서 걷고 있었다. 하란이 오거나 말거나 상관없다는 듯 돌아보지도 않고 혼자 비틀거리며 걷고 있었다. 한길을 건너고 비탈길로 올라간다. 듬성듬성한 숲이 보이기 시작한다.

하란은 너무 멀리 왔음을 느꼈다. 하란은 어둠 속에서 허둥거렸다. 그러나 수영은 하란의 팔 한 번 잡아주지 않았다.

"어디까지 가시는 거예요?"

하란은 숨찬 목소리로 물었다. 고독감이 가슴에 몰려들었다.

"잡아먹지 않을 테니 걱정 말아요."

어디까지나 냉정하고 조롱적인 어세였다. 하란은 눈물이 울컥 솟았다. 그녀는 비탈길 옆의 나무 밑에 푹 쓰러졌다. 울음이 절로 나왔다.

"왜 이러는 거요? 울기는……."

수영이 돌아보며 말했다. 하란을 잡아 일으킬 생각은 하지 않고 말뚝처럼 우뚝 서 있는 것이다.

"너무해요!"

"너무한다구?"

"책임을 지시지 않아도 좋아요. 결혼하지 않아도 좋아요. 전, 전 혼자 살겠어요!"

하란은 엎드러진 채 흑흑 흐느껴 운다.

"잔말 말아요. 가자면 가는 거지."

수영은 거칠게 하란의 팔을 낚아챘다. 그리고 숲속으로 끌고 들어가는 것이었다. 달도 없는 밤이다. 사람의 그림자라곤 볼 수 없고 기분 나쁜 침묵만이 흐르고 있었다.

수영은 주린 짐승처럼 하란을 마음껏 능욕하고 상쾌한 웃음을 터뜨렸다. 무서운 자학이다. 웃음이 멎자 수영은 담배를 피워 물었다. 발아래 죽은 듯 쓰러져 있는 하란을 덤덤히 바라본다. 웃음을 터뜨리는 얼굴도 그렇거니와 덤덤히 바라보는 얼굴도 기괴한 그림 같다.

어디서 부엉이가 울었다. 별빛은 검은 하늘에 금싸라기처럼 뿌려져 있었다.

"하란이?"

한결 목소리가 부드러웠다.

"날 용서해 주시오."

수영은 담배 연기를 마시며 흐느끼듯 말했다. 죽은 듯 쓰러져 있던 하란이 고개를 쳐들었다. 수영의 얼굴 위에 두 줄기 눈물이 흐르고 있었다. 남자가 우는 것을 처음 본 하란은 놀라기보다 기가 막혔다. 기가 막혔다기보다 가슴이 조여들고 한없이 고독감을 느꼈다. 하란은 수영의 손을 잡았다.

"저, 저하고 결혼 안 하셔도 좋아요. 전 이런 대로 행복했어요. 혼자서, 살겠어요. 수영 씬, 그 여자하구 결혼하세요."

"정말로 하란은 그렇게 생각하오?"

"네."

"어째서?"

"괴로워하시는 것 볼 수 없어요. 수영 씬 절 사랑하지 않으세요. 그렇지만 원망하지 않아요. 전 처음……."

말이 막히는지 끊어버린다.

"처음 전 수영 씨가 절 사랑하지 않아도 같이 살고 바라만 볼 수 있어도 행복하리라 생각했어요. 그렇지만 그건 틀린 생각이었나 봐요. 괴로워하시는 걸 보고 있을 순 없어요."

"난 조금도 괴로워하구 있지 않소. 술을 마신 탓이겠지."

"아니에요. 아니에요."

하란은 강력하게 고개를 저었다.

"수영 씬 저를 마, 마치 원수처럼 대했어요. 이젠 저에게 수치심도 원망도 아무것도 없어요."

하란은 양손으로 얼굴을 가리고 흐느껴 운다.

"그런 걱정일랑 말아요. 하란은 내 아내 될 사람이오. 설혹 나에게 인간적인 약점이 있다 치더라도 날 감싸주시오. 돌아가신 어머님처럼."

수영은 하란을 조용히 포옹했다. 그리고 최초의 키스를 하는 것이었다. 그의 눈에는 깊은 연민이 있었다. 그는 하란의 부드러운 머릿결을 쓸어주면서,

"난 하란을 미워하지 않았어. 다만 일시 여자라는 것을 미워했을 뿐이오. 아직은 내 그러한 감정이 가라앉지 않고 있을 것이오. 어느 시기가 필요할 게요. 세월이 흘러가야 할 게요. 하란이, 내 무모하구 야만적인 행동을 용서해 주시오."

수영은 하란을 놓아주었다. 그리고 말을 다시 이었다.

"그러나 나는 아버지가 강요하기 때문에 하란이하구 결혼하는 게 아니오. 그리구 하란을 범했기 때문에 결혼하는 것도 아니오. 우린 아마 필연적으로 이렇게 됐어야 했나 보오. 우리 어머니와 아버지처럼."

길길이 뛰며 노한 사자처럼 덤비던 사나이가 양순한 양처럼 하란을 바라본다. 수영이 자신도 전혀 예기하지 못했던 감정의 변화였다.

한동안 침묵이 흘렀다.

"그럼 하란이 먼저 돌아가세요."

수영은 하란의 어깨를 잡아 일으켰다.

"수영 씬? 안 돌아가셔요?"

크게 벌어진 눈으로 수영을 바라본다. 수영은 라이터를 켜가지고 시계를 들여다본다.

"혼자 가시오. 난 좀 더 있겠소."

"왜요?"

"좀 머릿속을 정리해 보아야겠소."

"저 혼자는 무서워요."

"무섭긴, 좀 내려가면 이내 한길이 아니오?"

수영은 짜증을 내었다. 그래도 하란은 우두커니 서 있었다. 수영은 하란의 등을 밀었다. 하란의 얼굴에는 다시 절망의 빛이 돌았다.

"제발 먼저 가주어요."

수영은 애원하듯 목소리를 낮추었다. 그의 눈은 차갑게 빛나고 냉랭한 바람이 돈다.

"혼자 남으시면?"

하란은 그래도 마음이 결정되지 않은 듯 조심스럽게 수영을 올려다보았다.

수영은 그러한 하란이 싫었다. 그만 울화통이 터져버렸다.

"그만 가라면 가시오. 내가 하라는 대로 하면 되잖소!"

하란은 포수에게 쫓기는 사슴처럼 종종걸음으로 숲속을 빠져나간다. 흰 저고리를 입은 양어깨가 가지런하기 이를 데 없다.

수영은 하란의 모습이 사라지자 풀 위에 벌떡 나자빠졌다. 팔베개를 하고 하늘을 올려다본다. 풀 내음새가 얼굴 위에 상큼하게 풍겨온다.

형숙의 초롱초롱한 눈빛이 어른거린다. 형숙이만 와준다면 모든 것 다 저버리고 어디론지 달아나고 싶었다. 윤리도 도덕도 양심의 가책도 없이 형숙의 손을 잡고 달아날 수 있을 것이라 생각했다. 햇빛 쏟아지는 사하라 사막이라도 좋고 죄의 구렁텅 속에 빠져들어도 상관하지 않을 것만 같았다.

"형숙이!"

수영은 나지막이 부르짖었다.

"형숙이!"

크게 소리쳤다. 그러나 형숙은 아무 곳에도 있지 않았다.

'전 박현태 씨하구 결혼하는 거예요.'

맑은 목소리가 굴러온다.

"형숙이! 으흠……."

수영은 풀을 양손으로 움켜쥐고 얼굴을 풀 속에 틀어박았다. 수영은 그대로 잠이 들고 말았다. 얼마나 잤는지 모른다. 해사한 햇빛이 얼굴 위에 스며들었다.

수영은 옷을 털고 일어났다. 그는 숲속에서 한 밤을 잔 것이다. 그는 풀 속에 굴러 있는 담배와 라이터를 주워 담배를 피워 물고 숲을 내려왔다. 집에서는 외박하는 일이 없는 수영이 돌아오지 않아 교통사고라도 난 줄 알고 온 식구가 근심에 싸여 뜬눈으로 수영을 기다리고 있었다.

"어디 갔다 이제 오느냐?"

안 박사는 돌아온 것만도 반가워 나무라지는 않았다.

"오빠 뭐예요? 온 집안 식구가 잠도 못 자구 걱정을 하고 있는데……."

"친구 집에서 잤어요."

수영은 모자를 탁자 위에 집어 던지고 의자에 푹 주저앉는다. 밤이슬을 맞은 때문인지 몹시 몸이 무거웠다.

"그럼 전화라도 걸어주지."

"가난뱅이인데 전화가 있나요?"

수영은 온갖 것이 다 귀찮다는 듯이 소파에 머리를 얹는다.

"밤낮 술타령! 이제부터 조심하세요. 요즘은 데카당*이 유행인가 봐. 세준 씨도 걸핏하면 술주정이에요. 설교를 해야 할 오빠가 이 모양이니 정말 화나 죽겠어."

수미는 쫑알거린다.

"흥!"

수영은 코웃음 쳤다. 안 박사는 자기 방으로 돌아가며,

"자식이란 언제나 근심 덩어리지."

"그럼요. 무자식 상팔자라 하지 않습니까?"

뒤를 따라오며 안 박사의 혼잣말을 들은 신 여사가 위로를 겸

해 말한다.

결혼 전날 밤이 되었다. 집 안은 소란스러웠다. 신 여사가 꽃다발을 두 개 안고 수영의 방에 나타났다.

"이건 뭐요?"

"친한 사람이 보내준 모양입니다."

하나는 히아신스였다. 보랏빛만 골라서 묶은 꽃다발이었다. 다른 하나는 카네이션이다. 노란빛만 모은 것이다. 꽃다발 아래 여민 분홍색 리본에는 눈에 띄지 않게 '馨형'이란 글자 한 자가 씌어 있었다. 형숙한테서 보내져 온 것이다. 수영의 얼굴빛이 잠시 변한다.

"어디서 보내온 거지?"

신 여사는 자기 일처럼 반가운 표정을 짓고 물었다.

"친구한테서."

수영은 간단히 대답하고 침대 위에 벌렁 나자빠진다. 신 여사는 조금도 좋아하지 않는 수영을 불만스럽게 생각하며 방문을 닫고 나가버린다. 신 여사가 나가자 수영은 벌떡 일어나 꽃다발을 홱 낚아채 지근지근 찢어서 휴지통에다 내던진다. 그러자 수미가 쫓아왔다.

"어마! 오빠, 왜 이러세요?"

"아무것도 아니야."

"꽃다발 아니에요?"

"썩은 꽃이다."

"뉘한테서 보내왔어요?"

"요부한테서."

"아이, 가엾어라. 보낸 사람의 성의도 모르고……."

수미는 휴지통 옆에 가서 버려진 꽃을 내려다본다.

"보랏빛 히아신스? 그건 비애구, 노란색 카네이션? 이건 경멸이구, 이상한데?"

"비애구 경멸은 또 뭐야?"

"이 꽃의 말이에요. 경멸과 비애? 이건 축하의 뜻이 아닌데? 오빠? 형숙이 보낸 것 아니우?"

"누가 보냈음 뭘 해!"

"형숙이 보냈다면 이상하지 않아요? 새삼스럽게 그런 처지가 되냐 말이에요. 저도 박 선생님과 결혼한다면서 솔직하게 축할해야 하는 거지. 저 자신이 오빨 먼저 배반하지 않았수? 그 애는 정말 코케트*야."

단순한 수미도 그 정도의 감정의 갈등은 알고 있었던 모양이다.

"축하를 하건 저주를 하건 수민 상관없어. 빨리 가서 잠이나 자란 말이야."

수영은 수미의 등을 밀어낸다.

"아이 오빠두, 놓으세요. 나 일이 있어 왔어요."

"일없어. 빨리 가."

"또 화를 내셔. 정말 하란 언니가 골탕을 먹을 거야. 천하 제일의 신경질쟁이!"

"안 나가면 때린다."

"쉬이, 세준 씨가 왔어요. 축하하러 오셨대요."

"뭐, 세준이?"

"네."

수영의 얼굴이 완연히 흐려진다.

"지금 홀에서 기다려요."

수영은 아무 소리도 않고 양복을 걸치더니 홀로 나간다. 허세준은 수영을 보자 소파에서 일어났다. 어두운 웃음을 웃었다. 그는 말없이 손을 쑥 내어 밀었다. 두 사람의 눈이 오랫동안 마주쳤다. 일종의 냉전의 선포 같은 것이었다.

그들은 굳게 악수를 나눈 뒤에도 서로 쳐다보았다.

"술 마시러 나갑시다."

허세준의 첫말이었다.

"그러지."

수영이 즉석에서 응했다.

수미가 불평스럽게 입술을 내밀었으나 그들은 아랑곳하지 않고 어두운 거리로 사라져 버렸다.

다음 날 결혼식은 K식장에서 성대하게 거행되었다. 손님들이 많은 데 비하여 가족들이 적어 쓸쓸한 느낌을 주었다.

하란은 이날을 위하여 살았던 것처럼 아름답게 빛나는 얼굴에 경건한 표정을 짓고 있었다. 신부가 타고 신랑이 올랐다. 그

길로 그들은 온천장으로 신혼여행을 떠나는 것이다. 하란은 안 박사와 수미에게 미소를 던졌다. 그리고 연순에게도 눈을 보내 며 작별 인사를 했다. 한영진과 허세준 사이에 서 있는 박현태 를 보았을 때 하란은 살짝 눈을 내리감았다.

허세준은 마치 빨려 들어가는 듯 하란의 아름다운 모습을 바 라보고 있었다.

수영은 시종일관 무감동한 표정으로 똑바로 앞만 쳐다보고 있었다.

자동차가 떠나려고 할 때 식장 옆에 있는 다방에서 형숙이 나 타났다.

매미 날개 같은 푸른빛 드레스에 흰 장갑을 끼고 역시 흰 핸 드백을 들고 있었다. 그는 사람 속에 몸을 숨기며, 묵묵하게 앉 아 있는 수영의 옆얼굴을 바라본다. 눈은 타는 듯 빛을 발하고 있었다. 꼭 다문 입술 위에 눈물방울이 떨어진다. 그러나 그는 장갑 낀 손끝으로 눈물을 튀겨버리고 발광적인 미소를 띤다.

자동차가 미끄러지자 그는 다방으로 돌아왔다. 아무렇지도 않은 얼굴이었다. 전축에서 흘러나오는 음악에 맞춰 휘파람을 나직이 불기까지 한다.

얼마 후 박현태의 커다란 모습이 나타났다.

"작별하셨나요?"

박현태는 씁쓰레하게 웃을 뿐이다.

"신부가 인형 같죠?"

"참 곱더군."

"생명 없는 인형이에요."

형숙은 자신만만한 웃음을 띠며 도전하듯 말했다.

"이젠 우리 차렌가?"

박현태가 멍하니 형숙을 바라본다.

"글쎄요, 우리 차렌가요?"

형숙이 되뇌었다.

"맥이 빠지는데, 우리가 먼저 할 걸 그랬지?"

"아무려면 어때요. 자아, 가십시다."

형숙이 먼저 일어서며 박현태의 팔에 손을 감았다. 밖에 막
나섰을 때 수미와 안 박사가 탄 자동차가 미끄러져 갔다. 저주
에 일그러진 형숙의 눈이 안 박사의 자동차를 좇는다.

'아직은 미결이야. 일이 다 끝난 것은 아니야. 나는 기어코 안
박사를 파멸의 구렁창으로 몰아넣고 말 것이다.'

형숙은 마음속으로 무섭게 다짐한다.

7. 사랑은 멀고

어두운 골목길을 허세준은 혼자 걷고 있었다. 양복 주머니 속에 양손을 찌르고 입에는 담배를 물고 있었다. 타버린 담뱃재가 저절로 땅 위에 떨어진다. 그래도 그는 모르고 허황한 상태로 걷고 있는 것이다.

허세준은 오는 가을에 개인전을 열 예정이었다. 그래 날마다 캔버스 앞에 붓을 들고 서보는 것이었으나 지지하게 그림은 진전이 되지 않았다. 붓을 모조리 움켜쥐고 캔버스를 노려보면 볼수록 화상은 다 달아나 버리고 그 대신 하얀 면사포를 쓴 여인의 얼굴이 어른거리기만 한다. 눈물을 머금던 하얀 얼굴, 자동차 안에서 본 하란의 얼굴이었다. 허세준은 팔레트와 붓을 집어 던지고 나이프로 물감을 짓이겨 캔버스에 치덕치덕 눌러 붙이며 하란의 얼굴을 피해보려고 하나 의연히 그 얼굴은 다시 솟아

나고 마는 것이었다.

오늘 밤도 역시 그러했다. 그는 머리를 양손으로 부둥켜안고 한참 동안이나 소파에 앉아 있다가 벌떡 일어나 가운을 벗어 던진다. 그리고 옷도 갈아입지 않고 아무렇게나 걸친 대로 거리에 나온 것이다. 다른 때 같으면 어디고 들어가서 술을 한잔할 판이었으나 별로 술 생각이 없다.

간밤에 친구들하고 어울려서 이곳저곳 쏘다니며 과음을 했기 때문에 밤새 토하고 지금도 배 속이 타는 듯 영 기분이 좋지 않았다.

"이 자식 그만해. 그러다간 밥통에 구멍 뚫린다!"

누군가가 어깨를 흔들며 술잔을 뺏던 기억이 어슴푸레 떠오른다.

"야 이 나쁜 놈아! 왜 술잔을 뺏는 거야? 계집인 줄 알았나?"

고래고래 소리를 지르다가 길거리에 끌려 나온 기억도 되살아났다. 허세준은 수염도 깎지 않은 꺼칠한 턱을 만지며,

'정말 구멍이 났나? 속이 쓰려 못 견디겠는데?'

골목을 빠져 한길로 나왔다. 지나가는 자동차의 헤드라이트에 따라 가로수의 색조가 다양하게 변화한다. 멀리 바라다보이는 고층 건물에는 네온사인이 흐르고 있고 서울은 바야흐로 환락의 밤을 맞이한 것이다.

'수미를 찾아갈까?'

물었던 담배를 길가에 홱 던지고 다시 호주머니 속에 손을 찌

른 채 터벅터벅 걷기 시작한다.

'그들이 돌아왔는지도 몰라. 그렇담 어떻단 말야.'

그러나 사실 수미를 찾아가겠다는 생각 속에는 그들, 즉 하란과 수영이 돌아왔을지도 모른다는 기대가 숨어 있었다. 그들이 행복한가 그렇지 못한가를 허세준은 알고 싶었던 것이다.

신당동에 있는 안 박사 집 앞에까지 갔을 때 언제나 조용한 집 안이 전에 없이 들떠 있는 것 같고 불빛도 뜰을 환하게 비춰 주고 있었다.

'웬일일까?'

허세준은 자기도 모르게 철문 사이로 눈을 가까이했다. 그의 눈이 빛난다. 철문 사이로 세 줄기 광선이 얼굴 위에 비스듬히 그어진다. 바로 그의 시선이 간 곳에 하란의 얼굴이 있었다. 등나무 밑의 둥근 테이블에 둘러앉은 안 박사의 식구들, 모두 웃고 있었다. 수영만은 등을 보이고 앉아 있었다.

'돌아왔구나!'

하란은 순백의 엷은 한복 차림이다. 손을 머리 위에 올릴 때마다 다이아 반지가 번쩍번쩍 빛났다.

'어쩔까? 가버릴까?'

그러나 발은 떨어지지 않았다.

'행복했을까?'

허세준은 몸을 부르르 떨었다. 얼마나 자기가 그들이 불행하게 되기를 바라고 있는 것인가를 깨닫는다.

'한번 얼굴이나 보고 가자. 그 얼굴에서 정말 행복했는가를 찾아보자.'

허세준은 초인종을 꾹 누른다.

"누구세요?"

유달리 높은 수미의 목소리가 밤공기 속에 맑게 울려왔다. 그리고 이내 쫓아오는 발소리가 들려왔다.

"누구시죠?"

철문 사이로 수미의 조그마한 얼굴이 내비친다.

"나요."

"어마 세준 씨!"

수미는 가로질러 놓은 철봉을 뽑고 문을 열면서,

"웬일이세요? 밤에."

"방해가 되나?"

"아니에요, 반가워서. 왜 그동안 안 오셨죠? 심심해 혼났어요. 참 오빠 어제 돌아왔어요."

수미는 재잘거린다.

"그랬던가요?"

"그랬던가요가 뭐예요? 또 심통이 났군요. 아무튼 어서 들어오세요."

수미는 허세준의 팔을 잡아끈다.

"오빠, 세준 씨 왔어요!"

수영이 슬그머니 돌아본다. 허세준은 안 박사에게 인사를 하고 수영에게 손을 내밀었다.

"언제 오셨어요?"

수미한테 방금 들어 알고 있는 일이나 말머리를 찾기 위해 다시 물어본다.

"어제."

"일찍 오셨군."

슬쩍 하란을 쳐다본다. 행복한 미소가 그 여자 얼굴 위에 그득히 넘쳐흐른다.

"자아, 앉으세요."

신 여사가 권한다. 안 박사는 만족하게 웃고 있었다.

'행복에 취해 있구나. 저렇게 맑고 저렇게 아름다울 수 있을까.'

허세준은 의자에 걸터앉으며 눈을 떨어뜨린다. 가슴이 타는 듯했다. 목이 바싹바싹 마르는 듯했다.

"왜 그동안 안 오셨어요?"

수미가 어리광 부리듯 살짝 눈을 흘겼다.

"일을 하느라구."

"거짓말 마세요. 다 소문 들었어요. 밤낮 술만 마시구 다닌다던데요 뭐."

"낮에는 일하구 밤에는 술을 마셨죠."

허세준은 안 박사 앞이라 반말을 하지 않았다.

"오늘은 우리 식구가 다 모인 셈이구나. 자아, 그럼 뭘 좀 마셔야지. 신 여사, 뭐 없을까?"

"왜 없어요? 맥주로 할까요?"

"맥주로 하지."

안 박사는 찬성을 구하듯 휘둘러본다. 그러나 수영은 어디까지나 안 박사의 시선을 피한다. 신 여사는 분주히 집 안으로 들어간다.

"수미도 명년엔 졸업이지. 그러면 이내 결혼, 집이 넓어서 쓸쓸하겠는걸."

안 박사는 미래의 사위가 될 허세준을 넌지시 바라보며 말한다. 수영의 얼굴이 순간 어둡게 흐려진다. 허세준의 얼굴도 다소 굳어지는 듯 표정이 빳빳했다.

"더군다나 오빠랑 언니도 외국에 가실 거구. 기왕이면 저도 보내주세요, 아버지."

"시집은 안 가구?"

"둘이서 가죠. 우린 파리로요."

잠자코 있던 허세준이,

"파리에 가면 뭘 합니까?"

"그럼 공부하죠."

"수미 씨가?"

"세준 씨가. 전 실컷 구경이나 하구 돌아다니죠."

"상팔자로군."

한마디도 없이 앉아 있던 수영이 핀잔을 준다.

"뭐 그럼 언닌 팔자가 나쁘나요? 언니도 외국 가시면 구경이나 하지 뭣 하겠어요."

"우린 안 가."

"왜요?"

"언제 내가 간다구 했었나?"

"아버지가 보낸다구 하시던데?"

"그건 아버지의 의견이지 내 의사는 아니야."

차갑게 내뱉는다. 수영의 반발은 여전하다. 그 말엔 아버지 의견에 자기는 맹종하지 않는다는 강한 뜻이 내포되어 있었다. 하란과의 결혼도 자기 자신의 의사에 의한 것이지 결코 아버지 강요에 못 이겨 한 것은 아니라는 뜻도 충분히 숨어 있는 말이다. 안 박사는 수영의 뼈 있는 말이 가슴에 찔렸으나 어쨌든 하란하고 순순히 결혼해 준 것만이 마음에 흡족하여 수영의 비위를 거스르지 않으려고 노력하는 것이었다. 안 박사는 슬금슬금 아들의 눈치를 살피며,

"너희들 마음대로 하려무나. 가구 싶으면 가구 가기 싫으면 그만두구."

"아이 좋아. 아버지, 그럼 저희들 보내주시겠어요?"

"그 말은 나한테 묻느니보다 허 군한테 물어봐야지."

"마다할 사람이 어디 있어요?"

"마다할 사람이 있죠."

허세준이 불쑥 한 말이었다.

"설마…… 오빠 괴짜니까 그렇지만 세준 씨가 싫다고 할 리는 없겠죠?"

고개를 갸우뚱하며 묻는다.

"나는 싫습니다."

"어머나! 남자들이 왜 다 이 모양일까? 우물 안의 개구리처럼 세상 넓은 줄 모르는가 봐. 언니? 참 이상하죠? 남들은 다 못 가서 기를 쓰는데……."

하란은 빙긋이 웃기만 한다.

마침 신 여사는 안주를 계집아이에게 들리고 맥주병과 오렌지주스를 가지고 돌아왔다. 여자들에겐 주스를 놓고 남자들에겐 맥주를 부어놓는다.

"우리 모두의 건강을 위하여."

안 박사가 컵을 높이 쳐들었다. 그러나 그에 따라 컵을 든 사람은 수미뿐이었다. 하란은 좀 부끄러운 듯 컵을 만지작거렸고 수영과 허세준은 묵묵히 술잔을 내려다보고 앉아 있었다. 안 박사는 다소 무안한 듯했다. 그러나 젊은 사람들의 비례를 노여워하지는 않았다. 도리어 젊은 사람의 기부을 맞추어주기 위해 한 짓이 경솔하였다고 뉘우치는 것이었다. 술잔을 비우는 동안 주로 신 여사와 수미가 이야기를 주고받았다.

"이제 난 들어가 볼까?"

안 박사는 수영의 기색을 살피며 부스스 일어났다.

"왜요, 아버지?"

146

"좀 자야겠다. 너희들은 놀아라. 허 군도 놀다가 가게. 아직 시간은 넉넉해."

안 박사는 시계를 들여다보고 말하면서 집으로 들어간다. 얼마 후 신 여사가 자리를 뜨자 수영과 세준은 폭음하기 시작했다.

"오빠, 우리 춤출까요?"

"좋도록."

"언니, 가세요."

수미는 하란의 손을 잡아끌었다. 앞서가는 두 여자를 따라 수영과 허세준은 어깨를 나란히 하여 걷고 있었다. 서로의 마음이 복잡하여 묵묵할 따름이다.

홀로 들어와 전축의 볼륨을 낮추어놓고 그들은 여자들의 팔을 잡았다. 수미는 허세준에게 안기어 돌면서 귓속말로 속살거렸다.

"사람이란 결혼하면 저절로 새로운 정이 드나 봐요. 오빠 그렇게 형숙일 못 잊어 하더니, 저 보세요. 언닐 퍽 위하는 것 같죠? 언닐 내려다보는 눈 보세요. 어둡지만 무엇인지 애정이 서려 있는 것 같지 않아요? 언니의 얼굴 참 예쁘죠? 행복해 보여요. 아! 아야!"

허세준은 자기도 모르게 수미의 발을 밟아버렸다.

"정신 차려요. 술도 취하지 않았는데 스텝이 왜 그리 허둥지둥이에요?"

잠시 말이 없이 돌았다.

"그렇지만 오빠 쉬이 형숙을 잊지 못할 거예요. 얼마나 형숙이 좋아했다구. 형숙이 배반했을 때 오빠 미친 사람처럼 쏘다녔어요. 불쌍했어요. 형숙이 그 계집앤 정말 요부야. 박 선생한테 걸려든 모양이지만 오래가지 않을 거예요. 그렇지만 오빠 그 상처를 잊지 못할걸. 오빠가 싫어서 버렸음 몰라도 형숙이가 먼저 달아났으니."

"춤이나 추어, 그만 지껄이구."

"그보다 얼굴에 물감이 묻었어요. 옷은 또 그게 뭐예요? 놈팡이 같네."

"일하다가 나왔거든."

"내 옷이 더러워지겠어요. 새로 갈아입었는데."

"이제 그만 지껄여. 입이 안 아파?"

허세준의 눈이 때때로 하란에게 쏠린다. 흰나비처럼 화사하고 가뿐한 모습이다.

곡목이 바뀌었을 때 수영은 수미의 팔을 잡았다. 허세준은 잠시 주춤거리다가 하란을 안았다.

"축하드립니다."

"새삼스럽게……."

하란이 얼굴을 붉혔다.

"새삼스럽게가 아닙니다. 저에게는 문 선생한테 아직 축하를 드릴 기회가 없었으니까요."

하란의 머리에서 향긋한 내음이 풍겨온다. 부인답게 머리를 틀어 올린 목덜미가 대리석같이 희고 미끈하다. 그 미끈한 목덜미에 머리카락 한 오라기가 풀려 나와 가볍게 흔들리고 있었다.

허세준은 허리를 감은 손이 떨려옴을 느꼈다. 얼마나 황홀한 꿈이냐. 그날 밤 자동차 속에서 하란을 가까이 둔 이래 처음으로 그 여자를 가까이, 그도 그의 육신에 손을 잡고 감미로운 음악을 들으며 춤을 추고 있지 않느냐. 허세준은 진실로 하란이만이 여성이며 희귀한, 성性이라 생각되었다. 여기에 비하면 수미는 한갓 귀여운 인형에 지나지 않는다고 생각되었다.

'그렇지만 오빠 쉬이 형숙을 잊지 못할 거예요. 얼마나 형숙일 좋아했다구. 형숙이 배반했을 때 오빠 미친 사람처럼 쏘다녔어요.'

수미의 목소리가 쟁쟁하게 귓가에 울려온다.

"그렇다! 잊지 않을 것이다."

허세준은 자기도 모르게 입 밖에 말을 내었다.

"네?"

"아, 아닙니다. 아무것도……."

허세준은 몹시 당황한다.

'아직 희망은 있다. 수영 형은 형숙을 못 잊을 것이다. 그렇다면 하란은 불행해진다. 수영 형님으로부터 버림을 받을지도 모르지. 그렇지만, 그렇다면 나는 이 여자에 대하여…….'

희망치고는 너무나 서글픈 것이 아닐 수 없었다.

'나는 하란 씨의 불행을 바라고 있다. 수영 형님과의 불화를 간절히 바라고 있다.'

허세준은 아무런 마음의 가책도 없이 그런 말을 마음속으로 뇌는 것이었다.

밤이 저물어 헤어질 무렵 수영은 작별하는 허세준의 눈을 쏘듯 쳐다보는 것이었다.

이튿날 수영은 학교에 나갔다. 교수실로 들어갔을 때 박현태는 비스듬히 의자에 기대어 앉아 담배를 피우고 있었다. 그는 수영을 보자 슬그머니 자리에서 일어나며,

"어, 벌써 왔나?"

어색한 웃음을 띠었다. 그리고 손을 내어 밀었다. 수영은 적개심에 찬 몸짓을 하며 박현태의 손끝을 잠시 쥐었다가 이내 놓아버린다.

"어! 안 선생. 신혼여행의 감상이 어떠시오? 너무 흥분해 그런지 신색이 과히 좋지 않은걸?"

"노총각 장가들었으니 깨가 쏟아지게 재미 봤겠지."

젊은 강사들이 한마디씩 실없는 농을 던졌다. 그러나 수영은 얼굴 근육 하나 움직이지 않고 천천히 자기 시간에 들어가 버리고 만다.

"뭐 우리들 말이 잘못되었나? 그 친구 왜 그 모양인고?"

모두들 열적은 듯 쑥덕거린다.

"원체 성질이 괴팍스러우니까, 쑥스러웠던 거죠."

박현태는 어색해진 공기를 수습하려 든다.

"천재의 기질이라……."

누군가가 말했다. 이미 가정을 갖고 아이가 수두룩한 치들은 선망과 반감을 수영에게 갖고 있었다.

"그거는 그거구. 이번엔 박 선생 차례군요. 그러면 여기도 총각이 없어지는 셈인데, 박 선생이야말로 총각의 마지막 보루이군."

"그 마지막 보루도 이제 허물어질 겁니다."

박현태는 허허 하고 웃는다.

"거 아주 없어지면 살풍경해지지 않겠소. 여성한테서 전화도 안 올 게고 편지도 안 올 게고 더욱이 여학생들한테선 인기가 떨어질 거요…… 서두를 필요 없소. 독신 때 인생을 마음껏 즐겨야지 결혼만 하고 보면 고생문이 훤하지."

아이가 조랑조랑 매달려 있고 강짜가 심한 부인을 가진 Y교수의 넋두리 섞인 충고다.

"그런 말씀 마세요. 노총각의 신세를 어서 면하구 싶은 사람더러 그게 무슨 말씀."

박현태가 농으로 응수하는데 옆에서,

"그렇잖아도 심상찮은 소문이 떠돌던데?"

하고 누군가가 말했다.

"무슨 소문?"

박현태는 다소 불안한 듯 반문했다.

"약혼설이 있던데."

"낭설이겠죠."

가볍게 부인한다. 비록 형숙이 졸업반이고 그의 실력으론 이미 기성 음악인들과 어깨를 겨루고 있는 터이기는 하지만 사제 간이라는 구속감이 있어 그를 부정적 태도로 나오게 하였다. 더군다나 형숙과 수영과의 관계는 학생들 사이에 말도 많았고, 교수실에서도 아는 사람이 더러 있었기 때문이다.

시간을 끝내고 바로 집으로 돌아갔는지 저녁때가 되어 교수실이 텅 빌 때까지 수영은 나타나지 않았다. 박현태는 막연히 수영을 기다리고 있다가 시계를 보며 일어섰다.

집에 돌아왔을 때 그는 시장기를 느꼈다. 점심을 굶은 때문이다. 아무리 신경이 굵다고 자타가 공인하는 박현태일지라도 적의에 가득 찬 수영의 시선과 몸짓을 아무렇지 않게 받아들일 수는 없었다. 그러한 일들이 겹쳐 그는 점심 먹는 일을 잊어버리고 있었던 것이다. 박현태는 의자에 기대어 앉으며 푹 숨을 내쉰다.

'미묘한 일이야. 이럴 수가 있나? 하란은 내가 가져야 할 사람이구 형숙은 수영의 여자가 아니냐? 그러나 형숙이 수영을 배신한 것은 전혀 내 죄는 아니지. 나는 조금도 형숙을 원하지 않았으니까.'

박현태는 형숙과의 결혼 문제에 대하여 도무지 실감을 가질 수 없었다. 왜 그런지 자기도 알 수 없는 노릇이었다. 물론 하란을 사랑했었다. 그러나 언제까지나 집념을 버리지 못하는 박현태도 아니었다. 형숙과 결혼한다면 또 그를 사랑할 수 있는 남자다. 그리고 형숙의 아름다움이나 재능이나 매력도 결코 하란에 못지않다. 그러나 여기에 한 가지 문제가 있는 것이다. 그것은 형숙이 자기를 사랑하는 척하는 것이 어디까지나 하나의 위장이라는 것이다. 그의 태도에서 박현태는 번번이 그것을 느낀다.

'그렇지만 수영은 어떻게 그리 별안간 하란 씨하고 결혼을 한 것일까? 그것이 자신의 의사였다면? 그자가 남이 강요한다구들 위인도 아닌데. 그렇다면 왜 나한테 적의를 품는 것일까.'

박현태는 식모아이를 불러 저녁을 가져오라고 이르고 다시 생각에 잠긴다.

'하여간 모든 일은 낙착이 되었어. 착오에는 틀림이 없지만……'

별안간 전화벨이 울린다.

"누구요?"

박현태는 수화기를 들고 퉁명스럽게 묻는다.

"형숙이에요."

"아."

"바쁘세요?"

"아니."

"그럼 저녁에 만날까요?"

또랑또랑한 목소리가 울려온다.

"어디서?"

"아무 데나 좋아요."

"그럼 국제호텔 지하실은 어떨까?"

"싫어요. 어두운 곳은."

"그럼 스카이라운지?"

"네, 좋아요. 일곱 시까지."

전화가 쟁강 끊어진다. 박현태는 저녁을 먹고 한참 동안 우두
커니 앉았다가 거리로 나왔다.

일곱 시 정각에 스카이라운지로 갔으나 형숙의 모습이 눈에
띄지 않았다. 으레 시간을 어기는 여자니라 생각하며 박현태는
창가에 자리 잡고 맥주를 주문했다. 웨이터가 날라다 주는 맥
주를 마시며 창밖을 내려다본다. 한눈에 굽어보는 서울의 시가,
싱싱한 가로수가 바람에 휘날리어 잎을 뒤집고 있다. 빽빽하게
지나가는 자동차, 전차 그리고 사람들, 무수한 사람들…….

"어마, 오래 기다리셨죠?"

이십 분이나 까먹고 형숙은 나타났다. 새까만 레이스 드레스
에다 금빛 나는 자그마한 핸드백을 들고 있다. 파티에라도 참석
하려는 옷차림이다. 외인外人들의 시선이 일제히 형숙에게 모여
든다. 형숙은 충분히 그것을 의식하고 자리에 사뿐히 앉는다.

"무슨 이야기가 있었댔나?"

박현태가 건너다본다.

"글쎄……."

형숙은 말꼬리를 흐리더니,

"뭐 좀 시켜주세요. 목이 말라요."

"그럼 이거나 마셔요."

박현태는 맥주 컵을 내어 민다.

"싫어요. 좀 있다 파티에 갈 거예요. 술 냄새 나면 안 돼요."

"파티?"

"네."

"무슨?"

"외국 사람이 초대하는 거예요."

"외국 사람?"

"사업 관계로 아버지하구 잘 아는 분예요. 아버지도 가시는
걸요."

박현태는 잠자코 만다. 웨이터가 주스를 날라 오자 형숙은 그
것을 한숨에 마신 뒤,

"나 곧 떠날 거예요."

"곧 떠날 걸 뭐 하려구 날 만나자구 했어."

"파티에 가는 걸 말씀하세요?"

"그럼."

"그게 아니에요. 멀리 떠난다는 말이에요."

"멀리?"

박현태는 멍하니 형숙을 쳐다본다.

"그게 무슨 말이야?"

"미안해요."

"미안하다는 건 무슨 뜻인가?"

"제가 떠난다면 우리들은 자연…… 약혼설은 자연히 해소되는 것 아니에요."

박현태의 얼굴이 새빨개진다.

"왜 이제 그 말을 하는거야?"

"그러니까 미안하다 하잖아요."

형숙은 싱글싱글 웃기까지 한다.

"계획적이었구나!"

박현태는 신음하듯 울부짖었다. 이마 위에 굵은 핏줄이 부풀어 오른다.

"용서하세요."

박현태의 주먹이 부르르 떨린다.

"암말 안 하구 가버릴려고 했는데 그래도 그럴 수 없었어요."

"왜 그런 연극이 필요했어!"

"안수영한테서 도망칠려구."

"거짓말이다! 수영의 결혼을 방해하기 위해서 그랬지?"

"어느 편으로 해석해도 좋아요. 제가 미국 갈 수속을 밟은 지는 오래전부터예요."

사실 형숙은 안 박사한테서 자기의 비밀을 들은 후 미국에 가려고 수속을 밟은 것이다. 박현태는 너무나 천연스러운 형숙의 태도에 위압된 듯 눈이 새빨갛게 충혈된 채 말을 잊지 못한다.

한참 만에,

"날 노리개로 알았나?"

"박 선생님 같으면 선선히 물러서 주시리라 생각했어요. 죄송해요."

형숙은 힐끗 쳐다본다.

"날 그리 뼈 없이 좋은 사람으로 알았나? 순순히 놓아주지만 내가 받은 모욕은 갚아준다!"

"어떻게?"

그 대답은 하지 않고 그는 카운터에 가서 돈을 치른다. 형숙은 불안을 느낀 듯 따라섰다. 박현태는 재빨리 형숙의 팔목을 잡았다. 주변에 있는 외인들의 시선이 그들에게 모였다. 박현태는 뿌리치려고 애를 쓰는 형숙을 끌고 복도로 나왔다. 복도에는 사람이 없었다. 형숙은 질린 듯 박현태를 바라본다. 박현태는 형숙의 뺨을 쳤다. 형숙은 휘청거리며 뒷벽에 기대어 선다. 박현태는 앞으로 다가가며 연거푸 형숙의 뺨을 갈겼다.

형숙은 꼿꼿이 머리를 쳐들고 뺨을 맞는다. 박현태가 시근거리며 팔을 내렸을 때,

"이제 모욕 다 갚으셨죠?"

또랑또랑한 목소리가 윙! 하고 울려왔다. 그리고 찌그러진 웃음을 띠는 것이었다.

"가라!"

박현태가 외치니 형숙은 태연하게 머리를 쓸어 넘기며 승강

기 옆으로 걸어간다. 그것을 바라보고 있던 박현태는 도로 스카이라운지로 돌아와 술을 청하는 것이었다.

8. 귀국 독주회

수영과 하란이 결혼한 뒤 어느덧 이 년이란 세월이 흘렀다. 그들에게는 벌써 희_熙라는 계집아이까지 생겨 평범하고 풍파 없는 가정생활을 하고 있었다.

안 박사의 머리칼은 더욱 은빛으로 빛나고 얼굴에도 주름이 늘었으나 그는 지극히 현실을 만족해하고 있는 것 같았다. 근래에 와서는 외박도 잘 하지 않았다. 밖에 있는 여자의 생활비만은 대어주는 모양이었으나 그 여자를 별로 가까이하지 않고 오히려 신 여사에게 전과 다른 정의를 보이는 것이었다. 이미 황혼기에 접어든 그로서는 생리적인 욕구보다 인간에 대한 잔잔한 애정을 구하는 듯 보였다. 신 여사로 말하면 죽은 부인과 먼 친족 간이고, 설사 결혼을 한다 치더라도 부자유스러울 것은 없다. 부인에 대한 추억이 서로의 가슴에 있는 것만이 장해라면 장해랄 수도 있다.

하란은 오늘이 바로 그들의 결혼 이 주년의 기념일이기 때문에 저녁을 조촐하게 차려놓고 남편을 기다리고 있었다. 출가한 수미도 저녁에 초대하였건만 태기가 있어 몸이 불편한 탓으로 못 오겠다는 기별이 왔었다. 하란은 희의 잠든 얼굴을 바라보며,

'이 애는 꼭 그일 닮았어.'

혼자 중얼거리며 빙긋이 웃는다.

형숙이 박현태와의 약혼을 포기하고 미국으로 떠난 뒤 한때 이 신혼 가정에는 바람이 일었다. 수영은 번번이 만취되어 돌아왔으며 그럴 때면 침실을 잠가놓고 하란을 대하려 하지 않았다. 하란은 혼자서 울며 밤을 새운 일이 몇 번인지 몰랐다. 그러나 희를 낳고부터 수영의 마음속에 이는 거센 바람은 차츰 가라앉았다. 그리고 안 박사를 대하는 태도도 부드러워졌다.

하란은 박모薄暮*가 깃들기 시작한 창밖을 내다보며 남편의 발소리를 기다리듯 귀를 기울인다. 더욱 아름다워지고 섬세한 음영이 깃든 얼굴에는 한 가닥의 근심이 서려 있었다.

"여기 계셨군요."

신 여사가 문을 열고 들어왔다.

"낮에 온 편진데 지금 우편물 통에서 꺼내 왔어요."

신 여사는 편지 두 통을 탁자 위에 놓는다. 하얀 봉투로 보아 무슨 초청장인 듯하다.

"아버님 아직 안 들어오셨죠?"

"아직……."

"못 들어오실까요?"

"왜 안 들어오시겠어요? 오늘은 특별한 날인데…… 희가 보고 싶어서 들어오실 거예요."

신 여사는 밝게 웃으며 자신 있게 말하였다.

"아참, 나 허세준 씨 만났어요."

별안간 생각이 난 듯 신 여사는 드높은 목소리로 말하였다.

"어디서요?"

하란의 얼굴이 흐려진다.

"바로 집 앞에서 만나지 않았겠어요? 거북한지 나를 피합디다. 그러나 미워서 내가 똑바로 쳐다보았죠. 할 수 없던지 인사를 하더군요."

"뭐 하러 왔었을까?"

"뭐 이 근처에 친구가 있어 왔다 가는 길이라나요? 아직두 결혼을 안 한 눈치더군요. 신색이 나빠요. 궁색한지 옷 꼴이 말이 아닙디다. 수미도 그이하구 결혼 안 하기 만번 다행이지. 예술가구 뭐구 그렇게 세상을 무정견하게 살아서야 평생 고생바가지지요. 하나님도 그런 사람은 도우지 못하십니다."

신 여사는 수미를 걷어찬 허세준을 무척 미워하는 것이었다.

"사람의 심성은 고운데…… 인연이 없어 그렇겠죠."

하란은 허세준에 관한 말을 되도록 피하고 싶은 표정이다.

수미가 대학을 졸업했을 때 양가에서는 모두 결혼을 서둘렀다. 다만 허세준만이 차일피일하고 미루어오다가 어떻게 피치 못할 단계에 이르러 돌연 파혼을 선언하고 그들 앞에서 자취를 감추고 말았던 것이다. 수미가 받은 상처는 컸지만 원체가 단순한 성질이라 시원하게 단념을 하고 그를 늘 쫓아다니던 은행가의 아들과 결혼을 하고 말았다.

신 여사가 나간 뒤 하란은 멍하니 창을 바라본다. 잊었던 일을 들추어낸 신 여사가 밉기도 했다.

'왜 왔을까? 우리 집 근처를 배회한 것이나 아니었을까?'

허세준이 수미와의 결혼을 거절한 이유를 하란만은 알고 있다. 수미와의 결렬이 있기 전부터 하란은 여자의 직감으로 허세준의 마음을 알아차렸다. 그가 자주 집을 드나드는 것도 기실 수미를 만나기 위함이 아니고 자기를 만나기 위한 것이라는 것도 알게 되었다. 그러나 하란은 그것을 조금도 내색할 수는 없었다. 수미가 그것을 눈치챌까 봐 얼마나 두려워했는지 모른다. 그러던 것이 약혼을 파기하기 전날 허세준은 쪽지를 하란의 방에 남겨놓고 간 것이다.

나는 당신 때문에 수미하구 결혼할 수 없습니다.

그렇게 씌어 있었다. 하란은 그것을 찢어버리고 말았다. 다른 여자를 사랑하는 때문이라면 몰라도 올케인 자기 때문에 수미

164

하고 결혼할 수 없다는 것을 수미가 안다면 어찌 되랴 싶어 그
는 떨었다. 그를 비난하고 남의 아내를 넘겨다보는 부덕을 나무
람보다 하란은 이 비밀만을 지켜나가기에 급급하였던 것이다.

하란은 신 여사가 말한 신색이 좋지 않다는 것과 바로 집 앞
에서 만났다는 말이 마음에 걸렸다. 그가 아직 결혼을 하지 않
은 모양이라는 말도 마음에 걸렸다. 한 달 전의 일이었다. 명동
에서 하란은 허세준을 만났다. 시공관 앞에서였다. 그는 술에
취해 있었다. 수영과 같이 음악회에 갔다 나오면서 그를 만난
것이다. 수영은 몰랐지만 하란은 허세준이 얼른 그들을 외면하
고 급히 걸어가는 것을 보았다. 어쩐지 마음이 불안하여 살며시
돌아보았을 때 허세준은 허탈한 사람처럼 자기의 뒷모습을 바
라보고 있다가 얼른 돌아서 가는 것이었다.

'수미가 그를 쉽사리 잊어버렸기 다행이지 만일 수미가 그를
잊지 못하고 현재 불행하다면 나는 평생토록 그 애 때문에 죄를
느껴야 하겠지.'

하란은 마음속으로 중얼거렸다. 하란은 신 여사와는 다른 의
미로 수미가 은행가 아들에게 시집간 것을 잘한 일이라 생각하
였다. 자기를 사랑한 사나이가 시누이 남편이 된다는 것이 끔찍
스럽고 두려운 일이 아닐 수 없다. 다만 하란이 지금 바라는 것
은 허세준도 수미처럼 과거를 깨끗이 잊어버리고 다른, 하란이
와 아무 관계도 없는 여자하고 결혼해 주었으면 싶었던 것이다.
그렇지 않는 한, 그가 퇴폐적인 생활을 계속하고 있는 이상 자

기의 죄는 아닐지라도 언제나 무거운 마음의 짐을 져야 할 것만
같았다.

'나하고는 관계없는 일이야. 나하고 무슨 상관이람.'

하란은 어지러운 생각을 뿌리치려는 듯 탁자 위에 신 여사가
놓아두고 간 편지를 들었다. 한 장은 음악가협회에서의 총회 소
집을 위한 통지서가 들어 있었고 다른 한 장은 음악회의 초대장
인 모양이다.

하란은 봉투 속에서 초대장을 꺼내었다. 그의 얼굴빛이 갑자
기 달라진다. 오형숙의 귀국 독창회 초대장이었던 것이다. 오형
숙이 미국에서 귀국한 것은 이미 신문지상에서 보아 알고 있었
으나 막상 이런 초대장이 날아오니 하란의 마음이 조용할 리는
없다. 그렇지 않아도 그 신문의 기사로 하여 수영과의 신경전이
벌어졌던 것이다. 하란은 수영을 믿으려고 했다. 수영을 믿지
못한다면 자기는 아주 천한 여자로 떨어질 수밖에 없다고 생각
하였다.

하란은 두 통의 우편물을 수영의 책상 위에 갖다 놓고 돌아왔
다. 그리고 마침 잠을 깬 희를 안았다.

"희! 귀여운 내 아기, 난 네가 있으니 행복하다. 아빠는 너의
아빠지? 그렇지? 아무 데도 안 가신다."

하며 부드러운 아기의 뺨에다 입을 맞추는 것이었다.

얼마 후 수영은 돌아왔다. 어두운 얼굴이었다. 그러나 다른
때와 다름없는 시간에 돌아온 것이다.

"희야, 아빠 오셨다."

하란은 희를 안고 수영을 맞이한다. 희는 수영을 보고 뱅글뱅글 웃었으나 수영은 무표정했다. 다른 때 같으면,

"희야? 잘 있었니?"

하고 볼을 쓸어주었을 것이지만.

"저녁 벌써부터 준비했는데 아직 아버님이 돌아오시지 않는군요."

하란이 수영의 뒤를 따르며 말을 걸었다. 그러나,

"나 저녁 안 먹겠소. 골치가 아파 일찍 자야겠는걸."

하고 수영은 피로한 듯 소파에 푹 기댄다.

"오늘이 무슨 날인데 그러세요."

"무슨 날이긴, 인연을 맺은 날이지."

수영은 농조도 아닌 심각한 얼굴로 말한다.

"낮부터 음식을 장만했는데……."

"아무리 산해진미를 차렸어도 위장이 받지 않으면 그만이지."

"그럼 약을 드릴까요?"

"그만두어요. 날 혼자 좀 있게 해줘."

언제나 피곤하다든지 밖에서 기분 나쁜 일이 있으면 수영은 혼자 좀 두어달라는 말을 곧잘 했다. 그러나 오늘따라 수영의 어조가 냉랭한 것만 같아서 마음이 떨렸다.

"왜 우두커니 서 있는 거요! 날 괴롭히지 말어."

드디어 수영은 화를 발칵 내고 말았다. 하란은 쫓기듯 희를

안은 채 밖으로 나왔다. 형숙의 초대장에 관한 말은 한마디도 못한 채. 하란이 아기를 계집아이한테 맡기고 뜰로 내려와 우두커니 하늘을 쳐다본다. 하늘처럼 자기의 마음이 허황한 것을 느낀다.

"희야 엄마? 우리끼리 저녁 합시다!"

창문에서 몸을 내어 밀며 신 여사는 하란을 부른다. 하란이 묵묵히 식당으로 갔을 때,

"희야 아버진?"

"골치가 아프시대요."

"그럼 우리 둘이?"

"아버님은 왜 안 오실까?"

하란은 자기의 슬픔을 감추기 위하여 딴전을 피웠다.

"방금 전화 왔었어요. 급한 수술 환자가 있어 늦으시겠다구……."

두 여자는 쓸쓸하기 짝이 없는 결혼기념일의 저녁을 먹었다.

하란은 밤늦게까지 희가 잠든 옆에서 뜨개질을 하다가 열두 시가 지난 뒤 이부자리를 깔았다. 그리고 복도에 나가 수영의 침실 창문을 바라보았다. 아직 불이 켜져 있다.

"자야겠다던 분이?"

중얼거리며 발소리를 죽이고 다가갔다.

"여보?"

대답이 없다.

"불을 켜놓구 주무시나?"

하란은 도어를 열었다. 수영은 침대에 누워 있었으나 자지는 않았다. 그는 담배를 빨고 있다가 몸을 비스듬히 일으키며 담배를 재떨이에 비벼 끄고 나서,

"왜 왔어?"

심히 모욕적인 어조다.

"불이 켜 있기에……."

하란은 목이 꽉 막혔다.

"그 궁상맞은 소리 듣기두 싫어! 빨리 가서 자요."

수영은 돌아눕는다. 하란은 도어를 얼른 닫고 물러 나왔다. 수영의 눈은 냉혹했다. 그 눈은 타인의 그것이다. 하란은 부끄럽고 무안했다. 어떤 욕망에서 그의 방으로 간 것처럼. 하란은 방으로 돌아와 이불을 쓰고 소리를 죽이며 울었다.

사실 수영은 낮에 형숙을 만난 것이다. 음악가들이 잘 나가는 살롱에 볼일이 좀 있어 나갔다. 수영이 작곡가 씨하고 이야기를 주고받고 있는데 형숙이 나타난 것이다. 형숙은 짙은 주황빛 투피스에 역시 같은 빛의 베레모를 쓰고 있었다. 대담한 색조가 빈틈없이 들어맞는 그의 모습은 세련의 극極을 달하였다. 눈은 더욱 아름답고 신비스럽게 빛났다. 그는 쉽게 수영을 발견했다.

"어마! 안 선생님. 참말 오래간만이군요."

이 년이란 세월을 전혀 의식지 않는 자연스러운 태도다. 마치 그들 사이에 어떠한 일도 없었다는 듯.

"오래간만입니다."

수영의 목소리는 저절로 딱딱하게 나왔다.

"앉아도 돼요?"

"동행은 어떡허시구⋯⋯."

형숙이 귀국하여 이미 만난 바 있는 씨가 웃으며 말하였다.

"괜찮아요."

형숙은 같이 온 멋쟁이 신사에게 손을 들어 보이고 다시 얼굴을 돌렸다.

"안 선생님은 벌써 애길 두셨다죠?"

"⋯⋯."

"따님이세요, 아드님이세요?"

"따님이랍니다."

씨가 대신 대답한다.

"벌써 초대장을 보내드렸는데 안 받으셨어요?"

"아직⋯⋯."

수영은 무겁게 입을 열었다.

"꼭 오시죠?"

"가보겠습니다."

그들의 과거의 관계를 아는 씨는 일어섰다.

"나 약속이 있어 먼저 가겠어."

수영은 말없이 고개를 끄덕이고 형숙은 목례를 한다. 씨가 나간 뒤 그들은 한참 동안 말이 없다가 형숙이 먼저,

"행복하세요?"

"그건 왜 물어요?"

"물어보면 안 되나요?"

"……."

"저는 안 선생님이 불행하기를 바라고 있어요."

수영이 눈을 든다. 빨려 들어가듯 형숙의 눈에 시선이 집중된다. 형숙은 담배를 뽑아 익숙한 솜씨로 붙여 물었다. 그리고 연기를 뽑는 것이었다.

"왜 불행해지기를 바라는 거요."

"저도 모르겠어요."

저만큼 앉아 있는 신사가 힐책의 눈을 보냈으나 형숙은 아랑곳없다.

"결혼은 했어?"

"제가요?"

"……."

"제게도 결혼 자격이 있나요?"

"박현태와 파혼한 것도 결혼 자격 땜에 그랬었나."

수영은 어느새 옛날 말투로 돌아갔다. 본인이 의식지 않는 사이에.

"호호호……."

형숙은 입 속으로 웃었다.

"파혼의 대가로 뺨을 다섯 차례나 맞았죠. 속이 후련하더군요. 서로 빚진 게 없어진 것 같아 가벼운 마음으로 떠났어요."

"그런 장난이 형숙이 취민 모양이지."

"취민가 봐요. 어미를 닮아서 선천적인 요부죠. 하긴 박 선생한텐 미안했어요. 그렇지만 박 선생이 상처를 받았을 리는 없어요. 그분 원래 절 좋아하지는 않았거든요. 제가 그를 유혹했으니까요."

형숙은 태연하게 담뱃재를 떨었다. 무시를 당한 듯하여 기분이 나빠진 예의 신사가 일어선다.

"미스터 유! 같이 가요."

재빨리 보고 형숙이 부른다. 그리고 일어서면서,

"그럼 또 뵙겠어요. 제 독창회 때 꼭 오셔야 합니다."

형숙은 담배를 던지고 웃음을 뿌리며 멋있는 신사의 뒤를 급히 따라 나가는 것이었다. 수영은 형숙이 던지고 간 담배꽁초를 멍하니 바라본다. 필터에 빨간 루즈가 묻어 있었다.

'저는 안 선생님이 불행하기를 바라고 있어요.'

음향이 좋은 형숙의 목소리가 귓가에 쟁쟁 울려온다. 수영은 벌떡 일어나 밖으로 나와버렸다. 그의 눈앞에는 하란도 희도 없었다. 형숙의 타는 듯한 주황색 옷 빛깔이 눈앞에 어른거려 자기 자신이 어디를 걷고 있는지 분별도 되지 않았다. 그는 거리를 헤매다가 집으로 돌아온 것이다.

형숙의 독창회에는 하란을 집에 두고 수영이 혼자 갔다.

형숙이 크림빛 이브닝드레스를 입고 스테이지에 나타났을 때

청중들은 우레와 같은 박수를 보냈다. 그의 노래에 대한 기대도 기대려니와 그의 미모에 더한 황홀감을 느끼며 갈채를 아끼지 않는 것이다. 형숙은 미소하며 자세를 잡는다. 벌써 일가를 이룬 사람처럼 여유 있는 움직임은 그의 미모와 더불어 청중을 압도하였다. 수영의 쏘는 듯한 강한 눈은 형숙으로부터 떠나지 않았다.

지휘봉이 움직이자 오케스트라는 서곡을 연주한다. 천재적인 고운 음색과 미국에서 연마한 기교와 풍부한 감정 표현은 청중을 완전히 매혹시키고 말았다. 곡목 중에서도 특히 푸치니의 가극 〈마담 버터플라이〉 중의 '어느 개인 날'과 '노래에 살고 사랑에 살고'는 인상 깊은 것이었다.

독창회가 끝나고 청중들이 일어섰을 때 수영은 그냥 앉아 있었다.

'놀지 않구 공부를 했구나.'

수영은 형숙의 예술에 새로운 감명을 느끼며 형용키 어려운 희열이 혈관을 맴돌고 있는 것을 그대로 내버려두었다. 수영은 스테이지 뒤에 있는 준비실로 들어갔다. 형숙은 많은 꽃다발 속에 묻혀 축하객들에 둘러싸여 있었다. 신문기자들의 질문에 응하면서,

"아, 안 선생님!"

그는 누구보다 먼저 수영을 발견하고 수영 앞으로 다가왔다.

"고맙습니다. 이렇게 와주셔서."

형숙은 웃으며 손을 내밀었다. 수영은 그의 손을 잡아주며 나직이 말하였다.

"성공을 축하해."

형숙은 잠시 눈을 내리깔았다. 무슨 생각에 잠기는 듯했다. 그러나 그것은 잠시였고, 그의 얼굴에는 다시 미소가 퍼졌다.

"선생님? 오늘 밤 만나구 싶군요."

수영이 당황한다. 왜 당황하였는지 그도 알 수 없었다. 그러나 그는 하란의 눈, 그 슬픔에 잠겨 있던 하란의 눈을 피하듯 얼굴을 돌리며,

"어디서?"

"전에 가던 향촌다방, 시간 약속은 못 하겠어요. 되도록 빨리 빠져나갈게요."

형숙은 빠른 목소리로 속삭이고 나서 수영 옆을 떠났다. 수영 옆을 떠나는 그의 눈빛은 선전포고를 한 순간처럼 긴장되어 있었다.

수영은 어두운 거리로 나왔다. 친구들을 만날까 봐 고개를 푹 숙인 채. 그러나 뒤에서 누가 부른다. 수영은 못 들은 척 빨리 걸었으나 어깨를 잡히고 말았다.

"왜 그리 달아나는 거야?"

한영진이었다.

"나 바빠서 그래."

"바쁘긴 뭐가 바빠? 마음이 아파서 그렇겠지. 그러나 신통하

게 오기는 왔군."

한영진은 싱글벙글 웃으며 놀리려 든다.

"미친 소리 말구 날 놓아줘."

그러나 한영진은 들은 체 만 체,

"어때, 옛 연인의 성공을 위해서 술 한잔 안 사겠나?"

"내, 내일 사지. 오늘 밤은 안 돼."

엉겁결에 한 말이었다.

"응? 사기는 사겠단 말이지? 옛 연인을 역시 잊지 못하는군. 부인이 서러워하시겠다."

한영진의 말은 농담조였지만 진담이기도 했다.

수영은 아픈 곳을 찔린 듯 미간을 찌푸리며 말대답이 없다.

"그럴 것 없이 바쁘다면 간단히 하자. 내가 낸다, 안수영의 가정의 평화를 축복하는 뜻에서."

한영진에게 이끌려 안수영은 하는 수 없이 바로 들어간다. 몇 잔 들이켜니 오히려 마음은 대담해지고 모든 사슬에서 풀려난 듯 기분이 좋다.

"박현태는 지지리 계집 복이 없는 모양이지? 이번에도 또 채였어. 결혼할 상대는 못 되지만……."

"누군데?"

"영화배우라나?"

"오늘 왔나?"

"응, 벌써 한패들 속에 끼여 가버렸어. 자넬 잡아 오라지만 바쁘다니……."

"너그럽군."

"뺨 몇 차례 때려주니까 다 풀려버리더라는 거야. 그러지 않
아도 자네에게 미안한 생각도 있구 마음이 매작지근하더라나?"

수영은 술을 훅 들이켠다.

"왜 부인하구 같이 오지 않았나."

"밤낮 달구 다녀야 하나?"

내뱉듯 말한다.

"조심하게, 또 그 감정이 발동하지 않기를 바라네."

"……."

"그러나저러나 형숙의 발전은 눈부신 바가 있어. 사람은 좋아
하지 않지만 그의 예술에는 무조건 경의를 표한다. 아무튼 오늘
대성공이야."

간단히 술을 해치우고 밖으로 나왔을 때 거리의 네온이 수영
을 슬프게 했다.

"집으로 가나?"

"응."

"곧장 집으로 가게. 부인이 걱정하신다. 나는 그치들을 찾아
가야지."

한영진과 헤어진 수영은 향촌다방으로 갔다. 그때까지 형숙
은 나타나 있지 않았다. 수영은 구석진 자리에 앉아 커피를 청
하였다. 삼십 분이 지나도 형숙은 오지 않았다.

'내가 어리석었구나. 나는 어쩌자구 그를 이렇게 기다리는 것일까?'

담배를 던졌다.

'곧장 집으로 가게. 부인이 걱정하신다.'

한영진의 아까 한 말이 떠올랐다. 수영은 일어섰다. 밖으로 나왔다. 희의 얼굴이 눈앞에 떠오른다. 희를 안은 하란의 하얀 목덜미가 눈앞에 어른거린다.

집으로 돌아갔을 때 하란은 억지로 미소를 띠며 수영을 맞이했다. 수영은 양처럼 어질기만 한 하란이 미웠다.

"왜 웃어? 웃기 싫은 걸 왜 웃어? 위선자!"

하란은 말이 없다. 수영은 소파에 푹 주저앉으며,

"당신은 인간 아니야? 여자 아니야? 왜 질투를 안 하는 거야. 솔직하게 한번 감정을 표시하면 어때?"

"전 당신을 믿어요. 믿으려고 노력하는 거예요."

"믿어? 자기 자신의 마음도 믿을 수 없는데 남의 마음을 어떻게 믿는다는 거야."

"당신은 남이 아니에요."

수영은 말이 콱 막혔다. 그는 말이 막힌 동시에 자고 있는 희를 벌떡 일으켜 안았다. 무슨 충동에선지 자신도 이해할 수 없었던 것이다.

"자리 깔아요."

누그러진 말이 그의 입에서 나왔다.

"아버지 들어오셨어?"

"수미가 몸이 불편하다구 거기 가셨는데 아직 안 오시는 군요."

"어디가 아파서?"

"잘 모르겠어요. 전화가 와서 가셨어요."

자리에 들어서도 하란은 형숙에 관한 것, 독창회의 성과를 한 마디도 묻지 않았다. 수영은 형숙으로 인하여 도발된 듯 강한 애욕으로 하란을 안았다. 사방이 괴괴하다. 이따금 딱따기*를 치며 지나가는 야경꾼들의 목소리가 맑은 밤공기를 타고 어슴 푸레 들려온다. 안 박사는 끝내 돌아오지 않았다.

거센 포옹의 팔을 풀고 수영은 머리맡에 놓인 담배를 끌어당 겨 피우면서,

"수미가 대단한 모양 아닐까? 아버지를 일부러 불러 간 걸 보면……."

"글쎄, 저도 걱정이 돼서 전화라도 걸어볼까 싶었지만 혹시 아버님께서 저동으로 가시지 않았나 해서요."

저동에는 여자의 집이 있었다. 하란으로서는 사돈댁에 그 런 내막이 알려지는 것을 염려했던 것이다. 수영은 아무 말 없 었다. 그러나 뿜어내는 담배 연기 속의 그의 얼굴은 무심치 않 았다.

'저는 선생님이 불행하기를 바라고 있어요.'

형숙의 주황빛 투피스의 모습과 오늘 밤 스테이지에 섰던 크

림빛 이브닝드레스를 입은 모습이 서로 엇갈리며 떠오른다.

하란은 벌써 잠이 든 모양이다. 수영은 고개를 돌려 하란의 잠든 얼굴을 바라본다. 긴 속눈썹이 눈물이라도 맺힌 듯 축축이 젖어 있었다.

"나는 아내를 학대하구 있다. 이 여자는 남이 아니다. 나는 그의 남편이구 그는 내 아내다."

수영은 의미 없는 말을 중얼거리며 불을 껐다.

다음 날 새벽, 깊은 잠에 빠져 있는 그들 침실을 누가 두들긴다. 조심성 없게 쾅쾅 치는 것이었다. 하란이 잠옷을 여미며 일어났다.

"희야 엄마! 빨리!"

문을 여니 신 여사가 얼굴이 파아랗게 질린 채 서 있는 것이 아닌가.

"왜, 왜 그러세요!"

하란은 가슴을 떨며 물었다.

"수미가 죽었답니다!"

신 여사는 울음을 터뜨렸다.

9. 멀고도 가까워라

수미의 사인은 자궁외임신으로 난관의 파열에서 온 것이다. 외과의 권위자인 안 박사가 달려갔을 때는 이미 시기가 늦어 있었던 것이다.

수영과 하란, 그리고 신 여사가 수미의 시가로 뛰어갔을 때 수미의 남편은 수미의 시체 옆에 꿇어앉아 눈물을 뚝뚝 떨어뜨리고 있었다. 안 박사는 은빛으로 빛나는 머리칼을 흔들며 창가에 서서 낙엽 지는 뜰을 바라보고 있었다.

"수미야!"

신 여사는 잠들어 버린 것처럼 고이 눈 감고 있는 수미의 가슴 위에 얼굴을 파묻고 흐느껴 울었다. 하란도 신 여사 옆에 쓰러졌다.

"아버지!"

수영은 서리처럼 흰 머리칼을 흔들며 창밖을 바라보고 서 있
는 안 박사를 목멘 소리로 불렀다. 그러나 머리칼이 더욱더 흔
들렸을 뿐 돌아보지 않았다.

"아버지!"

다시 소리쳐 불렀다. 안 박사의 굵은 목덜미가 울혈한 듯 부
풀어 오르더니 신음 소리가 새어 나왔다. 수미의 남편이 견디다
못해 방에서 뛰쳐나가니 그의 누이동생이,

"오빠! 오빠!"

하고 부르며 울고 따라간다.

어느덧 상가에는 황혼이 깃들기 시작하였다. 안 박사와 수영
은 사돈 영감에게 이끌려 사랑으로 나가고 목이 잠겨서 울지도
못하는 신 여사 옆에 하란은 상처받은 흰나비처럼 애처로운 모
습으로 앉아 있었다. 신 여사는 비록 자기가 낳은 딸자식은 아
니었지만 어릴 때부터 친자식처럼 소중히 가꾸어온 정이 마디
마디 맺혀 견딜 수 없는 모양이다.

괴로운 밤이 지나가고 아침이 왔다. 연한 햇살이 장지문을 뚫
고 방 안에 스며든다. 날은 새롭게 밝아온 것이다. 그러나 영원
한 잠에 들어간 수미가 깨어날 리는 없었다.

수미가 죽은 소식을 제일 먼저 안 사람은 한영진이었다. 한영
진은 시공관 앞에서 헤어질 때 수영의 거동이 불안하고 곧장 집
으로 들어갔는지 그것도 궁금하여 전화를 걸었던 것이다. 그러
나 식모아이가,

"서대문 아씨가 돌아가······."

하더니 흐느껴 우는 소리가 들리지 않는가. 한영진은 다시 서대
문의 수미 시가에 전화를 걸어 수영을 불러낸 뒤 수미의 죽음을
확인했던 것이다.

한영진은 학교의 수업이 끝나기가 무섭게 박현태에게 전화를
걸어 그 사실을 알렸다. 그리고 곧 M살롱에서 만나기로 약속한
것이다.

'수미가 죽었다······.'

믿어지지 않는 일이었다. 오기라고는 티끌만큼도 없는 명랑
한 수미의 모습이 눈에 삼삼거려 낙엽을 밟는 한영진의 눈앞이
자꾸만 막혀버리는 것이었다. 박현태하고 약속한 M살롱에 나
갔을 때 아직 그는 와 있지 않았다. 한영진은 아무 데나 빈자리
에 몸을 던지듯 앉았다.

'수미가 죽었다······.'

담배 연기 속에 떠오르는 어린 시절의 수미, 엷은 연정을 느
꼈던 여학교 시절의 수미, 봄 아지랑이 같은 것이었다.

얼마 후 박현태는 긴장된 얼굴로 나타났다. 그는 자리에 앉지
않고 우뚝 선 채,

"어떻게 하겠어? 상가에 직행하겠나?"

"응······."

대답은 하면서도 한영진은 일어나지 않았다.

"가려면 빨리 일어서라!"

한영진은 박현태를 올려다본다.

"언젠가 한번 초대받아 갔던 그 집이지?"

"그렇지 뭐……."

한영진은 여전히 일어서려고 하지 않았다.

"세상에 그런 법이 어디 있나…… 남들은 다 살려주면서 자기 딸은 살려주지 못하다니……."

하는 수 없이 박현태는 자리에 앉는다.

"그야 그렇게 죽으라는 팔자지."

"못다 산 수미도 불쌍하지만 안 박사가 딱하군."

"명이란 바꿀 수 없는 거니, 어디 인력으로 되는 일인가?"

박현태도 서둘러 나오기는 했으나 역시 마음이 무거우니 몸도 무거워지는 모양으로 아까처럼 빨리 가자고 재촉하지는 않았다.

"참 좋은 여자였었는데…… 정말 구김살 없는 천진한 사람이었어. 아이 엄마가 될 위인이 아냐. 그냥 시집보내지 말구 둘걸……."

"아무리 좋아도 이미 간 사람이니 소용 있나…… 정말 아이 엄마가 될 여자가 아니지."

박현태도 수미가 아이 엄마답지 않다는 점만은 한영진과 동감인 모양이다.

"자, 이제 가지."

박현태가 엉덩이를 들었다. 한영진도 담배를 던지고 따라 일어선다.

"참 허무하군."

그들은 거리로 나왔다. 자동차를 잡을 생각도 하지 않고 낙엽을 밟으며 걸어간다.

"어마! 어디들 가세요?"

여자의 목소리가 날아왔을 때 그들은 비로소 형숙이가 눈앞에 서 있는 것을 깨달았다. 형숙은 박현태를 보고 빙긋이 웃었다.

"넋 빠진 사람들 같네요. 사람이 와도 모르고."

회색 코트에 노란색 장갑을 낀 형숙은 화려하게 웃는다. 박현태는 좀 얼떨떨한 모양이나 이내 쓰디쓴 웃음을 머금는다.

"어디 가시는 거예요?"

말이 없는 두 사나이를 번갈아 보며 다시 물었다.

"상가에."

한영진의 대답이다.

"누가 죽었어요?"

형숙의 얼굴이 다소 긴장한다.

"수미가."

"네? 언제요?"

"어제 새벽에."

"공연한 소리, 한 선생의 연극에는 안 넘어갑니다."

형숙은 웃으려고 했으나 웃을 수 없었고, 연극에 안 넘어간다고는 하면서도 그의 눈에는 공포가 서려 있었다.

한영진은 그 대답을 하지 않고 멀거니 형숙을 바라만 본다. 거짓말이 아니라는 부정의 말보다 대답이 없는 그것은 더 강한 부정이 아닐 수 없었다.

그들은 묵묵히 걸음을 옮긴다. 형숙도 잠자코 그들을 따랐다. 종로에 나와서 그들은 자동차를 잡았다. 형숙이 먼저 올랐다. 자동차에 오른 형숙은 네클리스와 이어링을 끌러 핸드백 속에 넣는다.

상가에 갔을 때 수영은 무표정하게 그들을 맞이하였다. 집 안은 장례식 준비로 분주하였고, 외로운 섬처럼 앉아 있던 신 여사와 하란이 그들을 보자 다시 흐느껴 울었다. 하란과 형숙은 서로 보지 않았다. 그러나 서로의 가슴에 미움이 일지는 않았다. 같은 슬픔을 나누고 있는 동안 미움이 스며들 틈이 없다.

향을 꽂고 엎드려 절을 한 그들은 서로 형용키 어려운 감정 속에 휘말려 들어갔다.

방을 나선 한영진이,

"아버님께 인사드리고……."

수영은 잠자코 사랑으로 그들을 데리고 갔다.

"모두들 왔군."

입술이 몹시 떨렸으나 안 박사는 눈물을 보이지 않았다. 고개를 떨어뜨린 채 세 사람은 말이 없다. 안 박사의 눈이 형숙에게로 간다. 싱싱한 모습이다. 생기가 넘쳐흐르는 모습이다.

'수미도 저랬었다!'

안 박사의 머리칼이 심히 떨린다.

'형숙은 멀쩡한데 왜 하필 내 딸만 죽었느냐!'

노여움과 심술이 북받쳐 오른다.

형숙이 고개를 들어 안 박사의 눈을 본다.

"왜 왔어!"

안 박사는 벌떡 일어나 방에서 나가버린다. 형숙의 얼굴이 파
아랗게 질린다.

'흥! 이 마당에서도 나를, 나를 모욕하는군. 신성한 딸의 죽음
앞에 참여할 자격이 없단 말이지? 돼지 같은 늙은이가!'

형숙은 수미의 죽음에 대한 순수한 슬픔이 싸늘하게 식어가
는 것을 느꼈다.

'오냐 그만두어라. 나는 수미를 위해 온 거 아냐. 저 늙은이의
슬픔을 구경하러 왔을 뿐이야. 얼마나 신이 나는 복수인가. 호
호호……'

형숙은 핸드백을 들고 쓱 일어섰다. 그의 마음은 연잎에 흔들
리는 물방울처럼 매듭지고 모진 곳으로 굴러가는 것이었다. 형
숙은 돌아보지도 않고 나가버렸다.

박현태가 슬그머니 일어선다.

"수영이, 나가자."

입맛을 다시며 수영의 팔을 잡는다.

"가서 술이나 하자. 이러고 있음 죽은 사람이 살아오나?"

그들은 수영을 끌고 명동으로 나갔다. 뒷골목의 바로 들어간 그들은 다 같이 묵묵하게 술잔을 거듭한다. 술은 다만 의무적으로 마시는 것이며 각기 죽음이라는 어처구니없는 문제를 바라보며 밤이 깊어가는 줄도 모른다.

술에 엉망이 된 수영을 집 앞에까지 끌고 왔을 때 통금 준비 사이렌이 희미하게 들려왔다. 수영은 뜰에 들어서자 잔디 위에 푹 쓰러진다.

"수미! 수미! 내 사랑하는 수미야! 어디 갔어. 나오라, 나오란 말이야!"

고래고래 소리치며 두 손으로 잔디풀을 와지직 잡아 뜯는 것이었다. 박현태가 끌어 일으킨다.

"놔! 이것 놔! 아아, 수미 어디 갔어!"

수영은 목 놓아 운다.

"이거 안 되겠다. 끌어들이자."

한영진과 박현태는 각각 팔과 다리를 끌고 겨우 침실까지 수영을 끌어들였다. 희를 안은 계집아이가 울며불며 물에 적신 수건을 가지고 왔다. 수영은 침대에 엎드린 채 주먹으로 침대 모서리를 내리친다. 이럭저럭하는 동안 어느새 통금 사이렌이 불어 두 사람의 발을 묶어놓고 말았다.

"할 수 없다. 여기서 자지."

그들은 각각 옷을 입은 채 소파에 머리를 얹는다. 수영은 엎드린 채 잠이 들어버린 모양이다. 바람이 분다. 낙엽이 떨어지는 소리가 우수수 들려온다. 기둥 시계가 두 시를 알린다.

"자나?"

한영진이 고개를 든다.

"잠이 와야지."

박현태의 대답이다. 둘은 다 같이 일어나 담배를 피워 문다.

"참 안 박사가 딱하군."

"의사가 아니었던들⋯⋯."

"그러게 말이야."

"아아 밤이 길다. 우리 트럼프나 할까? 수미를 위한 밤샘을 여기서 하기 위하여."

"그러렴."

한영진이 서랍을 뒤져서 트럼프를 꺼낸다. 그들은 묵묵히 탁자 위에 트럼프를 갈라놓는다. 재떨이 위에 담배가 저절로 타서 사그라진다.

세 시, 딱따기꾼의 딱따기 치는 소리에 맞추어 기둥 시계가 울린다.

"참, 얼마 전에 허세준을 만났지."

한영진이 불쑥 말한다.

"수미의 약혼자? 미술 한다는 작자 말이지?"

"응⋯⋯ 아직 결혼 안 한 모양이더군. 룸펜처럼 싸돌아다니더라."

"나도 바에서 몇 번 만났지. 이쪽을 피하더군."

"재능 있는 친군데 왜 그렇게 되었는지 몰라?"

"수미의 죽음을 알면 놀라겠지?"

"그야 마음이 언짢을 거야."

트럼프를 하다가 잠시 잠이 들었다고 생각했는데 어느새 날이 밝아왔다. 그들은 피곤했으나 각기 직장을 위하여 일찍 수영의 집을 나섰다.

수미의 장례식은 끝이 났다. 수미를 망우리에 묻고 돌아온 날부터 안 박사는 서재에 들어간 채 나오지 않았다. 하란이 식사를 들고 들어가면 탁자를 눈으로 가리키며 두고 나가라고 했다. 날이 갈수록 안 박사의 얼굴은 수척해졌다. 곱게 윤이 나던 머리털도 바싹바싹 말라서 이마 위에 흩어졌고, 얼굴에는 잔주름이 모였다. 언제나 불그레하던 얼굴에는 누른빛이 깃들기 시작하였다.

초겨울에 접어들면서 병원은 남의 손으로 넘어가고 안 박사는 의사라는 직업을 완전히 포기하고 말았다. 그리고 가끔 식구들 몰래 출가 전에 쓰던 수미의 방에 들어가는 일이 잦았다. 그는 우두커니 방 한가운데 앉아서 흐트러진 머리를 흔들기도 하고 수미가 쓰던 물건을 만져보기도 했다.

일면 수영은 그동안 학교 이외의 곳에는 나가지 않았다. 꼬박꼬박 시간이 되면 집으로 돌아왔다. 그러나 집 안에는 언제나 수미의 죽음의 여음이 감돌고 사방에서 냉바람만 스쳐오는 것이었다.

수영은 이날 불현듯 술 생각이 났다. 박현태와 같이 술타령이나 할까 하고 찾았으나 그는 마침 강의가 없어 교수실에 나오지 않았다.

교문을 나선 수영은 집으로 가지 않고 M살롱으로 향하였다. 누구든 아는 얼굴이 있으면 술집에 끌고 가리라 생각했던 것이다. 그러나 공교롭게도 M살롱에는 알 만한 얼굴이 없었고 형숙만이 누구를 기다리는지 우두커니 혼자 앉아서 담배만 태우고 있었다.

그는 수영을 보자 이내 반색을 하며 담배를 던지고 일어났다.

"오래간만이에요. 그간 얼마나 상심하셨어요."

부드럽고 정이 서린 목소리였다. 수영은 형숙의 눈을 가만히 쳐다본다. 이상한 위안과 동시에 잊었던 그리움이 확 치솟아 혈관의 피를 뜨겁게 하였다.

"누굴 기다려?"

"아뇨."

"그럼."

"용무는 이미 끝났어요. 그냥 이러구 앉았는 거죠."

"저번에는 미안했어."

"뭐가요?"

"아버지가 흥분하셔서……."

형숙의 눈이 빛났다.

"네? 그 일? 아무렇지도 않았어요. 그보다 선생님께 술 사드릴까요?"

형숙은 고개를 갸웃거리듯 하며 수영의 눈을 본다.

"그러지 않아도 아무나 만나면 술집에 갈려구 나왔어."

"마침 잘되었군요. 그럼 일어나세요."

수영은 서슴지 않고 또각또각 하이힐을 구르며 걸어 나가는 형숙의 뒤를 따랐다. 거리에 나온 형숙은 지나는 택시를 잡는다. 둘은 올라탔다.

"효자동!"

"효자동?"

수영이 되묻는다.

"거기에 유명한 술집이 있어요. 걱정 마시구 저 하는 대로만 하세요."

자동차는 쾌속으로 달린다. 수영은 시트에 머리를 얹고 들뜨는 마음을 식히려고 했다. 그러나 속도에 따라 불안이 스며들었다.

'이 여자는 이렇게 내 가까이 있다. 내 바로 옆에 말이야.'

얼마 후 자동차가 멎었다. 자동차에서 내려보니 어느 아파트 앞이었다.

"유명한 술집은 바로 저의 집 안에 있어요. 호호호. 어떠세요?"

"집, 집? 여기 아파트 아냐?"

"그래요. 아파트예요. 저 속에 제가 혼자 사는 방이 있죠."

형숙은 수부에서 열쇠를 받더니 수영이 뒤따를 것을 자신하고 층계를 밟으며 먼저 올라간다. 삼 층으로 올라간 형숙은 어느 방 앞에 가서 열쇠 구멍에 열쇠를 쑤셔 넣으며,

"무섭지 않으세요?"

돌아보지도 않고 밑도 끝도 없는 말을 묻는다.

"뭐가?"

"제가 말이에요."

"왜 무서울까?"

"유혹하면 어떡허죠?"

"……."

형숙은 문을 활짝 열었다. 물기 어린 입술을 내밀며,

"들어가세요."

수영은 냉큼 들어섰다.

새빨간 주단이 쫙 깔려진 넓은 양실이었다. 더블베드가 한구석에 자리 잡고 있었다. 침대는 짙은 그린으로 꾸며져 있었는데 가뿐한 크림빛 담요가 걸쳐져 있었다. 수영은 이마 위에 무엇이 쨍! 하고 울려오는 것을 느꼈다. 형숙은 그러한 수영의 얼굴을 주의 깊은 눈으로 바라보았다.

"거기 앉으세요."

역시 짙은 그린의 쿠션이 얹혀져 있는 소파를 형숙이 가리켰다. 형숙은 머리 속에 손을 밀어 넣고 잠시 생각을 하다가,

"전 옷 좀 갈아입어야겠어요."

하고 돌아선다. 형숙은 벽장식으로 된 양복장의 문을 열고 걸친 코트를 홱 벗어 던진다. 그리고 민첩하게 투피스를 벗는다. 슈미즈 하나가 되자 그는 빙글 돌아서서 침대 위에 발을 걸치고 양말을 벗는 것이었다.

내리깐 눈 밑에 속눈썹의 그늘이 짙다. 그러나 너무도 가라앉은 표정이 아닌가. 아름다운 유방과 어깨의 볼륨이 수영을 흥분의 도가니 속에 가두어버리는 것이었으나 형숙의 얼굴은 조각처럼 고요하기만 하다.

양말을 벗은 형숙은 아까처럼 돌아서서 슈미즈마저 훌렁 벗는다. 그리고 브래지어 코르셋을 끌러놓는다. 팬티 하나만인 그야말로 눈이 부신 나체에 전등불이 반사되어 대리석처럼 차갑게 빛난다.

수영은 맹수처럼 형숙의 나체를 바라보고 있었다. 형숙의 나체는 무서운 일종의 도전이 아닐 수 없다. 정욕을 무자비하게 지근지근 밟아 문드리는 잔인하기 짝이 없는 대담성이었던 것이다.

형숙은 벗은 속옷을 훌 말아서 양복장 속에 던지더니 이불의 빛과 같은 그린색의 긴 숄칼라의 원피스를 꺼내어 입는다. 스커트의 폭은 넓고 어깨를 내린, 소매도 풍덩하게 넓은 아주 편해 보이는 홈드레스다.

형숙은 거울 앞에 서서 잠시 머리를 매만지더니 빙글 돌아서 웃는다.

"전 집에 오면 속옷을 못 입어요. 갑갑하구 숨이 막히는 것 같아서요."

그러나 수영은 움직이지 않았다. 마치 대결하는 듯 형숙을 노려본다.

"왜 그렇게 보세요?"

어디까지나 천연스러운 형숙이다.

"잔인하다."

"호호호…… 잔인하다구요?"

돌돌 구르는 웃음소리는 옛날과 다름없이 매혹적이며 음악적이었다. 형숙은 부엌문을 연다.

"얼음으로 할까요? 냉수로 하시겠어요?"

부엌에서 들려오는 목소리다.

"냉수!"

수영은 마음이 급했다. 취하지 않고는 도저히 이 숨 막히는 순간순간을 뚫고 나갈 수 없다고 생각하였다.

형숙은 냉수와 소금에 절인 과자 한 접시를 가지고 와서 탁자 위에 놓고 옷장 옆에 있는 찬장에서 양주병을 꺼내어 온다.

수영은 글라스에 술이 부어지기가 바쁘게 훅 들이켜고는 바삐 냉수를 마시곤 한다.

"천천히 마시세요. 술은 얼마든지 있어요."

"마음이 바빠!"

"아직 세월은 길어요."

"잔소리하지 말구 빨리 부어요!"

수영은 경쟁이라도 하듯 술을 연거푸 마신다.

"안 선생님?"

수영은 핏발 선 눈을 들었다. 두 눈이 오랫동안 부딪친 채다. 형숙은 눈을 돌리고 담배를 피워 물었다.

"전 언젠가 반드시 한번은 이 방에 선생님이 오시게 될 거라 생각했어요. 그래서 이렇게 방을 말끔히 꾸며놓고 양주도 마련해 놓고……. 하긴 저도 이젠 술꾼이지만……."

수영은 별안간 무슨 감정의 폭발인지 냉수 컵을 번쩍 쳐든다. 그리고 형숙의 얼굴에다 냉수를 확 끼얹는 것이었다.

"거짓말 말어! 나를 기다렸단 말이지? 흥, 박현태하구 키스한 건 누구야! 내가 형숙일 버렸단 말인가. 함정을 만들어놓구 나를 거기에 빠지게 해놓구 이제 와서, 이제 와서……."

형숙은 흥분하는 수영을 냉랭하게 바라보더니 손수건을 집어 얼굴에서 흘러내리는 물방울을 훔친다.

"선생님? 전 숙녀가 아니에요. 한낱 창부로서 당신을 상대하려는 거예요. 얼마나 좋아요? 자유롭구…… 누가 뭐래요? 선생님이 절 버렸다구 언제 제가 원망이라도 한 일이 있었던가요?"

형숙은 수영을 말끄러미 쳐다본다. 수영의 눈동자 속에 이는 그림자를 하나도 놓치지 않으려는 듯이 보였다.

"동정도 받기 싫구 의무도 느끼기 싫어요. 애정은 자유로워야 할 거예요. 저는 안 선생님께서 결혼하시기를 원했으니까 피차 아무 부채도 없을 거예요. 박 선생님의 경우와 마찬가지로……
자아, 술이나 더 드세요."

　형숙은 태연하게 술잔을 내어 밀었다. 그러나 수영은 그의 팔을 밀어내고,

　"이제 술은 일없어. 나는 형숙이가 필요할 뿐이야."

　애정을 바라는 것이 아닌, 마치 결투라도 청한 듯한 눈으로 형숙을 노려본다. 다람쥐를 노리는 곰 같은 자세다. 수영은 사실 형숙이 어디로 쪼르르 빠져나가 버릴 것만 같은 불안에서 놓여질 수 없는 심정이었다. 나체로 그의 앞에 섰을 때 수영은 형숙의 몸에서 금속적인 차가운 음향이 울려오는 것만 같았고 그의 몸 어느 구석에서도 교태를 찾을 수 없었던 것이다.

　수영은 눈을 떨어뜨렸다. 그리움과 정욕과 불안이 쉴 새 없이 휘몰아쳐 왔다.

　"형숙이!"

　나직이 부른다.

　"……."

　"나 오늘 밤 여기서 자도 돼?"

　"원하신다면……."

　수영이 번쩍 고개를 쳐들었다. 형숙은 웃고 있었다. 수영은 열에 들뜬 사람처럼 형숙을 포용하고 한참 동안을 떨고 있었다.

　"잊을 수 없었다. 보고 싶었다. 아아 형숙이!"

　뜨거운 입맞춤 ― 형숙의 눈에 눈물이 번득인다. 깊은 자학의

눈물이다.

이날 밤 수영은 형숙의 방에서 흥분과 고통 속에 밤을 밝혔다.

10. 눈을 밟으며

형숙의 집에서 하룻밤을 보내고 이튿날 저녁때 수영은 집으로 돌아왔다. 창백한 얼굴이었다. 깊숙한 눈에는 형용하기 어려운 복잡한 그늘로써 가득 차 있었다. 광포한 살기가 있는가 하면 충족과 환희가 있고, 아픔을 참는 우수가 있는가 하면 비수처럼 싸늘한 마음이 있었다. 그처럼 수영이 하란에게 던진 일별은 강렬하면서 절망적인 것을 주는 것이었다.

　하란은 모든 사태의 과정을 그 눈에서 읽었다. 절망을 넘어선 무감각이 그의 얼굴을 화석으로 만들었다. 그 화석으로 변한 얼굴을 들고 하란은 빨아놓은 수영의 파자마를 가지고 그의 침실로 갔다. 수영은 코트를 걸친 채 책상 앞에 앉아 있었다. 그는 하란에게 등을 보인 채 움직이지 않았다. 하란은 침대 옆에 파자마를 놓아두고 돌아서서 도어를 잡는다.

"하란이!"

수영의 칼날 같은 목소리가 하란의 뒤통수에 울려왔다. 그러나 수영은 움직이지 않는 그 자세대로다. 하란은 발끝을 내려다보다가 돌아섰다. 그리고 도어에 기대어 서며 수영의 양어깨를 멍하니 바라본다. 수영은 말이 없었다. 하란을 불러 세운 그 사실마저 잊어버린 듯 무거운 침묵을 쳐다만 보고 있는 듯하였다.

"무슨 말씀이세요?"

하란의 메마른 목소리가 밀리어 나왔다.

"어?"

수영은 의아하게 하란을 돌아보았다. 그러나 그의 얼굴은 이내 고통에 일그러졌다.

"아, 아니 그만두어, 나가요."

하란은 도어를 밀고 나왔다. 복도를 지나 테라스로 나갔다. 난간을 짚었다. 뼈가 저리는 듯한 냉기가 손바닥을 타고 심장에 와닿는다. 잎이 다 떨어진 은행나무 사이로 한 조각의 달이 소소하게 걸려 있다.

'나가요!'

수영의 말이 가을 서리처럼 하란의 심장을 두들겼다. 뜨거운 것이 확 쏟아진다. 눈물이었다. 하란은 일찍이 이렇게도 눈물이 뜨거운 것인가를 알지 못하였다.

'나가요! 나가요! 나가요!'

몇 번이고 수영의 말은 되풀이되었다. 그렇게 되풀이되고 있는 동안 하란은 이상한 착각이 들었다.

'어디로 나가야 하나? 이 집에서 나는 나가야 하나? 이 집에서, 이 집에서 나가란 말이지?'

달은 어느새 은행나무를 비켜서 막막한 하늘에 댕그랗게 떠 있었다.

"희야 엄마? 날씨가 찬데 뭘 하구 계세요?"

신 여사가 하란의 어깨 위에 손을 얹었다. 하란은 고개를 돌려 신 여사의 얼굴을 물끄러미 바라본다.

"두통이 나서……."

하란은 쓸쓸하게 웃으며 치맛자락을 끌고 안으로 들어간다. 신 여사는 고개를 설레설레 저으며 하란의 뒷모습을 바라보다가 그 역시 아까 하란이처럼 난간을 짚고 달을 올려다본다.

그런 일이 있은 후 수영은 번번이 집을 비웠다. 외박을 하고 돌아오는 날이면 으레 술을 마시고 온다. 짙은 술 냄새를 풍기며 그림자처럼 사뿐히 서서 그를 맞이하는 하란을 그는 뚫어지게 바라본다. 핏기를 잃은 여윈 얼굴에서 눈길을 돌리면 수영의 표정은 노여움으로 변하고 거칠게 하란을 밀어낸다. 그리고 곧장 자기 방으로 들어가 버리면 그만인 것이다. 며칠 몇 날이 가도 희를 찾아볼 생각도 하지 않는 수영이었다.

하란은 지칠 대로 지치고 말았다. 안 박사는 무감동하였고 신 여사는 신 여사대로 안 박사에 대한 감정 때문에 고민을 하고 있는 모양이었다. 이러한 주위의 사정은 하란을 더욱더 고독하게 하였다.

아침부터 눈이 펑펑 쏟아지고 있었다. 하란은 창가에 서서 하염없이 눈이 내리는 바깥 풍경을 바라보고 있었다.

'어쩌면 이렇게 눈이 쏟아질까? 차라리 저 눈 속에 묻혀 죽어 버렸음 좋겠다.'

하란은 혼자 중얼거렸다.

집 안은 괴괴하다. 다만 희하고 노는 계집아이의 발소리가 이따금 들려올 뿐이다. 신 여사는 아침부터 교회에 나가고 없었다. 하란은 무슨 생각에선지 양복장을 열고 외출 준비를 한다. 곤색 외투에 빨간 머플러를 두르고 그는 간다 온다 말없이 집을 나선다.

터벅터벅 걷는다. 발자국은 쏟아지는 눈 때문에 이내 지워졌다.

한길에 나왔을 때 초라한 악기점에서,

'쓸쓸한 가을밤…….'

때늦은 유행가가 흘러나왔다. 하란은 지나가는 택시를 하나 잡았다. 그리고 눈을 털면서 택시에 올라탔다.

"어디까지 가시죠?"

운전사는 백미러에 비치는 하란의 얼굴을 주시하며 묻는다.

"네? 아…… 망우리 묘지까지…….."

운전사는 연방 눈이 쏟아지는 밖을 한 번 쳐다보더니 다시 의심스러운 눈초리로 하란을 돌아본다.

"눈이 대단한데요?"

"대단하군요."

눈이 대단한데 망우리에 가느냐고 묻는 말이었으나 하란은 멍멍하니 맞장구를 칠 뿐이다. 운전사는 핸들을 홱 돌려 자동차의 방향을 바꾸었다.

'이 눈이 내리는 날에 망우리 묘지까지 간다니 참 별난 여자도 다 봤구나.'

운전사는 마음속으로 중얼거리며 백미러에 비친 하란의 얼굴을 슬쩍 훔쳐본다. 그러나 하란은 외투 깃 속에 창백한 얼굴을 묻은 채 무릎 위에 눈을 떨어뜨리고 움직이지 않았다.

'애인이 죽은 모양이로군. 눈이 오니까 추억이 되살아 찾아가는 모양이지? 아깝게도 저런 미인을 두고 눈을 감고 가다니.'

운전사는 마음속으로 혀를 끌끌 차는 것이었다. 하란은 지금 수미의 묘지에 가는 길이다. 수미를 위하여 찾아가는 것은 아니었다. 하란은 갈 곳이 없다. 더욱이 가서 슬픔을 풀어버릴 곳이 없다. 수미의 묘지를 찾아가는 것은 이번이 처음은 아니었다. 그동안 하란은 여러 번 혼자서 그곳으로 갔고 실컷 울다가 돌아오곤 했었다. 하란은 망우리 묘지까지 가는 동안 움직이지도 말하지도 않았다. 찻삯을 치르고 자동차에서 내렸을 때 비로소 그는 하늘을 쳐다보았다. 잿빛으로 찌푸려진 하늘이었다. 그러나 눈은 그동안 멎어 있었고 사방은 눈에 반사되어 밝았다.

사뿐사뿐 눈을 밟으며 올라간다. 망망하고 끝없이 보이는 설원이 시야 앞에 펼쳐진다. 하란은 외투 주머니 속에 양손을 찌르고 수미 묘 앞에 우뚝 섰다.

'수미, 내가 왔어.'

바람이 횡 하고 몰아친다. 눈가루가 날린다. 막막한, 한없이 막막한 정적이다.

'한없이 막막하구나. 꽃도 없구, 하늘은 네가 제일 싫어하던 잿빛, 다만 차가운 눈 밑에 너는 누워 있다. 모든 슬픔을 잊고 너는 누워 있다. 나는 이 황막한 지역에 혼자 서서 들어줄 사람도 없는 설움을 언제까지나 되풀이해야 한단 말이냐. 수미, 오빠는 어젯밤에도 돌아오지 않았단다.'

하란은 얼마 동안이나 그러고 혼자 서 있었는지 모른다.

'나가요!'

수영의 가을 서리 같은 매섭고 쌀쌀한 목소리가 바람결을 따라 윙! 하고 귓가에 지나간다. 은빛 머리칼을 흔들던 안 박사의 얼굴, 지금은 한낱 망실자忘失者처럼 되어버린 안 박사의 얼굴, 죽은 어머니의 얼굴, 희의 얼굴…….

'나가요!'

다시 귓가에 들려오는 수영의 목소리.

'수미, 난 나가야겠니? 오빠의 자유와 오빠의 행복을 위하여 나가야겠니? 어디로?'

하란은 눈 위에 푹 쓰러진다. 빨간 장갑을 낀 작은 손이 눈을 짚었다. 그 장갑을 낀 손 위에 더운물처럼 눈물이 쏟아진다. 그의 양어깨는 바람에 겨운 사시나무처럼 흔들리고 있었다. 또다시 눈이 휘날리기 시작한다.

"감기 드십니다. 일어나세요."

굵은 사나이의 목소리와 더불어 큼지막한 사나이의 손이 하란의 머플러 위에 쌓인 눈을 털어준다. 하란은 몸을 일으켰다. 그리고 눈이 내리는 바로 앞에 선 사나이를 치올려 보았다. 허세준이었다.

하란은 놀라움보다 피로함이 엄습해 오는 것을 느꼈다. 어째서 이 사나이가 자기 옆에 와 있는지 그것조차 헤아리고 싶지가 않았다.

"놀라셨습니까?"

하란은 외투의 깃을 세우며 고개를 가로저었다. 허세준은 턱을 쳐드는 자세로, 눈은 내리까는 시늉으로 하란을 바라본다.

"수미한테 오셨어요?"

"수미한테……."

허세준이 그 말을 되뇐다.

"늘 여기에 오세요?"

하란은 걷기 시작한다.

"가끔…… 전에도 몇 번인가 하란 씨를 여기서 뵈었지요."

"언제?"

"주로 일요일에…… 오늘도 꼭 오실 줄 알았어요."

허세준은 두 손으로 바람을 막으며 라이터를 켜서 담배를 붙여 묻다.

"그럼 저를 만나러 오셨어요?"

하란이 발밑을 내려다본다. 허세준은 한숨을 푹 내어 쉬면서 대답을 하지 않는다. 이 무인지경에서, 한없이 멀리까지 펼쳐진 설원에서 두 사람은 말없이 발자국만 남기고 걸어간다.

'남편은 형숙이를 쫓아가고 나는 남편을 쫓아가고 이분은 나를 지금 쫓아오고 있는 것이다.'

하란은 얼굴을 들고 허세준의 옆모습을 물끄러미 바라본다. 자랄 대로 내버려둔 수염 탓인지 그는 몹시 늙어버린 것만 같았다.

"하란 씨는 왜 수미한테 와서 우시죠?"

"울면 안 됩니까?"

하란은 쓸쓸하게 웃는다. 묘한 기분이다. 버림을 받은 두 남녀가 같이 걷고 있다는 기묘한 처지가 하란에게는 우습게 여겨지기도 하려니와 서로 위안을 주고받을 수도 있는 것만 같았다.

"울지 않게 될 수는 없을까요?"

"인위적으로 할 수 있는 일이라면……."

또다시 말은 끊어졌다. 그들은 어디를 걷고 있는지 그것조차 분별하지 못하고 있는 것이다.

"나는 하란 씨가 불행해지기를 기다리고 있었습니다. 그것만이 유일의, 그리고 너무나 희박한 희망이었습니다."

"저는 지금 바로 불행합니다."

210

"하란 씨가 불행하다는 것, 얼마나 큰 희열입니까?"

허세준은 눈빛에 반사되어 차갑도록 흰 하란의 얼굴을 쳐다본다.

"저 역시 그 여자로부터 버려져 남편이 불행해지기를 바라고 있는 거예요."

"그런 희망은 있을 수 없습니다. 결코 그 여자는 수영 씨를 버리지는 않습니다."

"저의 불행을 바라는 마음에서 그렇게 확신하시는군요."

"그렇습니다."

허세준의 목소리는 몹시 약했다. 하란은 가다 말고 그만 주저앉아 흑흑 느껴 울기 시작한다. 허세준은 바람을 가려주듯 하란 앞에 막아선 채 하란의 울음이 멎기까지 담배만 피우고 서 있었다.

'이 여자는 지금 울고 있다. 그때도, 그 수미의 생일날 밤에도 돌아오면서 이 여자는 울었었다.'

허세준은 담배를 던졌다. 그리고 허리를 꾸부려 하란을 안아 일으킨다.

"하란 씨!"

허세준은 순간 하란을 포옹하고 말았다. 하란은 그를 뿌리칠 기운도 없었거니와 감정마저 마비된 듯 노여움이나 아무런 두려움도 일지 않았다.

"하란 씨, 이혼하세요. 그리고 나하구 결혼합시다. 먼 데로 아주 먼 곳으로 달아나 삽시다. 나는 당신을 잊을 수가 없었소."

뜨거운 입김이 싸늘한 하란의 얼굴 위에 걸린다. 하란은 다만 입술을 꼭 물었다. 그 차가운 입술 위에 열기 띤 허세준의 입술이 얹혀진다. 다만 얹혀졌을 뿐이다. 허세준은 하란을 놔주었다. 절망과 초조의 고통이 그의 얼굴을 지나갔다.

"당신들의 인연은 죄악이오! 당신들의 결합은 허위요! 하란의 반항은 습관에서 오는 현숙한 부인의 자세요! 나는 하란을 마음대로 할 수 있다, 지금!"

허세준은 광란한 사람처럼 고래고래 소리를 질렀다. 그러나 그 기세는 이내 꺾어지고 말았다.

"기다리겠어요, 기다리죠. 하란 씨는 한평생을 그렇게 살지는 못할 것이오. 당신의 남편은 돌아오지 않을 겁니다, 결코."

하더니 그는 자기의 감정을 추방이라도 할 듯 하란을 내버려두고 뛰어가는 것이었다.

11. 해빙기는 왔건만

교문을 나선 수영은 뒤에서 부르는 박현태의 소리를 들은 척
도 하지 않고 바삐 걸었다.

"이 사람, 귀도 안 멀었는데 웬 능청이야?"

박현태는 수영의 어깨를 탁 쳤다.

"난 술 안 해."

수영은 다짜고짜로 말을 잘라버린다.

"원 사람두 누가 술 하자 했나? 지레 겁을 먹는군."

"술 아니라면 우리 만날 일이 있겠나?"

"에이 참, 왜 요즘 밤낮 쌍심지를 돋우는 거야?"

"형숙이 그년 나쁜 년이다."

수영이 내뱉는다.

"나쁘면 어쩌나? 무슨 상관이람."

박현태는 일부러 시치미를 뗀다.

"사내가 있어."

수영은 박현태의 말에는 대꾸할 생각도 하지 않고 자기 할 말만 한다.

"한 사람인가?"

"누가 알어!"

수영은 걸음을 멈추고 박현태에게 덤벼들 듯 째려본다. 그러나 이내 터벅터벅 걷기 시작한다.

"죽이고 싶다!"

"유치한 소리 하지도 마."

"마물이다!"

"이제 알았나? 그래도 수영이한테는 순정을 바치는 모양이던데?"

"무서운 독부다! 피를 말리는 요부다!"

"알구 있음 그만 아냐? 자넨 아버지구 남편, 답답할 거 없어. 잔말 말구 술이나 처먹구 집으로 가게."

"안 된다. 형숙한테 간다."

"죽이러?"

"죽일 수 있다면 얼마나 행복할까."

"기가 막히네. 사내자식 꼴 더럽게 되어간다."

"맞았어. 더럽게 되어가지. 나는 형숙이의 하나의 종놈이야. 그 계집이 딴 놈하고 노닥거리는 것을 나는 얌전히 기다리고 앉아 있어야 한다. 울어도 보고 때려도 보고 애걸도 하구."

수영의 얼굴에는 자조의 웃음이 번져나간다.

"그러나 돌아서면 그 여자는 내 세계의 전부가 되고 그를 잃어버릴까 하는 공포 때문에 견딜 수 없다."

"하란 씨를 좀 생각하게. 가엾지 않으냐."

"말하지 말어! 가엾다는 마음은 바다 위의 한 알 좁쌀이야. 형숙은 그 큰 바다, 마를 줄 모르는 그리움의 바다다."

"성녀와 마녀 사이에 낀 자네는 정말 보잘것없는 필부로구나. 그렇게 감정을 통어할 줄 몰라서야."

"나는 영웅이 아니다. 스스로 필부임을 자인한다."

"자아, 잔말 말구 술이나 하자."

종로까지 나온 박현태는 수영의 팔을 잡아끌었다. 그러나 수영은 그의 팔을 홱 뿌리치고 지나가는 택시를 잡더니 간다는 말 한마디도 없이 운전사의 뒤통수만 바라본다.

수영이 효자동에 있는 형숙의 아파트까지 왔을 때 입구에 있는 수위가 층계를 밟는 수영을 불렀다.

"15호실로 가시죠?"

수영은 말없이 수위의 밴들밴들한 얼굴을 쳐다본다.

"누가 오시면 여기서 전화 걸어달라고 하더군요."

수위는 벌써 다이얼을 돌린다.

"왔습니다. 받으십시오."

수영은 수화기를 들었다.

"누구세요?"

형숙의 목소리다.

"왜 못 올라가게 하는 거야."

"몸이 아파서 좀 쉴려구요. 그렇지만 생각을 달리했어요. 눈이 내리구 날씨가 멋있죠? 어디 가시지 않겠어요?"

"가도 좋아. 그럼 올라가겠어."

"아니 올라오시지 마세요. 올라오셔도 문 잠가놨어요. 여섯 시까지 거기서 기다리세요, 준비하구 나가죠."

수영은 수화기를 놓았다. 모멸감이 목까지 치민다.

'사내가 와 있는 게로군.'

수영은 단숨에 층계를 밟고 뛰어 올라가고 싶었으나 아파트를 나서고 말았다. 그는 술집에 들어갔다.

'거기서 기다리라구? 흥, 기다리긴 누가 기다려?'

그러나 차츰 술이 몸에 배어들기 시작하자 그의 피는 뛰었다.

'죽여버리자. 죽여버리자. 죽여버리면 그만이다!'

술을 훅 들이켜고 술잔을 카운터에 팽개쳤다.

"죽여버리자!"

"어마! 누굴 죽인다구요?"

여급이 놀라며 수영을 쳐다본다.

"너를 죽인다는 거야! 술 부어!"

"아이 무서워라. 제발 살려줍쇼."

여급은 농담으로 돌리며 손을 비비는 시늉을 한다.

시곗바늘이 여섯 시를 가리켰을 때 수영은 술값을 치르고 밖으로 뛰어나왔다. 눈 속에 묻혀 도시의 불빛은 화려하다. 수영은 그들이 자주 만나는 다방으로 들어갔다. 그러나 형숙은 없었다. 한구석으로 들어가 술 냄새를 피우며 자리에 털썩 주저앉았다.

'망할 것! 또 기다리게 하는구나!'

십 분, 십오 분, 시간은 지나간다. 이십 분이 지났을 때 형숙은 회색 밍크를 목에 두르고 나타났다.

"기다리셨어요?"

"……."

"또 화내시는군."

형숙은 자기를 노려보는 수영의 눈 위에 손을 살짝 얹더니 맞은편 자리에 가서 앉는다. 차가운 촉감이었다. 가죽 냄새가 연하게 풍겨왔다. 형숙은 찰싹 달라붙은 회색 가죽장갑을 낀 손으로 머리를 쓸어 넘긴다.

"정릉 가세요. 설경이 볼만할 거예요."

"밤에 무슨 설경이야?"

벌써 수영의 목소리는 누그러져 있었다.

"아침에 일어나면 설경 볼 수 있잖아요?"

그들은 다방에서 나와 자동차에 올라탔다.

"아까 왜 못 올라오게 했지?"

"그건 생활의 기교예요. 우린 연인이지 부부는 아니잖아요?"

형숙은 차창 밖으로 피워 물었던 담배를 뽑아 던진다. 의심할 여지도 없는 천연스러운 태도다. 수영은 입을 다물었다. 그렇게 죽여버린다고 마음속으로 소리소리 친 것이 거짓말처럼 가라앉고 말았다.

정릉에 도착하여 호텔로 들어갔다. 한적한 방에 들어간 수영은 형숙을 껴안고 열렬한 키스를 퍼부었다. 오랫동안 서로 만나지 못하였던 사이처럼.

"이거 놓으세요. 외투나 벗어야죠."

형숙은 수영을 떠밀어 내었다. 형숙이 외투를 벗고 창가에 서서 바깥을 바라보자 수영은 그의 팔을 끌면서,

"형숙이, 결혼해."

"천만부당한 말씀!"

형숙은 얼굴을 돌리며 생긋 웃는다.

"왜, 왜 부당한 말이야?"

"이런 곳에 와서 사무적인 이야기하시면 흥이 깨어진답니다."

"어째서 사무적인 이야긴가?"

"결혼이란 형식 아니에요?"

"그 형식을 왜 군이 회피하려는 거야?"

"자유롭고 싶어서요."

"다른 남자와 교제하는 자유 말인가?"

"모든 것 통틀어서 저는 자유롭고 싶어요."

수영은 형숙의 팔을 눌러 잡았다.

"아얏!"

"죽어버릴까?"

"죽고 싶지는 않은데요."

"잘 때 내가 목을 졸라도 좋은가?"

"죽고 싶지는 않다고 하는데 왜 이러세요? 당신은 언제나 철 없는 아기군요."

형숙은 발돋움을 하여 수영의 이마 위에 키스를 한다. 환락의 밤은 깊어만 갔다. 수영이 눈을 떴을 때 물 흐르는 소리가 싸아하고 들려왔다. 밤의 정적이 머리를 꿰뚫는 것만 같았다. 수영은 일어나 커튼을 젖혔다. 휘영청 밝은 달과 눈이 부시게 흰 눈이 대낮과 같은 밝음으로 방 안에 밀려 들어왔다. 시계를 보았다. 세 시다.

수영은 담배를 피우다가 돌아섰다. 형숙의 얼굴 위에 달빛이 비쳐 꿈처럼 아름답다.

'천사 같은 얼굴, 저 천사 같은 얼굴로 사내들을 보고 웃는다. 아니 키스도 하고 그 이상의 짓도 한다.'

수영은 한 발 한 발 형숙 옆으로 다가갔다.

'날이 새면 형숙은 다람쥐처럼 달아날 게다. 그리고 다른 사내에게 안길 것이다.'

수영은 꿇어앉아 형숙의 얼굴을 내려다본다. 긴 속눈썹이 깜박거리며 빙긋이 웃는다. 꿈을 꾸는 모양이다. 수영도 따라서 빙긋이 웃었다. 얼굴을 찌푸린다. 어린애처럼 입을 비쭉거리며 울상이 된다. 수영도 울상이 되었다.

"민구 씨! 정말 그러심 안 돼요."

수영은 얼굴을 확 젖혔다. 질투가 이글이글 끓어오른다. 그는 형숙 위에 올라타 두 손으로 그 여자의 목을 졸랐다.

"죽어라! 죽어! 내 피를 말리는 요부!"

형숙이 눈을 번쩍 떴다. 양팔을 허우적거렸다. 수영은 손을 놓았다. 끝없는 연민이 그의 가슴을 할퀸다.

"형숙이, 죽어선 안 돼! 나하구 오래오래 살아……."

수영은 여자의 가슴 위에 얼굴을 묻고 흐느껴 울었다. 형숙은 수영의 머리를 쓸어주며,

"죽여버리지요. 왜 죽이지 않았어요? 아마도 난 당신 때문에 죽고 말 것만 같아요."

"그런 소리 하지도 말어. 우리는 지금 이렇게 행복하지 않아?"

"처참한 행복이죠."

형숙은 일어나 수영의 무릎 위에 얼굴을 얹었다.

"선생님?"

"왜?"

"우리 이렇게 살다 헤어지면 그만 아니겠어요."

"헤어지는 날에는 형숙일 죽인다."

"밤낮 죽인다구만 하시는군요. 헤어지기 전에 그만 아까 죽여버리지요."

"그런 소리 이제 하지 말어. 곧 날이 새겠어. 자아, 한숨 더 자자."

수영은 형숙을 이불 속에 밀어 넣고 자기도 그 옆에 누웠다. 대낮같이 밝은 방 안이다. 창백하게 방 안의 공기는 흔들리고 있었다. 잠이 올 리가 없다.

"달이 참 밝죠?"

"응."

"그때 수미의 생일 파티 때도 이렇게 달이 밝았죠? 그땐 봄이었지만……."

"지나간 일은 얘기하지 말어."

"그렇다면 앞날의 얘기도 하심 안 돼요."

"우린 내일 또 만나야 한다."

"기약하는 것 싫어요."

"형숙이!"

"네?"

"우리 그만 외국에나 갈까?"

"미래의 얘기 하지 마시래두……."

"그럼 우리에겐 미래가 없단 말인가?"

"미래도 과거도 없다고 생각하구 싶어요. 이 순간만 있음 되잖아요?"

이야기를 주고받는 동안 어느새 날이 밝아왔다.

"오늘 그만 여기서 쉴까."

"노."

형숙은 강하게 고개를 저었다. 그들은 시내로 돌아와 헤어졌다. 수영이 학교에 갔을 때 박현태가 전화를 받고 있다가 수영을 보자 황급히 수화기를 건네주었다. 수영이 수화기를 받아들자,

"집에서다."

박현태는 수척한 수영의 옆모습을 쳐다보며 힐난하듯 나직이 말하였다. 수영은 힐끗 박현태를 한번 돌아보더니 냉정한 목소리로,

"여보세요? 전화 바꿨습니다."

"아, 희야 아버지세요? 저예요."

신 여사의 가라앉은 목소리였다.

"무슨 일 있었댔어요?"

"빨리 집에 좀 오셨음 좋겠는데."

"왜요? 아버님 편찮으신가요?"

얼굴을 잔뜩 찌푸렸으나 여전히 냉정한 목소리였다.

"희야 엄마가 아파요. 열이 대단한걸요. 막 헛소릴 하구……가엾어 죽겠어요. 너무하지 않아요?"

"……."

"곧 오죠?"

"……."

"곧 오죠?"

224

신 여사는 다잡았다.

"의사 다녀갔어요?"

"새벽에 다녀갔어요."

"무슨 병이래요?"

"어제 눈을 맞구 망우리까지 간 모양이에요. 그러니 병이 날 수밖에. 의사는 폐렴이라 하는군요."

수영의 얼굴은 고통에 일그러진다.

"어렵다구 합디까?"

"생명에는 관계없겠지만, 그러나 정신적으로 충격이 크면 악화될지도 모르구…… 하여간 곧 오도록 하세요. 기다리겠어요."

그쪽에서 먼저 전화를 끊었다. 수영은 수화기를 든 채 멍하니 발밑을 내려다본다.

"누가 아프다는 거야?"

뒤에서 박현태의 굵은 목소리가 울려왔다. 수영은 그 대답을 하지 않고 자리에 와서 앉는다. 박현태는 수영의 눈치를 살피며 마주 앉았다. 수영은 잔뜩 이맛살을 모으며 호주머니 속에서 담배를 꺼내어 불을 붙여 문다. 그리고 담배 연기가 올라가는 곳을 물끄러미 바라보는 것이었다.

"누가 아픈 모양 아냐? 빨리 가보지."

박현태는 재촉하듯 말한다. 그래도 수영은 대답 없이 담배 하나가 다 타도록 연기만 바라보고 앉았는 것이었다. 박현태도 그 이상 권할 수 없었던지 담배를 뽑았다. 그러자 수영이 벌떡 일어섰다.

"좀 같이 나갈까? 시간 있겠나?"

박현태는 팔을 쑥 들어 시계를 들여다보며,

"한 시간쯤."

하고 나가는 수영을 뒤따랐다.

수영은 넓은 교정을 지나 양지바른 잔디 위에 가서 펄썩 주저

앉는다.

"이거 무슨 짓이야? 추운 날에?"

박현태가 불평을 하는데 수영은 여전히 말이 없다. 말이 없을

뿐만 아니라 거의 무표정하였다.

"자네는 추운 것을 느끼니 여유가 있어 부럽구나."

한참 만에 혼잣말처럼 수영은 뇌었다.

"허허 참, 이 고독한 여유가 부럽다니 기가 막히는군."

"도무지 나라는 것을 주체할 수가 없다. 어떻게 했음 좋을지

모르겠다. 머릿속이 막막하다."

수영은 흐트러진 머리 속에 손가락을 쑤셔 넣고 머리를 떨어

뜨렸다.

"그런 말 할려고 이 추운 날에 여기까지 날 끌구 나왔나?"

"응…… 사실은 아무 할 말도 없었다. 무엇이고 닥치는 대로

부숴버리고 싶은 심정뿐이야."

"미친 녀석 같으니, 철부지라도 유분수지, 나이 삼십이 넘은

놈이 이게 무슨 짓이야?"

"난 형숙이 없인 못 살아. 모든 것을 희생하더라도."

박현태 말에는 대답하지 않고 엉뚱한 말을 뇌었다.

"지금에 와서 그런 말 하면 어떡허자는 거야? 때는 이미 늦었어."

"때는 내가, 내 자신이 만든다. 언제든지 내가 행동하는 그 순간순간은 내 것이다. 운명도 아니다. 그건 바로 내 의사요, 내 권력이요, 내 힘이다. 누가 그것을 감히 막는단 말이냐!"

수영은 앙분憤奮하듯 소리쳤다.

"그렇게 형숙의 존재가 절대적이라면 애당초 왜 하란 씨하구 결혼을 했나? 바보 같은 놈아!"

박현태도 따라서 언성을 높였다.

"그 책임은 자네한테도 있지 않은가?"

수영은 별안간 맹렬한 적의를 나타내며 박현태를 쏘아본다.

"천만의 말씀, 내가 그대들의 연애 사건에 실로 어처구니없는 어릿광대로 등장한 그 수치를 나는 지금도 잊지 않구 있는데 누구한테 뒤집어씌우려는 거야?"

"내 잘못이지…… 아니 형숙의 잘못이야…… 아니 안 박사, 우리 아버지의 잘못이지……."

수영은 풀이 확 꺾인다.

"대관절 집에선 누가 아프다는 거야? 어린애가 아프나?"

"내 처라는 사람이 아프다네."

수영은 한숨을 푹 내어 쉰다. 그러나 그의 눈에는 광기에 가

227

까운 표독스러운 빛이 이글이글 타오른다.

"왜 강요를 한단 말이냐! 나는 내 마음대로 사는 거야. 정숙하고 조용하고 아름답고 인내성 있고 도시 그게 나한테 무슨 관계란 말이냐! 왜 내가 얽매어 있어야 하나. 왜, 왜."

수영은 다시 머리칼 속에 손가락을 쑤셔 넣듯 하며 머리를 양손으로 부둥켜안는다.

"왜 내가 그 여자의 병을 근심하구 그의 마음의 상처를 내가 느껴야 하는가? 견딜 수가 없다. 나는 그 여자 앞에 가는 게 두렵다. 나는 그 여자 앞에 가면 광포해진다. 애처롭고 가엾다고 생각하면 할수록. 나도 어쩔 수가 없다."

"미친 소리 그만하구 집에 가보게. 하란 씨는 자네 이외의 세계를 생각할 수 없는 여성이다. 자네만을 깊이 사랑하구 있는 여성이다."

박현태는 주저앉은 수영의 팔을 잡아끌었다.

"나는 그 여자를 사랑하지 않는다. 나의 세계는 형숙이다. 모든 것을 다 버리더라도 나는 형숙을 취할 것이다. 지옥에 떨어져도 좋다. 마굴에 떨어져도 좋다. 그 여자와 같이 있을 수만 있다면. 그 여자는 마물이니까……."

"이 개자식!"

박현태의 손이 수영의 얼굴 위에 날았다. 막을 여가도 없이 두 번 세 번 날았다. 코피가 터진다. 박현태는 코피가 쏟아지는 것을 보자 주춤하고 숨을 몰아쉬었다. 그러더니 호주머니 속에서 손수건을 꺼내어 준다. 수영은 박현태에게 맞은 것에 도리어 쾌감을 느끼는 모양으로 반항하는 기색도 없이 코피를 닦는다.

"내가 형숙에게 손톱만큼의 관심도 없었다는 것을 자네에게 알려주는 동시에 하란 씨를 사랑했던 것을 알려준다."

코피를 닦고 있던 수영의 어깨가 뛰는 듯하더니 박현태를 가만히 올려다본다. 그 눈을 박현태는 피하지 않았다.

"만일 그 여자가 불행하게 된다면 나는 또다시 너를 때려줄 것이다. 일어서서 집으로 가라!"

박현태는 그렇게 말하고는 돌아서서 뚜벅뚜벅 걸어간다.

수영이 집으로 돌아온 것은 저녁때였다. 어디로 돌아다녔는지 현관에 들어섰을 때 술 냄새가 확 풍겼다.

"눈이 빠지게 기다렸는데 왜 이제 오는 거요?"

원만하기만 한, 그래서 한 번도 싫은 소리를 한 일이 없는 신여사는 발칵 화를 내었다.

"좀 어때요?"

수영은 모자를 벗어 던지며 신 여사에게 물었다.

"들어가 보면 알지 않아요."

신 여사는 희를 안고 안으로 들어가 버린다. 수영은 하란의 방으로 들어갔다. 하란은 천장을 바라보고 누웠다가 얼굴을 돌렸다. 열이 내렸는지 얼굴은 창백하였다. 수영은 하란과 눈이 마주치기를 피하듯 머리맡에 앉았다. 풍겨오는 술 냄새에 하란은 눈을 감는다.

"왜 눈을 맞고 쏘다녔소?"

"……."

"뻔히 아는 일을 묻는다구 생각하오?"

"……."

"왜 말이 없소? 밉다구 하시오. 원망한다구 해요."

수영은 한숨을 푹 내어 쉰다.

"나는 술을 마시구 왔어. 술을 마시지 않고는 집에 돌아올 수가 없었다. 모든 것 잊어버리고 싶다."

수영은 하란의 머리맡에 벌렁 나자빠졌다. 양손을 깍지 끼고 머리를 얹는다. 바람이 유리창을 흔든다. 바람이 지나가니 방 안은 다시 고요 속에 가라앉는다.

"제가 이 집에서 나가야 되나요?"

한마디 말이 없었던 하란이 눈을 감은 채 입을 달싹거렸다.

"뭐라구?"

천장을 바라보며 머릿속에 밀려드는 공허 속에 있는 수영이 얼굴을 젖혔다.

"제가 이 집에서 나가야 되나요?"

하란은 아까와 꼭 같은 말을 중얼거렸다.

"왜?"

그렇게 묻는 수영의 얼굴이 고통에 일그러진다.

"당신은 제가 나가기를 바라고 계시잖아요?"

하란은 눈을 뜨고 아직 열기가 남은 불그스름한 눈동자를 수영에게 보낸다.

"왜 그런 말을 하는 거요?"

"저는 당신께 고통의 존재밖에 더 되겠어요?"

하란의 눈에서 눈물이 후두둑 떨어진다.

"아무 말도 하지 말아요."

수영은 한 팔을 들어 하란의 입을 막는다. 그 손 위에 하란의 뜨거운 눈물이 자꾸만 쏟아진다. 수영은 벌떡 일어나 하란을 안아 일으켰다.

"울지 말아요. 내가, 내가 잘못했소."

하란은 흐느끼며,

"다시는 다시는, 나가시지 마세요."

하란은 손을 꼭 쥐었다. 불덩어리처럼 뜨거운 손이었다.

"아직도 열이 있군. 자, 누워요. 나 아무 데도 가지 않아."

수영은 하란을 자리에 눕히고 흐트러진 머리를 쓸어준다.

수영은 하란이 잠드는 것을 보고 있었다. 서재로 돌아와 의자에 푹 가라앉는다. 술기는 다 달아나고 머릿속이 가을날처럼 맑아졌다.

'형숙을 잊어버린다? 잊어버린다. 잊어버려야 한다. 어떻게? 정말 잊어버려야 한단 말인가?'

수영은 꼭 같은 말을 몇 번이나 되풀이하며 의자 모서리를 꼭 잡는다.

'그럴 수는 없다. 정말 그럴 수는 없다.'

수영은 일어나 창문을 활짝 열어젖혔다. 찬 바람이 비수처럼 싸늘하게 얼굴을 쳤다. 달이, 바로 어젯밤 형숙의 잠든 얼굴을 비추어주던 그 달이 전선에 걸려 있었다.

'불쌍한 하란이, 이 그릇된 인연을 누가 맺었는가? 왜 박현태 하구 결혼하지 않았나, 얼마든지 사랑을 받을 여자가 아니냐.'

수영은 아득한 옛날만 같은 그때의 일이 불현듯 떠올랐다. 형숙의 집 앞에서 박현태가 형숙을 포옹하고 키스를 하던 광경이다. 전주 뒤에 숨어서 미쳐버릴 것만 같았던 그 괴로움, 밤마다 거리를 헤매어 다니며 술을 마시던 일, 바에서 허세준을 때리고 돌아오는 길에 병원으로 가서 앓고 있는 하란을 범해버리던 일.

"왜 자지 않니?"

수영이 깜짝 놀라며 고개를 쳐들었다. 안 박사였던 것이다.

"아버지는 왜 안 주무세요? 추운데요."

"잠이 안 와서 뜰을 거닌다. 역시 운동 부족인 모양이야. 소화가 안 되는구나."

방 안에서 비쳐 나가는 불빛 아래 선 안 박사의 눈이 펑 하니 뚫린 것만 같다. 그렇게 풍골이 좋던 모습을 다시 찾아볼 수 없었다. 수영은 눈길을 돌리며,

"추운데 들어가시죠."

"아니다. 외기를 쐬니까 기분이 썩 좋구나. 그래 아이 어미는 좀 어떠냐?"

"이제 막 잠들었어요. 괜찮겠죠."

"신경이 약해서……."

안 박사는 수영을 힐끔 쳐다보았다. 하고 싶은 마음은 태산 같았지만 안 박사는 형숙의 말을 하지 않았다.

"그런 데다가 선병질적이어서……."

안 박사는 다시 수영을 힐끔 쳐다보았다.

'변하셨구나! 너무나 변하셨다. 몸도 약해지구 마음도 약해지셨다.'

수영은 아버지가 힐난이라도 해주었으면 차라리 마음이 편할 것만 같았다.

"자거라. 시간이 저물었다."

안 박사는 쿨룩쿨룩 기침을 하며 어둠 속으로 사라졌다.

"아아!"

수영은 창문을 닫고 침대 위에 옷도 벗지 않은 채 드러누웠다. 그러나 그는 이내 도로 일어나 벽장 속에서 양주병을 꺼내어 컵에다 콸콸 부었다. 탁자 위에 한 손을 짚은 채 막 마시려고 하는데 전화벨이 울렸다.

얼른 수화기를 들었다.

"여보세요?"

아무 말이 없다.

"여보세요?"

"주무세요?"

형숙이었다. 수영의 얼굴에는 절망과 희열과 분노와 그리움이 엇섞인다.

"왜 말씀 안 하세요."

또랑또랑한 목소리가 굴러왔다.

"옆에 부인이 계신가요?"

"괴롭다."

"왜요? 제가 전화 건 때문에?"

"……."

"전화 끊을까요?"

"무엇 때문에 전활 걸었지?"

"보고 싶어서요."

"나도 보고 싶다."

수영의 입에서는 저절로 그 말이 나왔다.

"지금 뭘 하구 계세요?"

"술을 마시려고 했었다."

"나는 침대 속에 있어요. 낮에 학교에 전화를 걸었더니 일찍
나가셨다구요?"

"응."

"어디 가셨댔어요?"

"술을 마시구 헤매 다녔다."

"어마, 온종일 술 마시구 또 술을 해요?"

"도무지 취하지 않는다."

"박 선생이 왜 저보구 화를 내죠?"

"만났댔나?"

"선생님 나가셨다기에 혹시 아시나 싶어 박 선생으로 바꿔달랬더니 말이 많더군요."

"……"

"박 선생의 충고 순종하는 뜻에서 오늘은 일찍 들어가셨군요."

"그래 어쩌자는 거야."

"어쩌긴요? 저는 안 선생님이 아니에요. 오형숙이에요. 선생님의 자유도 저의 자유도 피차 침범할 순 없잖아요?"

"그럼 왜 전활 거는 거야."

"그야 보고 싶으니까. 그렇지만 만나자는 건 아니에요. 안녕히 주무세요."

형숙은 말을 싹 끊어버리더니 이어 전화를 끊어버린다. 수영은 술을 훅 들이켰다.

며칠 후 하란이 자리에서 일어났다.

"이제 괜찮아요?"

신 여사가 엄마에게 가려고 보채는 희를 달래면서 물었다.

"기운이 없을 뿐이에요."

하란은 정맥이 내비치는 가느스름한 손을 들어 머리를 쓸어넘긴다.

"그야 기운이 없을 테지. 통 음식을 못 먹으니 그럴 수밖에."

신 여사는 혀를 끌끌 차면서 부엌으로 갔다. 아이를 식모에게

맡겼는지 신 여사는 오트밀을 가지고 왔다.

"남기지 말고 다 잡수세요."

하란은 신 여사의 마음씀이 고마워 오트밀을 절반이나 비운다.

"원, 희야 아버지도 어쩌자는 것일까?"

어젯밤에도 수영은 집을 비운 것이다. 신 여사는 참다못해 그 말을 했으나 하란은 듣기가 싫은 듯 외면을 하고 말았다.

"아주머니?"

하란이 잔잔한 목소리로 불렀다. 신 여사는 하란을 내려다보며 말을 하라는 듯 고개를 끄덕인다.

"사람의 마음은 변할까요?"

"그럼 변하지 않구. 저러다가 돌아올 거요. 어릴 때부터 성격이 강하구 치우쳐서 애를 먹었는데, 그러나 본성은 착한 사람이에요. 남 못 할 짓 할 위인이 아니에요. 참고 견디어보세요."

하란은 그 말을 귓가에 흘리듯 듣고 있다가,

"저의 마음도 변할까요?"

그러기를 바라는 듯 신 여사를 가만히 쳐다본다. 너무나 잔잔하고 맑은 눈이었다.

"그건 또 왜, 왜 묻는 거요?"

신 여사의 눈에 불안이 확 끼친다.

"그분은 돌아오지 않아요. 그건 제가 잘 알고 있어요. 그렇다면 저 자신이 좀 변해야 하지 않겠어요?"

신 여사는 아무 대꾸도 못 한다.

어느덧 겨울은 가고 개울가의 얼음이 녹기 시작하였다. 하란
은 이날도 창가에 서서 멍하니 밖을 바라보고 있었다.

'하란 씨가 불행해지기를 기다리고 있었습니다. 그것은 유일
의, 그리고 너무나 희박한 희망이었습니다.'

허세준의 말을 하란은 생각하고 있었다.

'나는 자꾸만, 자꾸만 이렇게 불행해지고 있다. 아무런 희망
도 가질 수 없다. 그이는 돌아오지 않는다. 어젯밤도 그리고 오
늘 밤도…… 그러나 나는 매일매일 기다린다. 술에 취하여 한마
디 말없이 자기 침실로 들어가 버리는 그 사람을 목마르게 기다
린다. 집에 돌아와 준 것만도 고맙게 생각하면서 나는 나를 외
면하는 그분을 맞이한다. 언제까지나 이렇게 가슴 조이며 긴긴
날을 살아가야 하는가……'

눈물도 이제는 말라버린 하란은 넋 없이 혼자 중얼거리고 있
었다. 포근한 햇빛이 잔디 위에 깔려 있다.

'얼음이 녹고 봄이 온다. 그러면 또 여름이 오고 가을이 오
겠지.'

하란은 경대 앞에 앉았다. 간단히 화장을 하고 일어섰다. 그는
한영진을 찾아가리라 마음먹은 것이다. 벌써 오래전부터 하란은
취직을 해보리라는 생각을 가지고 있었던 것이다. 일에 쫓겨 다
니면 얼마간 괴로움을 잊을 수 있으리라는 생각도 있었고, 당장

어려운 것은 아니었지만 안 박사가 병원을 포기한 후부터는 그다지 풍성하지 못한 살림인 것도 취직을 하려는 이유의 하나이다. 그래서 하란은 전의 동료이며 또한 집안끼리도 밀접한 관계가 있는 한영진을 찾아 의논을 해볼 작정인 것이다. 나가기 전에 미리 전화 연락이라도 취할까 싶었으나 꼭 만나야겠다는 절박한 사정도 아니었으므로 그냥 학교에 찾아가기로 했던 것이다.

학교에 갔을 때 한영진은 공교롭게도 결근이었다. 하란은 옛날 다니던 직장이었으므로 그냥 돌아설 수가 없어 교장실에 들어가 인사를 드렸다. 교장은 하란에게 차 대접을 하면서 어떻게 사는가, 얼굴이 여위었다는 등의 말을 하는 것이었으나 하란은 시종 쓸쓸한 미소로 대하였을 뿐 별다른 말을 하지 않았다.

교문을 나섰을 때 서쪽 산기슭에 해가 뉘엿뉘엿 떨어지고 있었다. 집에 들어가고 싶지가 않았다. 수영을 기다리는 시간의 고문을 당하기가 진저리 났다.

'극장에나 갈까?'

하란은 시내에 나와 아무 데고 상관없이 극장에 들어섰다. 처녀 시절에는 곧잘 혼자서 극장에 왔건만 지금 혼자서 극장으로 들어가는 자기 자신의 모습을 하란은 비참하다고 생각하였다.

영화는 하란을 더 우울하게 하였다. 처가 있는 남자라 모든 것을 버리고 마는 결말이었다. 하란은 모든 세상사가 자기에게 등을 보여주고 있는 듯하였다. 영화까지도 자기에게 불길한 것을 암시해 주는 것이라 생각하니 당장 울음이 터질 것만 같았다.

하란은 스프링코트에 양손을 찌르고 차가운 구두 소리를 들으며 걸었다. 역시 집에 들어갈 마음은 없었다. 텅 빈 집, 불빛이 휘황하여 더욱 고독을 주는 밤을 이고 방에 앉아 있을 수는 없다고 생각하였다.

"하란 씨!"

누군가가 어깨 위에 손을 올렸다.

"아, 허 선생."

하란은 자기의 생각 밖으로 목소리가 드높은 데 스스로 당황한다.

"어디 가세요?"

"그냥 걷고 있어요."

"차나 같이할까요?"

하란은 대답을 하지 않음으로써 응낙을 표시하였다. 허세준은 어느 지하 다방으로 하란을 데리고 갔다. 차를 주문한 뒤,

"앓으셨다구요?"

"어떻게 아세요?"

"아무래도 병이 나실 것 같아서 전화를 걸었더니 식모가 앓으신다고 하더군요."

"어쩌자구 전화를 거세요."

하란은 허세준을 가만히 바라본다. 허세준은 대답을 하지 않았다. 하란도 더 이상 말하지 않았다.

'이분하고…… 만일 결혼을 했다면? 나는 이처럼 고통을 받지는 않았을 것이다.'

하란은 자기의 부질없는 생각에 얼굴을 붉혔다. 그러나 하란은 상처투성이인 자기의 마음에 허세준이란 존재가 한 가닥의 위안이 되고 있는 것을 깨달았다. 얼어붙을 것만 같은 싸늘한 금속적인 수영에 비하여 뜨거운 입김으로 다가오는 허세준의 열정에 어느덧 한 가닥의 향수를 느끼는 것이었다. 눈 오던 날 망우리에서 자기를 포용하던 사나이, 그때는 하란 자신의 마음도 눈처럼 차가웠다. 그러나 그 후 긴 밤을 혼자 보내면서 하란은 그 일을 생각하곤 했었다.

"요즘은 그림 안 그리세요?"

"그림?"

하다 말고,

"몹시 여위셨군요."

했다.

"나일 먹으니까."

하란이 쓸쓸하게 웃는다.

"이내 주름이 잡힙니다."

허세준은 농담이 아닌 심각한 얼굴로 말하였다.

"주름이 잡히고 그리고 늙은이가 되고, 그럼 그만 아니에요?"

"그때가 되면 수영 형님이 돌아오리라구?"

허세준은 악의가 가득 찬 눈을 들었다.

"그분 말 저 앞에서 하지 마세요. 아무것도 생각하고 싶지 않아요."

허세준은 쓴 것을 삼키듯 들뜨려는 감정을 삼키는 모양이었다. 하란은 레지가 날라다 준 찻잔을 들었다.

"요즘도 망우리에 가세요?"

"일요일마다 갔었죠. 그러나 하란 씨는 안 계시더군요."

망우리에 가는 것은 수미 때문이 아니며 하란을 만나기 위한 것이라는 뜻이다. 하란은 강한 허세준의 눈을 피해 다방의 출입문으로 눈을 던졌다. 순간 그의 눈이 굳어진다. 얼굴이 핼쑥해진다. 허세준은 하란의 눈을 따라 돌아보았다. 형숙이었다. 연분홍 비단 코트를 입고 수영이 아닌 다른 남자와 같이 들어오는 것이었다.

형숙도 하란을 보았다. 그의 입술이 파르르 떨렸으나 이내 자신에 넘치는 태도로 목례를 보냈다. 그러나 그의 눈이 허세준에게로 옮겨지자 화려하게 웃으며 구두 소리를 또각또각 내며 다가왔다.

"아, 세준 씨, 오래간만이에요. 그동안 어디 계셨어요?"
하고 흰 장갑 낀 손을 내밀었다. 허세준은 인사치레로 그 여자의 손끝만 잠시 잡아주었다.

"절 보시면 수미 생각 안 나세요?"

허세준은 쓸쓸하게 웃는다.

"그럼 저기 일행이 있어 가보겠어요. 실례했습니다."

나중의 말은 하란에게 주는 말인 모양이다.

하란은 형숙의 뒷모습에서 눈을 떼지 않았다. 그의 마음속에는 증오의 감정보다 일종의 안도의 기분이 깔렸다. 만일 같이 온 남자가 수영이었다면 자기 자신은 무엇이 되겠는가 싶었고, 또한 형숙이 저렇게 다른 남자와 만나고 있으니 남편은 필시 집으로 돌아왔으리라는 생각이 들었던 것이다. 거기에 생각이 미치자 하란은 일어섰다. 허세준은 하란이 형숙을 만난 때문에 그러는 거라 생각하며 말없이 그를 따라 밖으로 나왔다.

"다른 다방으로 갈까요?"

"아니에요. 집에 가야 해요."

"그럼 모셔다 드리죠."

허세준은 택시를 잡아 하란을 태우고 자기도 하란 옆에 앉았다. 그러나 하란의 감정은 전과 사뭇 달랐다. 그는 수영이 집에 돌아왔을 일에만 생각이 몰두되어 조급함을 느꼈을 뿐 허세준의 존재는 하나의 물체처럼 무감동한 것에 지나지 못하였다.

집 앞에서 내렸을 때 허세준은 자동차를 돌려보내고 초인종을 누르려는 하란의 손을 꼭 잡으며 막아섰다.

"전화해도 좋죠?"

"왜요?"

"하여간 좋다구 말씀하세요."

하란은 길게 말을 끌 것 같아서,

"좋아요."

하고 손을 뽑으려 했으나 허세준은 놓아주지 않았다. 하란은 자기도 모르게 허세준을 떠밀었다. 그리고 초인종을 황급히 눌렀다. 허세준은 떠밀린 채 마치 나무둥치처럼 움직이지 않았다. 말도 하지 않았다. 다만 하란의 뽀오얀 목덜미 위에 미끄러지는 달빛을 허탈한 사람처럼 바라보고 있었다. 나무가 바람에 우수수 운다. 달빛이 흔들린다. 다시 밤은 잠잠한 고요 속에 가라앉는다.

하란은 집 안의 기척에 귀를 기울인다. 그러나 허세준의 뜨거운 손이 목덜미를 누를 것만 같은 기분이 들어 전신에다 힘을 빳빳하게 준다.

'내가 잘못했구나. 이분의 마음을 뻔히 알고 있으면서 왜 다방에 따라갔을까?'

그러나 그와 같은 중얼거림보다 더 강렬하게 조여드는 것이 있었다. 먹구름 같은 불안이다. 허세준과는 아무 상관도 없는 불안과 초조함이 그의 심장을 답답하게 내리누르는 것이었다. 그것은 수영이 아직 집에 돌아와 있지 않으면 어쩌랴 싶은 불안이었던 것이다.

"아주머니세요?"

식모아이가 문을 열어주고 하얀 얼굴을 내어 밀며 물었다.

"응, 나야."

의심스럽게 하란의 어깨 너머를 기웃거리는 계집아이의 등을 밀듯 하며 하란은 뜰로 들어섰다. 그리고 나무둥치처럼 움직이지 않고 서 있는 허세준에게 안녕히 가라는 인사 한마디 없이 종종걸음으로 걷는다.

"누가 서 있네요?"

계집아이는 힐끔힐끔 돌아보며 지껄였다.

"길 가는 사람이겠지."

하란은 이상한 죄악감에서 계집아이의 팔을 홱 낚아채며 뒤지는 것을 막는다.

"요즈음은 왜 그런지 무서워요. 도둑이 많다던데요. 아저씨는 밤낮 나가만 계시고……."

계집애의 푸념에 하란은,

"아저씨 아직 안 오셨니?"

목소리가 저절로 떨려 나온다.

"아직 안 오셨어요. 전 아까 밖에 있는 남자를 아저씬 줄만 알았어요."

하란은 눈앞이 캄캄해지는 것을 느꼈다. 안타깝게 가슴 조이며 휘어잡고 온 기대가 무참하게 짓밟혀지고 만 것을 느꼈다.

"아버님은 저녁 잡수셨니?"

자신을 바로잡아 볼 양으로 물어보는 것이었으나 수치스럽게도 울먹이는 목소리가 되는 것을 어쩔 수 없었다.

"네, 많이 잡수셨어요. 아주 기분도 좋으시고."

"희야는?"

"잠들었어요."

방으로 들어온 하란은 핸드백을 던지고 자리에 펄썩 주저앉았다. 비참했다. 한없이 자기 자신이 비참하였다. 허둥지둥 마냥 쫓아온 행위가 물에 빠진 사람이 지푸라기 잡는 격으로 실로 어처구니없는 어릿광대만 같아 스스로 가련함과 연민을 느끼지 않을 수 없었다.

희는 평화스럽게 잠들어 있었다. 건강한 숨소리였다. 엄마를 찾아서 울었는지 눈언저리에 눈물 자국이 말라붙어 있었다. 잠든 희의 탐스러운 얼굴도 오늘 밤의 하란의 마음을 달래주지는 못하였다.

쌩! 쌩! 하고 날카로운 음향을 내듯 밤의 적막이 자기 옆을 스쳐가는 것을 들을 뿐이었다. 하란을 몸부림치게 하는 밤의 적막, 아무리 주먹을 불끈 쥐고 두들겨봐도 옴짝하지 않는 두꺼운 벽, 그것이 밤의 적막이고 수영의 마음이었다. 무서운 일이었다. 머릿속이 바싹바싹 말라버리고 말 것만 같은 무서운 일이었다. 종국에 가서는 푸석푸석 바스라지고, 그리고 그것이 사방에 흩어져 버리는 것, 죽음이었다. 하란은 두 손을 들어 얼굴을 감쌌다. 그리고 여윈 양 볼이 더욱 조여들게 꼭 눌러 잡았다.

'왜 사랑하는가, 사랑하는가, 그 남자를 왜 사랑하는가.'

열에 겨워서 저절로 입 밖에 나오는 헛소리처럼 중얼거렸다.

'왜 허둥지둥 돌아왔을까? 차라리 시원스럽게 내 몸 하나 처리해 버리는 것이 옳은 일이 아니겠느냐?'

꿈을 꾸는지 희가 방그레 웃는다.

하란은 방문을 후닥닥 열고 나섰다. 그대로 앉아서 생각하고 있으면 미쳐버리고 말 것만 같았다. 뜰로 내려섰다. 휘영청 달이 밝다. 싸늘한 바람이 얼굴을 친다. 얼마 동안 뜰을 거닐고 있노라니 다소 머리가 맑아왔다.

'잊어버리자. 그리고 모든 것 버리고 사는 날까지 살아보자.'

그렇게 중얼거리며 하란은 집 모퉁이를 돌았다. 순간 그는 소스라치듯 놀라며 우뚝 멈춰 섰다. 환하게 밝은 방 안이었다. 성경 읽는 소리가 창밖으로 흘러나왔다. 여자의 목소리와 남자의 목소리, 두말할 것도 없이 신 여사와 안 박사의 목소리였던 것이다.

하란은 조용히 발길을 돌렸다. 못 볼 것을 본 듯 가슴이 두근거린다. 하란은 은행나무 밑에 와서 몸을 기대며 눈을 감았다. 다정스럽게 나란히 앉아 성경을 읽고 있던 두 늙은이들의 모습이 눈앞에 더욱 선해진다.

신 여사는 본시부터 열렬한 크리스천이었으니 성경을 읽는 일이 조금도 이상할 것은 없었다. 그러나 안 박사가, 그렇게 완강한 무신론자였던 안 박사가 성경을 읽고 있는 데는 아무래도 기이한 감을 가지지 않을 수 없었다. 그러나 하란은 안 박사가 성경을 읽는 그 사실보다 그렇게 된 원인과, 마치 유치원 아이들처럼 다정하게 앉아서 성경을 읽고 있던 광경에 강한 충격을 받았다. 그것은 두말할 것도 없이 신 여사의 사랑의 승리를 의미하는 것이었기 때문이다.

'변하셨다. 아버님은 변하셨어.'

하란은 새로운 고독감을 느꼈다. 늙으면 늙은 대로 각기 자기의 반려자를 찾는다는 생각으로 자기 혼자만이 이 끝없는 바다 위에서 정처 없이 헤매어야 한다는 서글픔이 가슴에 밀려왔던 것이다.

12. 어느 사나이

수영은 형숙의 아파트에 혼자 웅크리고 앉아 있었다. 눈이 빠지게 형숙을 기다리고 있는 것이다. 아파트의 열쇠를 형숙과 수영이 나누어 가지게 된 것은 형숙의 아파트에 수영이 무상출입을 해도 된다는 의미였다. 그 대신 수영은 돌아오지 않는 형숙을 잠 한숨 못 자고 기다리며 날을 밝혀야 하는 일이 더러 있었다. 견딜 수 없는 고배였다. 기름처럼 지글지글 몸의 피가 말라가는 밤이 아닐 수 없었다.

　이 아파트를 하직하고 두 번 다시 돌아오지 않으리라 결심을 하면서도 수영은 아침이 되고 낮이 찾아와도 형숙이 돌아올 때까지 버티고 앉아서 아파트를 떠나지 못하는 것이었다. 자기 자신을 천하의 못난 놈이라 욕지거리도 해보고 형숙이 돌아오기만 하면 당장 죽여버리고 말리라는 생각도 하지만 막상 형숙이

나타나기만 하면,

"형숙이, 날 제발, 제발 괴롭히지 말아주."

애원을 하고 마는 것이었다. 그리하여 모든 결심은 수포로 돌아간다.

수영은 일어서서 전등을 껐다. 방 안의 물체 하나하나가 자기를 보고 비웃는 것만 같았기 때문이다. 불이 꺼진 방 안에 달빛이 확 몰려 들어온다. 언젠가 한 형숙의 말이 귓가에 되살아왔다.

"선생님? 선생님은 아마 저보다 더 많이 형숙일 사랑하고 있다. 그렇게 생각하고 계시죠?"

"왜 그런 말을 물어? 형숙이 내 애정의 백분의 일이라도 가졌다면 날 이렇게 괴롭히지는 않을 거야."

"흐흥, 쑥스러운 이야기…… 그렇지만 그건 선생님의 독선이라는 거예요."

"독선!"

"선생님은 제 마음을 들여다볼 수 없어요. 사실만을, 표면에 나타나는 일만으로 규정지은 말은 아닐까요."

"행동은 언제나 마음의 반영이야."

"그럼요. 그건 찬성이에요. 그러나 그것은 숫자 이전이죠. 동일한 행동 속에도 마음의 양은 같을 수 없거든요."

"궤변이야."

"그렇담 이 세상의 모든 말 그 자체가 다 궤변이죠."

하더니 담배를 한 대 쑥 뽑았다.

"선생님은 전부를 형숙한테 주셨어요, 현재까지는. 그러나 형숙은 전부를 드리지 못했어요. 전부를 드리고 싶은 욕망을 짓누르고 살아야 하는 거예요. 그것은 견디기 어려운 자학이에요. 그것은 선생님의 애정보다 더 큰 것이었는지도 몰라요. 나는 선생님을 영원히 잃고 싶지 않아요. 그렇지만 잃어버리는 순간을 늘 다짐하며 내 마음을 흩뜨려 버려온 거예요. 왜 그럴까요?"

형숙은 담배 연기를 훅 뿜으며 스스로 의심한다.

"비열하긴 싫어요. 당신을 사랑하기 때문에 비열하긴 싫어요. 나는 내 어머니를 잊은 적이 없어요. 그런 여자의 딸로서 사랑해 달라는 거예요. 요조숙녀로서 사랑을 받고 싶지는 않아요. 비굴하긴 싫어요. 나는 언제나 당신이 달아날 수 있게 문을 열어두는 거예요."

형숙은 다시 수영의 얼굴 위에 담배 연기를 내어 뿜었다.

"그게 사랑하지 않는다는 증거가 되나요? 천만에, 천만의 말씀이에요. 잃지 않으리라는 집착보다 더 무서운 힘이 필요한 거예요. 나는 그 힘이 무너지지 않게 외형상 내 행동의 자유를 취하는 거예요. 역설이죠. 궤변이죠. 그러나 마음은 언어를 초월한답니다."

"왜 그런 말을 하는 거야?"

"모르겠어요. 괜히 오늘 밤은 얘기가 하고 싶어졌어요. 옛날에 저는 선생님을 사랑하면서도 왜 그런지 선생님을 희롱해 보고 싶었어요. 그땐 정신적인 요부였고, 육체는 그야말로 성처녀였나 봐요. 자신이 만만한, 흐흠……."

형숙은 수영을 선생님이라 불렀다가 당신이라 했다가 하면서 웃었다.

"그러나 그 이야기를 당신의 아버지한테서 들은 후, 지금은 육체의 요부가 되고 정신은 성처녀가 된 거예요. 흐흠……."

또 웃었다. 그리고 수영이 말을 하려고 하자 손을 내저으면서,

"아무 말씀 마세요. 선생님이 하려는 말 듣지 않아도 다 알아요. 그리고 내 말을, 마음을 이해해 달라고 하지도 않아요. 다만 이 순간, 이 찰나, 나는 당신을 죽도록 사랑하면 되는 거예요. 내일을 기약하긴 싫어요. 이 순간처럼 미더운 건 없어요."

형숙은 젊은 표범처럼 수영에게 달려들어 수영의 목을 끌어안는 것이었다. 눈이 흑요석처럼 타고 있었다. 입술이 젖어 있고—.

수영은 번쩍 고개를 쳐들었다. 통금 준비 사이렌이 기분 나쁘게 뚜우! 하고 울렸다.

'형숙이 뭐라건 이젠 소용없다. 더 이상 참을 수도 없고 견딜 수도 없다.'

수영은 벌떡 일어나 방 안을 왔다 갔다 하면서 혼자 주먹을 쳐들었다. 그러나 그의 귀는 세퍼드처럼 민감하게 층계를 밟는 소리에 반응한다. 그러나 그 발소리는 번번이 방 앞을 지나서

사라져 버린다.

'무서운 고문이다. 나를 어쩌자는 것인가!'

마음속으로 울부짖었다. 낮 모를 사나이하고 어느 호텔로 찾아드는 형숙의 모습이 눈앞에 아물거린다. 그의 상상은 결코 거기에서 멎지 않았다. 호텔 문 앞에서 방이 되고 기어이 침대에 든 형숙을 생각한다. 웃는 얼굴, 사나이 목에 팔을 감는 광경, 순간 자동차의 클랙슨이 울려왔다. 수영은 식은땀을 흘리며 벌떡 일어나 창가로 쫓아갔다. 커튼을 확 젖히고 내려다본다. 형숙이다. 어떤 사나이하고 같이 내린 형숙이었다. 형숙은 사나이 이마에 키스를 하고 돌아섰다. 뒤쫓는 사나이, 형숙이 돌아서 뭐라고 중얼거리니 사나이는 그냥 우뚝 서버린다.

형숙의 모습은 사라지고 사나이의 서 있는 주변을 달빛이 환하게 비추어준다. 사나이는 손에 든 담배를 한 모금 빨더니 그것을 던져버리고 형숙의 방 창문을 올려다본다. 이어 층계를 가만가만 밟는 소리가 들려왔다. 수영은 커튼을 놓고 의자에 돌아가 앉았다. 눈을 감는다. 형숙이 방에 들어섰다. 그리고 전기를 켜더니,

"오래 기다렸어요?"

천연스러운 웃음의 얼굴이다. 수영은 눈을 번쩍 뜨고 쏘는 듯 날카롭게 형숙을 쳐다본다.

"어머! 또 그 눈, 제발 그러시지 말아요. 끝내 그러심 난 그만 날라버릴 테예요."

형숙은 장갑을 빼고 코트를 벗어 양복장에 걸면서 달래듯 말한다.

"유부녀하고 연애하는 셈 치면 되잖아요?"

수영의 어깨를 가볍게 친다. 그리고 사뿐히 수영 옆에 앉으며 향수 내가 풍기는 손을 들어 수영의 눈을 가린다. 그러나 이내 수영의 목을 안는다.

"놔!"

수영은 형숙을 떠밀었다.

"안 놓아요."

형숙은 재미난 듯 수영의 목을 안고 흔들었다. 그리고 수영의 이마에 자기의 이마를 부딪는다. 수영은 형숙을 홱 밀어 던지며 그녀의 뺨을 찰싹 갈긴다. 그와 동시에 형숙의 손도 날았다. 그녀도 수영의 뺨을 찰싹 갈긴 것이다. 두 사람은 서로 거리를 둔 채 노려본다. 통금 사이렌이 불었다.

"어쩌자는 거예요? 난 몇 번이라도 되풀이하겠어요. 나는 안 수영 씨의 아내가 아니며 동시에 노예도 아니에요. 애인이에요. 아시겠어요?"

그렇게 표변할 수 있을까 싶으리만큼 형숙의 눈에는 냉랭한 빛이 돌았다.

"애인은 행동의 자유를 구속받지 않는 법이에요."

다시 냉랭한 목소리가 울려왔다.

수영은 자기 자신도 모르는 사이에 형숙 앞으로 다가갔다. 그리고 그 여자의 부드러운 머리를 와락 움켜잡았다. 얼굴을 뒤로 젖힌다. 형숙의 눈이 크게 벌어졌다.

"죽여버린다!"

"죽이세요."

"이 세상에 네가 있는 한 내 인생은 무다! 아무것도 없다!"

"감사해요. 안수영 씨!"

얼굴을 뒤로 젖힌 채 눈을 크게 벌리고 형숙은 냉소를 뿜었다. 수영의 손이 형숙의 목덜미로 내려갔다. 두 손이 뱀처럼 가는 목에 착 감겨진다.

"좋도록 하세요."

형숙은 눈을 감는다. 미소를 띤 채. 방 안에 냉바람이 들이친다.

"형숙이!"

수영의 목소리는 아니었다. 다른 사람의 목소리가 방 안에 쨍! 하고 울렸다. 동시에 그 목소리의 임자는 수영의 옆구리를 주먹으로 쳤다.

"우욱!"

수영이 의자 앞에 픽 쓰러진다. 형숙은 얼굴이 창백해지며 침입자를 거들떠보지도 않고 쓰러진 수영이 곁으로 쫓아간다.

"선생님!"

찢는 듯한 소리를 지르며 수영을 안아 일으킨다. 수영의 입술은 하얗게 빛을 잃어간다. 형숙은 수영을 의자에 올려놓고 탁자 위에 놓인 술병을 수영의 입에다 들이댄다. 형숙의 손은 떨려서 술이 수영의 얼굴 위에 쏟아졌다. 수영은 얼굴을 찌푸리며 눈을 떴다. 그리고 형숙을 멀거니 쳐다보았다. 형숙은 수영을 뒤로 감싸듯 돌아서더니 의자 모서리를 꼭 잡고,

"미스터 유!"

낮은 목소리였으나 매몰차다. 수영이 쓰러졌을 때 어떻게 할 바를 몰라하던 것과는 너무도 대조적인 태도이다.

"왜 오셨어요!"

두 번째 매몰찬 목소리가 날았다. 사나이는 흥분된 낯으로 씨근덕거리며 서 있었다.

"돌아가 주세요!"

"돌아가라구?"

사나이는 흥분된 얼굴 위에 험한 웃음을 흘렸다.

"여긴 내 방이에요. 당신이 무단출입할 권리는 없어요!"

"말만은 옳아."

사나이가 내뱉었다.

"옳거든 잔말 말고 나가요."

"나를 농락할 순 없어. 불행하게도 형숙은 사람을 잘못 봤어. 저 머저리 같은 놈처럼 취급할 순 없단 말씀이야. 나는 내 값어치를 찾고 말 테다. 그냥 내버려둘 줄 아느냐?"

"마음대로 처분만 기다리겠어요."

형숙은 코웃음 치듯 말을 튀겨버린다. 수영은 그들이 주고받

는 소리를 어슴푸레 들었다. 사나이는 통금 시간의 통행도 허용된 신분인지 공갈을 남겨두고 내려간다.

하란은 뜰 앞에 의자를 내어놓고 따스한 봄볕을 받으며 뜨개질을 하고 있었다. 뜰에는 봄빛이 완연하다. 잔디는 푸르게 되살아나고 나뭇가지마다 부지런히 물을 빨아당기는지 새 움이 도투룸하게 부풀어온다. 개나리가 활짝 피는 것도 아마 내일쯤. 그러나 일요일의 한가한 풍경을 바라보는 그이 없는 뜰이다. 아침부터 신 여사와 안 박사는 교회에 나가고 수영은 간밤에 돌아오지 않았다. 희도 없었다. 머리를 깎으러 순이와 같이 이발소에 간 것이다.

하란의 손이 기계적으로 움직인다. 빨간 실뭉치가 무릎 위에서 간지럽게 굴렀다.

"아차, 또 코가 빠졌군."

하란은 바늘을 뽑아 들고 짠 것을 푼다. 벌써 몇 번을 풀었는지 모른다. 뜨개질보다 생각에 열중하는 바람에 그런 실수를 되풀이하는 것이다. 하란은 짠 것을 풀면서 문득 율리시스*의 아내를 생각하였다. 남편 율리시스가 트로이전쟁에 나간 후 그 소식이 끊어지자 모여든 수많은 청혼자들을 물리치기 위한 수단으로 낮에는 베를 짜고 밤이면 그것을 풀어버리고 그리하여 이 베를 다 짜면 당신의 청혼을 받겠노라 하던 그 여자를 생각한 것이다.

하란은 숨을 푹 내쉬었다. 기약 없는 남편을 기다리면서 낮이

259

면 베를 짜고 밤이면 그것을 풀면서 희망과 추억 속에 살던 여자, 그러나 자기는 뭐란 말인가. 그 여자는 비록 먼 곳에 남편과 떨어져 있어도 깊은 사랑과 믿음으로 기다렸지만 자기는 눈앞에 남편을 두고도 그지없이 먼 곳으로 마음과 마음이 서로 외떨어져 방황하고 있는 것이 아니냐.

하란은 부질없는 일이라 자책하면서도 눈물이 절로 솟았다.

'참 우습다. 우스운 세상이야. 원하는 자에게는 주지 않고 원치 않는 자에게만 주는, 이건 또 무슨 장난인가? 어릿광대다. 모두가 다 어릿광대에 지나지 못해. 우습다, 우스운 세상이야.'

우습다는 말을 되풀이하면서도 하란의 눈에서는 눈물이 빨간 실뭉치에 떨어진다. 초인종이 울린다. 하란은 얼른 눈물을 닦았다.

"아버님이 오셨나?"

하란은 급히 문으로 쫓아갔다. 그러나 뜻밖에도 한영진과 박현태가 웃고 서 있었다.

"어마, 선생님들이 웬일로?"

하란은 얼른 문을 열었다. 누구든 사람이 찾아왔다는 것이 반가웠던 것이다. 하란이 앉아 있던 자리로 박현태와 한영진이 왔다. 박현태는 허리를 구부려 잔디 위에 굴러떨어진 실뭉치를 주워 탁자 위에 놓는다. 그리고 새삼스럽게,

"안녕하셨어요!"

하며 인사를 한다.

"네, 안녕하셨어요?"

하란은 여윈 얼굴에 미소를 머금고 상냥스레 인사를 받는다. 그리고,

"안으로 들어가세요."

그렇게 권하는데, 한영진이,

"여기가 좋군요."

하면서 구석에 놓아둔 걸상을 들고 온다.

"아이, 죄송해요."

"괜찮습니다. 다 어디 가셨어요?"

"네, 아버님은 교회에 나가시구요."

"네? 안 박사께서 교회에 나가셨다구요?"

한영진이 펄쩍 뛴다.

"네, 요즘 아버님은 일요일마다 교회에 나가세요."

"그분이 교회를 다 나가신다니, 이거 정말 세상이 변했군요."

그들은 서로 신기해하면서도 수영이 없느냐는 말은 묻지 않는다. 하란의 입에서 수영의 말이 나오지 않는 것으로 보아 수영이 집에 없음이 분명한 때문이다. 그렇다고 해서 그들이 수영을 꼭 만나야 할 이유도 없었으므로 그냥 자리에 눌러앉아 있었다.

"참 오래간만이에요."

"그렇습니다. 수미 장례식 때 뵙고는 처음이군요."

박현태는 심정이 복잡한 모양으로 봉오리 진 개나리에 시선을 돌린다.

"여기 잠깐만 계세요. 차 끓여 오죠. 아이도 이발소에 갔기 때문에……."

하란이 안으로 사라지자 두 사나이는 서로 마주 본다.

"정말 배합이 잘못되었다. 이 자식 어물어물하다가 그만 하란 씰 놓쳤지. 좀 똑똑하게 굴었음 이런 비극은 없었잖아."

한영진이 박현태의 등을 탁 친다.

"응! 중신아비가 얼빠진 놈이니 별수 있나……."

박현태는 일부러 노닥거린다.

"아, 그래 내가 얼빠진 중신아비라 다른 여자도 다 놓쳤나?"

한영진이 눈을 부라리자,

"난 할 수 없어, 지지리도 여자 복이 없나 봐."

하고 농담인지 진담인지 항복을 한다.

"그런데 참 기상천외의 일이야. 안 박사가 예수쟁이가 되다니……."

"그야 수미의 죽음이 큰 충격을 준 게지."

이런저런 말을 늘어놓고 있는데 하란이 커피를 가지고 왔다. 세 사람이 둘러앉아 차를 마신다.

"애가 많이 컸죠?"

박현태가 묻는다.

"네. 장난이 심해요, 벌써……."

하란은 어머니답게 말하고 쓸쓸하게 웃었다.

"어머니를 닮았음 안 그럴 텐데?"

한영진은 수영이 닮아 그렇다는 말을 하려다가 그냥 삼켜버린다.

"그런데 일전에 희야 어머니께서 학교에 오셨더라구요?"

"네, 갔었어요."

"마침 그날 몸이 좀 불편해서 쉬었습니다. 희야 어머니 오셨더라는 말씀 듣고 한번 찾아뵌다는 게 영 틈이 없었어요. 무슨 놈의 일이 그리 많은지 밤낮 바빠서……."

"생산하느라고 바쁠밖에……."

박현태가 싱글싱글 웃으며 놀려준다.

"예끼, 이 사람!"

"이번에 또 생남했답니다."

박현태는 하란을 보고 말했다.

"네? 그러세요! 통 몰라서…… 축하합니다."

하란이 머리를 수그렸다.

"축하가 다 뭡니까? 머리 골치가 아파요. 주렁주렁 바가지처럼 매달려서 사람의 기부터 푹 죽여놓지 않습니까? 밥 벌어 먹일 생각을 하니 정신이 아득합니다."

그러나 그의 말과는 반대로 결코 기가 죽은 얼굴은 아니었다. 연신 싱글벙글 웃는 품이 고역을 스스로 짊어지고 즐기고 있는 듯 보였다.

'행복한 분이다. 단칸방 셋방살이라도 저렇게 산다면, 저런 분의 부인은 행복할까?'

하란은 한영진으로부터 시선을 돌렸다.

"그런데 무슨 볼일이 계셨던가요?"

한영진은 정색을 하며 묻는다.

"네."

"무슨 일인데요?"

"취직해 볼려구요. 교장선생님도 만나봤지만 차마 제 입으로 그 말이 나오지 않더군요."

두 사나이는 동시에 입을 다물고 쇠잔한 하란의 모습을 측은한 눈으로 바라본다.

"취직을 하시면 집안 살림은 어떻게 하시구요?"

한참 만에 박현태가 바쁘게 담배를 찾는다.

"뭔지 좀 바빠보구 싶어서요. 바빠지면 사는 보람을 느낄 것 같아요."

하란은 덧붙였다.

"말해보죠."

한영진이 무겁게 입을 떼었다. 그러자 마침 순이가 희를 데리고 들어왔다.

"오, 희로군."

박현태가 순이로부터 희를 받아서 번쩍 안았다. 희는 낯도 가리지 않고 빙글빙글 웃었다. 박현태는 기분이 이상해졌다.

"희, 오늘은 점잖네."

하란이 희를 바라보는데 박현태는 아이 얼굴 위에 볼을 비빈다.

"싫어! 아저씨."

희는 박현태를 작은 손으로 밀어내며 호되게 거절이다. 한영
진이 웃었다.

"수염이 유죄던가?"

박현태는 며칠 동안 면도질을 하지 않은 볼을 쓸어본다.

"아주머니! 전화 받으세요."

안에서 순이가 하란을 불렀다.

13. 흔들리는 마음

희와 박현태를 바라보며 미소를 짓고 있던 하란이 의자에서 일어섰다. 하란은 바쁜 걸음으로 들어갔다.

"어디서?"

하고 순이에게 묻는다.

"모르겠어요. 아주머니께 대달라는군요."

하란은 순이가 내려놓은 수화기를 들었다.

"누구시죠?"

대답이 없다.

"여보세요. 전화 바꿨습니다."

하란이 재차 말을 했을 때,

"접니다. 허세준입니다."

이번에는 하란이 입을 다물어버린다. 목덜미에 가지런히 난 머리카락이 흔들렸다. 그것은 하란의 마음의 동요를 설명해 주는 것이었다.

"실례가 되겠습니까? 그냥 전화 끊어버릴까요?"

간절한 심정을 호소하면서도 목소리는 낮았고 비애에 젖어 있었다.

"왜 말씀을 안 하세요. 무례한 놈이라고 지금도 노하고 계십니까?"

한참 만에,

"아뇨."

그렇게 대답하면서 하란은 발밑으로 눈을 떨어뜨렸다. 한동안 침묵이 흘러갔다.

"만나고 싶습니다."

"……."

"하란 씨를 만나게 될 우연을 기다릴 수도 없고 믿을 수도 없습니다. 저를 만나주십시오."

"어떻게요?"

하란의 입에선 저절로 말이 밀려 나왔다. 그러고는 스스로 당황하면서 수화기를 고쳐 쥐는 것이었다.

"어떻게요……."

허세준이 하란의 말을 되뇐다. 자실한 듯한 목소리였다. 하란은 형용할 수 없는 슬픔을 느꼈다. 그 슬픔 속에는 일종의 감미로움이 있는 것을 하란은 깨닫지 못하였다. 다만 같은 슬픔을 지닌 사람끼리의 기묘한 친근감이라고 생각하였다.

"언제쯤 만나 뵐 수 있겠습니까?"

하란은 허세준의 말에 어떠한 환상이 걷혀지는 것을 느꼈다.

"제가 허 선생을 만나는 일이 허 선생을 위한 행동일까요?"

"물어보실 여지도 없는 일이 아닙니까?"

"아니에요. 용납될 수 없는 일입니다."

하란이 완강하게 머리를 흔든다.

"내일 오후 다섯 시, 일전에 만났던 그 다방에서 기다리겠습니다. 옛날에 시누님의 약혼자였던 사나이라 생각하시고 나와주십시오."

허세준은 전화를 끊었다. 하란은 끊어진 전화 옆에 우두커니 서 있다가 밖으로 나간다. 박현태는 입을 비죽거리며 울상을 짓고 있는 희를 달래고 있었다.

"희야, 왜 그러니?"

"엄마, 아저씨 나빠."

"왜?"

"아빠를 밉대잖아."

박현태와 한영진은 난처한 듯 서로 마주 보며 슬그머니 웃는다.

"아니야. 아저씨들이 너 우는 것 보려고 그랬어. 자아, 눈물 닦고 순이한테 가볼까?"

하란은 희의 머리를 쓸어주며 안으로 들여보낸다. 한참 어색한 공기가 흘렀다.

"아참, 오페라 공연하신다고요? 신문에서 봤어요."

하란은 생각난 듯 말을 꺼내었다. 그러나 그의 마음에는 새로운 아픔이 나타났다.

"네, 뭐, 그저……."

박현태도 우물쭈물 말꼬리를 흐려버린다. 며칠 후에 공연될 오페라 〈토스카〉의 주역을 맡은 사람은 다름 아닌 오형숙이었기 때문이다.

"바쁘시겠네요?"

"그저 그렇죠."

사실 박현태는 형숙이로 하여 하란에게 초대장을 주지 못하고 있는 것이다. 하기는 그들의 삼각관계가 없더라면 박현태가 초대장을 보낼 것도 없이 수영이 하란을 동반하여 극장에 나올 것이 아니겠는가.

하란은 다시 자리에서 일어섰다.

"점심, 저 빵이나 구워 오겠어요."

"벌써 그렇게 됐어요?"

한영진이 시계를 본다.

"얘기하고 계세요. 곧 해 오겠어요."

그렇게 말하고 안으로 들어가자,

"참 입장 곤란하네."

하고 박현태는 담배 연기를 푹 내어 뿜는다. 유리알같이 맑은 하늘에 하얀 비행기가 세 대, 편대를 하고 북쪽으로 날아간다. 대지가 희미하게 진동하는 것을 느낀다. 일요일의 한낮은 권태롭게 지나간다.

"대체 수영인 어쩔 셈인가? 미친놈의 수작이지. 저러다간 아까운 재능마저 시들어버리겠다."

한영진이 푸듯이 뇌었다.

"누가 아니래."

박현태가 화난 목소리로 말을 내뱉는다. 그리고 담배를 버리고는 발로 지근지근 문지른다.

"아무튼 그들의 관계는 우리로서 상상을 초월한 그 무엇이 있단 말야."

"상상의 초월이라구? 흥, 그거 대단히 상식적인 말씀이다."

박현태는 콧방귀를 뀐다.

"형숙이 그 요녀, 어떻게 되어먹은 여잔지 갈수록 모르겠다. 그 여자의 배후에는 언제나 신비로운 사내들이 기라성처럼 감돌고 있다는 소문인데……."

한영진은 생각에 잠기듯 말하였다.

"새삼스럽게 그런 말할 것 뭐 있나?"

"그중에서도 모 기관의 정보원이 열렬하다는데 그자가 보통 물건이 아니라더군. 잘못 걸렸다고 하던데."

"그 얘기는 뉘한테 들었누?"

"우리 여편네한테 들었지."

"어떻게 알구?"

"아, 우리 여편네야 옛날부터 형숙의 친구가 아닌가. 그런데 또 이상한 여자가 있거든. 양공주에다가 별의별 직업을 거친 여잔데 그 사내의 정체를 잘 안다더군. 원체 돈판이라는 게 의지박약에다 약간은 선성도 가진 놈이 그 전형이 아닌가? 그런데 그 작자는 그렇지 않다는 거야. 두뇌가 치밀하고……."

"그야 정보원이 아닌가? 당연하지."

"그런데 그것이 지성적으로 치밀하다는 게 아니야. 동물적으로 횡포하고 모험적이라는 거야. 특히 여자에 관해서는 강렬한 본능의 열광이 있는가 하면 무자비하고 잔인한 행동으로 차던진다는 거야."

"그런 사내가 형숙과 맞붙었으면 볼만한 게임이 될걸. 두 사람의 본질이 일맥상통이군그래."

"그들 모험자 사이에 낀 수영은 어떻게 되지?"

"되는대로 되겠지."

"나는 이상한 생각을 해봤다."

"무슨 생각?"

"형숙이가 말이야 연극을 꾸미는 게 아닌가 하고."

"연극, 자네 언젠가도 연극이란 말을 했었지?"

"음, 바로 자네가 한때는 형숙의 연출에 놀아난 배우가 아니었던가?"

박현태가 고소를 짓는다.

"지나간 일은 불문에 부치기다."

"아마 형숙이는 그대처럼 연극을 꾸미고 있는 거야. 다만 배우로 좀 더 박력 있는 놈을 끌어왔을 뿐이지."

"왜 그러한 짓을 할까? 무슨 이유로?"

"그건 그 여자의 취미지. 일종의 마조히스트야. 수영을 사랑하면서 괴롭혀 주며 쾌감을 느끼는 것 말야."

"무서운 여자다."

"그러나 형숙인 오산을 했는지 몰라. 그 사내가 형숙이보다 더 무서우면 어떡허지? 장난이 지나치면……."

거기까지 이야기를 하다가 한영진은 말을 뚝 끊었다. 하란이 나왔기 때문이다. 그들은 우유에다 토스트를 적셔 먹으면서 이런저런 이야기를 하다가 일어섰다.

그들이 돌아간 후 집 안은 다시 괴괴한 고요 속으로 돌아갔다. 하란의 생각은 허세준으로 옮겨진다. 수영이나 형숙을 생각하지 않으려는 고의적인 의도에서인지도 모른다.

'이별.'

무슨 연유에선지 그 말이 마음속에 피뜩* 떠올랐다.

'누구하고.'

하란은 뜨갯거리를 들었다. 그리고 빨간 실을 바늘에 감았다.

'누구하고? 이 세상하고…….'

하란은 쓸쓸하게 웃는다.

저녁때가 다 되어 안 박사와 신 여사는 돌아왔다.

"수영이는……."

안 박사는 말을 하다 말고 입을 다물었다. 그리고 슬그머니 외면을 했다. 신 여사도 안 박사를 따라 하란으로부터 눈을 돌렸다.

"곧 저녁 준비를 하겠어요, 아버님."

하란은 일손을 놓고 말하는데 눈에 눈물이 울컥 솟았다.

"밖에서 했다."

짤막하게 대답했다. 그리고 안 박사는 하란 앞에서 도망이라도 치듯 집 안에 들어가는 것이었다.

"모처럼 날씨도 좋고 하여 밖에서 영활 봤어요. 그리고 저녁을 했죠."

신 여사는 안 박사의 무뚝뚝한 태도를 변명하듯 말하였다.

"무슨 영화를 보셨어요?"

하란은 애써 미소를 머금는다.

"뭐라더라? 아. 〈우리 생애 최고의 해〉, 하도 오랜만이라서 뭔지 어리벙벙하더군요."

신 여사는 그저 그렇더라는 투로 말하는 것이었으나 눈이 맑게 젖어 있었고 무척 여자다운 표정이 그의 행복함을 말하여 주고 있었다. 그는 잠시 얼쩡얼쩡하다가 안 박사 뒤를 쫓아 집 안으로 들어간다.

'모두들 나를 피하는구나.'

눈물이 괸 눈을 들고 그들이 사라진 문 쪽을 바라보며 하란은 언제까지나 움직이지 않고 서 있었다.

'내 불행은 그분들에게 거추장스럽다. 그분들은 자유롭게 행복할 수가 없다. 나 때문에 그분들은 조심스럽게 눈치만 본다. 왜 이렇게 나는 쓸데없는 인간이 되었을까?'

하란의 그러한 독백은 다분히 비꼬여진 마음에서 우러나는 것이기도 했다. 그러나 사실 안 박사와 신 여사의 태도에는 그런 것이 충분히 풍겨져 있었다.

사람이란 처음에는 남의 불행에 대하여 동정도 하고 가슴 아파하지만 오랜 시일이 지나고 보면 자연히 그 감도는 약화된다. 안 박사의 경우는 물론 그렇지는 않다. 그러나 그의 심신에 많은 변화가 온 것만은 확실하다. 수영에 대한 무간섭주의가 그의 변화의 일단이다. 수미가 죽은 후 그에게는 이상한 공포심이 늘 따라다닌다. 그 공포심은 수영도 수미처럼 그렇게 터무니없이 자기 앞에서 사라질지 모른다는 데서 온 것이다. 그는 그의 지성으로 그것을 물리치려고 했다. 그러나 하나의 액신厄神, 그러한 공포는 집요하게 떠나지를 않았다. 으레 자식을 한 번 잃어본 사람이면 남은 자식에게는 관대해지는 법이요, 지나치리만큼 신경이 과민해지는 것이다. 그와 같이 안 박사의 심정도 수영이 무슨 짓을 하건 오래 살아주기를 바라는 고루하기 그지없는 상태가 되어버린 것이다. 안 박사가 교회에 나간 이유 중의 하나도 그런 공포에서 놓여나기 위함이었다.

'내가 어째서 이렇게 되었을꼬?'

277

안 박사는 스스로 자문해 보는 밤도 있었다.

'역시 나이 먹은 탓일까? 아니면 뇌 신경 어느 부분에 고장이 난 때문일까?'

그렇게도 중얼거려 본다. 안 박사는 하란이 측은했다. 언제나 감정을 나타내지 않고 흰 꽃잎처럼 조용한 하란을 바라보는 마음은 괴롭다. 차라리 신경질을 부리고 외출이 잦았던들 그다지 가엾은 생각은 들지 않았을 것이다. 호수처럼 잔잔한 하란의 얼굴에서 고뇌를 볼 때, 언제나 젖어 있는 듯한 커다란 눈에서 슬픔을 볼 때 안 박사는 자신이 심한 매질을 당하듯 한스러워진다. 그것은 수영에 대한 무간섭주의를 취하는 자신의 약한 마음을 느끼는 때문이다. 그리고 자신의 외로움을 위하여 신 여사의 애정에다 몸을 의탁한 일이 죄스럽다. 결국 괴롭고 슬픈 일을 피하자는 심정으로 그는 하란을 피하게 되는 것이었다.

'내가 한 짓은 과연 옳았을까?'

서재로 들어온 안 박사는 창문을 열었다. 우두커니 서 있는 하란의 모습이 눈에 띈다. 안 박사는 얼른 돌아서서 의자에 푹 주저앉았다.

'차라리 하란이 다른 사람하고 결혼하였더라면 지금 저렇게 불행하지는 않았을걸……'

밤이었다. 열 시는 지났을 것이다. 하란은 자리에 누워 있었다. 그는 허세준의 간절한 청을 물리치고 그를 만나러 가지 않

있다. 가만히 누워서 생각하니 왜 만나러 가지 못하였는가 그 이유가 분명치 않았다.

'정숙한 남의 아내이기 때문에?'

하란은 쓰디쓰게 웃는다.

'누구의 아내냐? 안수영 씨의 아내라는 건가?'

"아주머니, 주무세요?"

순이가 문밖에서 묻는다.

"왜?"

하란이 몸을 일으켰다. 순이가 방문을 열고 들여다보면서,

"전화 왔어요."

"어디서?"

"모르겠어요. 아저씨 계시냐고 묻길래 안 계시다고 했더니 그럼 아주머니를 대달라는 거예요."

하란은 허세준이라고 생각했다. 그가 지정한 곳으로 나가지 않았기 때문에 전화를 걸어온 것이라고 생각하였다.

"잔다고 하지 그래."

"주무신다고 할까요?"

순이가 무심히 쳐다본다. 하란은 그렇게 말하기는 했어도 어떠한 심한 갈증에 벌떡 일어났다.

"받으시겠어요?"

하란은 잠자코 옷고름을 여미며 밖으로 나갔다.

"주무셨던가요?"

허세준의 굵은 목소리가 수화기를 들자마자 울려 나왔다.

"아뇨."

"왜 안 나오셨습니까?"

노여움에 찬 목소리다.

"나가면 뭘 해요?"

한동안 말이 끊어진다.

"용서하세요. 주제넘은 일이었습니다. 이렇게 밤에 전화를 거는 것도……."

"……."

"오늘을 마지막으로 다시는 전화 걸지 않겠습니다. 사실은 오늘 만나 뵌 후 결심을 하려고 생각했습니다만 부질없는 희망이었습니다. 내일 마지막으로 저를 만나주세요. 다시는, 다시는 만나지 않겠습니다."

"어딜 가시나요?"

마지막이란 말은 하란을 불안하게 하였다. 허세준이 혹 무모한 짓을 하지 않을까 하는 생각에서였다.

"멀리 떠나버리겠어요."

"멀리…… 어디로?"

하란은 멍청히 되뇐다.

"한국 땅 밖으로."

"저 때문에……."

그 말대답은 하지 않고,

"내일 다섯 시에 그곳으로 나와주시겠죠?"

"나가겠어요."

"고맙습니다. 안녕히 주무세요."

하란은 방으로 들어가지 않고 뜰로 나와서 낮에 앉았던 의자에 우두커니 주저앉았다. 언제까지나 그런 자세밖에 취할 수 없는 자기 자신이 안타깝기도 하였다.

이튿날 다섯 시, 하란은 약속한 곳으로 나갔다. 허세준이 초조한 모습으로 기다리고 있다가 하란을 보자 침울한 웃음을 웃었다.

하란이 마주 보고 앉았으나 허세준은 커피를 시켰을 뿐 말이 없었다. 하란도 말이 없었다. 전축에서 조용한 음악이 흘러나오고 다른 손님들도 차분히 앉아서 신문을 읽고 있었다.

"어디로 가세요?"

하란이 먼저 입을 떼었다. 아직도 하란은 허세준이 무모한 짓을 하지나 않을까 하는 의구심이 있었던 것이다.

"파리로 가겠어요."

"그림 공부 하실려고?"

"그림 공부요?"

"그럼……."

하란이 탁자 위로 눈을 떨어뜨린다.

"이방인이 되고 싶어서요."

허세준은 픽 웃었다.

"오늘 밤에도 그때처럼 바삐 가셔야 합니까?"

하란은 고개를 저었다.

"마지막이라서?"

허세준은 서글프게 또 웃었다. 하란이 얼굴을 붉힌다. 허세준이 자기의 행동을 일종의 동정으로 받아들인 것 같기도 하여 마음이 언짢았다.

"아무래도 좋습니다. 어디로 저녁이나 하러 가실까요?"

"그러세요."

하란은 순순히 동의를 표시한다.

허세준은 어느 때보다 태도가 침착하였다. 떠난다는 결심이 그로 하여금 그렇게 만든 것 같았다. 의복도 어느 때보다 단정하였고 와이셔츠는 차갑게 보일 정도로 희었다. 밖으로 나오면서,

"허 선생이 넥타이를 맨 것 처음 보았어요."

하란은 무심히 말했다. 아닌 게 아니라 허세준은 늘 협수룩하게 아무렇게나 차리고 다녔던 것이다. 빛깔 있는 셔츠가 아니면 스웨터를 걸치고 있었던 것이다.

"마음의 자세를 지키기 위하여 복장도 단정하게 했죠."

하란은 그의 얼굴을 보지 않았지만 쓸쓸하게 웃고 있는 것을 느꼈다.

"오늘 밤은 제가 하라는 대로 하셔야 합니다. 단정한 복장에 어긋나는 짓은 하지 않을 테니까요."

허세준은 비스듬히 하란을 내려다본다.

그들은 어느 그릴로 들어갔다. 허세준은 물수건을 가지고 온 웨이터에게 음식을 주문한다. 하란의 의견을 물어보지 않고 마음대로다.

"그리고 맥주 한 병 먼저 가져와요."

허세준은 물수건으로 손을 닦은 뒤,

"어떻습니까? 전망이 좋죠?"

남산 일대가 바로 눈앞에 보이는 옥상의 이 그릴은 과연 전망이 좋다.

"전망이 좋군요. 이런 곳에 그릴이 있는 줄은 여태 몰랐어요."

"그 대신 요리 맛은 시원찮습니다."

허세준은 어디까지나 예의 바르다. 그러나 그의 눈에는 체념하려야 할 수 없는 슬픔이 있었다.

"십 년이 지나고 이십 년이 지나면 하란 씨는 할머니가 되고 저는 할아버지가 되겠죠? 그때면 젊은 날의 아픔이 시시해질는지……."

허세준은 자그마한 유리그릇에 담겨진 이쑤시개를 하나 뽑아 가지고 부러뜨리며 혼잣말처럼 중얼거렸다.

"옛날에는, 옛날이라 해도 학생 시절이지만, 연애 문제를 우습게 생각했어요. 낭만을 경멸했죠. 그래서 쉽사리 수미하고 약혼을 했던지."

역시 혼잣말처럼 중얼거렸다.

웨이터가 맥주를 가지고 왔다. 그리고 뒤이어 요리를 날라 온다.

내려다보이는 가로에 차츰 황혼이 깃들기 시작한다.

어둠과 더불어 불빛이 산재하고 그 불빛은 시간이 흐름에 따라 선명하게 반짝이는 것이었다.

허세준은 맥주를 따라서 하란에게 권하고 자기도 마신다.

"정말 오늘 밤은 정당한 신사 대접을 받은 것 같군요. 기분이 묘합니다."

"오늘 밤은……."

하란은 말을 하다 말고 입을 다물었다. 자기도 오늘 밤은 숙녀 대접을 받는 것 같다는 말을 하려다 그만둔 것이다.

허세준이 눈을 들었다. 순간 그의 얼굴빛이 확 변한다. 포크를 든 채 뚫어질 듯 건너편을 바라본다. 하란은 이상한 생각이 들어 고개를 돌렸다. 그의 얼굴도 허세준과 마찬가지로 확 변한다.

수영이었다. 갈색 양복을 말쑥하게 차려입은 수영이었다. 그는 허세준이 있는 것도, 하란이 있는 것도 알지 못하고 뚜벅뚜벅 걸어 들어왔다. 수영의 뒤에는 형숙이 은빛 드레스에 새빨간 핸드백을 들고 따라온다. 그들은 흥겹게 웃으며 허세준이 있는 곳에서 얼마간 떨어진 곳에 자리를 잡는다.

수영은 호주머니 속에서 담배를 꺼내어 물고 라이터를 켜다가 이쪽의 시선을 느꼈음인지 고개를 들었다. 순간 그의 눈이 크게 벌어졌다. 하란의 눈과 마주친 것이다.

"왜요?"

형숙도 고개를 돌린다. 그의 눈에도 잠시 혼란이 일었다. 그러나 그는 이내 냉정한 자세로 돌아가며 가볍게 고개를 숙이며 인사를 한다.

"형숙이 나가."

수영이 나직이 말했다.

"왜요?"

형숙의 어세는 강했다.

"다른 곳으로 가잔 말이야."

수영의 어세도 강했다.

"무섭군요."

수영은 괴로운 듯 형숙을 쳐다보았다.

"도망치는 것 같아서 싫어요. 그쪽에도 동행이 있는데 어때요? 그럼 온 김에 맥주나 마시고 가요."

형숙이 타협하듯 제안했다. 수영은 잠잠하게 가라앉는다. 그는 라이터를 켜서 담뱃불을 붙이고 라이터를 테이블 위에 던졌다. 허세준은 얼른 식사를 끝내고 일어서서 맥주를 마시고 있는 수영 옆으로 다가왔다.

"형님, 오래간만입니다."

"음."

수영을 내려다보는 허세준의 눈은 쏘는 듯이 강렬하였다.

"자네 웬일로 여기 왔누?"

"형님은 웬일로 여기 오셨습니까?"

도전하듯 차갑게 웃었다.

"대답부터 먼저 하고 질문을 하라. 내가 먼저 물었어."

수영은 허세준의 적의를 충분히 느꼈던 것이다.

"아시다시피 저녁을 먹으러 왔죠."

"나도 저녁을 먹으러 왔다."

두 사람 사이에 오가는 감정이 심상치 않은 것을 재빨리 눈치 챈 형숙이,

"왜들 이러세요? 반가운 사람들이 만나자마자 시비조니 말이 에요."

하고 시원스럽게 웃는다.

"반가운 사람들이라구요? 수사도 그만하면 최고요. 그럼 전 물러가겠습니다."

허세준이 은근히 인사를 하고 가버리자 수영은 맥주잔을 놓고 일어섰다.

형숙이 따라오거나 말거나 아랑곳없다는 듯 혼자 나가버린다. 형숙도 하는 수 없었던지 그의 뒤를 따라 종종걸음으로 나가다가 문간에서 계산을 치르고 이내 밖으로 사라져 버리는 것이었다.

하란은 조금도 놀라지 않았다. 그의 얼굴빛은 창백하였으나 홍차를 드는 모습은 침착하였다.

"지금부터 어디로 가시겠어요?"

하란은 찻잔을 놓으며 물었다.

"하란 씨는 댁으로 가시겠어요?"

허세준은 한숨을 푹 내쉬었다.

"아까 허 선생님이 오늘 밤은 하라는 대로 해야 한다고 말씀하셨어요. 단정한 복장에 어긋나는 일이 없을 거라 하시잖았어요?"

하란은 미소를 지었다. 그러나 그 미소는 굳은 형체만 같았다. 허세준도 씩 웃었다. 역시 일그러진 웃음이었다.

"그럼 우선 여기에서 빠져나가야겠군요."

기류처럼 떠도는 무거운 분위기, 두 쌍의 남녀에게 부딪친 각양의 감정 파도, 허세준도 하란도 다 같이 그곳에서 빠져나가고 싶은 것이다. 거리에 나왔어도 감정의 여파는 그들에게 대화를 잃게 하였다. 어디로 어떻게 걸어왔는지 모른다. 각기 대상이 다르지만 그들은 다 같은 쓰디쓴 패배에 몸이 휘청거리고 있는 것이다. 하란은 형숙에게, 허세준은 수영에게— 동시에 그들은 그 대상에서 놓여나려고 몸부림치고 있는 것이다.

'내가 만일 혼자서 그들과 만났다면 얼마나 비참했을까?'

하란은 자기 옆에 엄연히 서 있는 허세준이란 남성을 인식하려 하였다.

'만일 수영 형이 동반한 여자가 하란이었다면 내 처지는 그야말로 어릿광대였을 거야.'

허세준은 형숙의 존재를 감사히 여기려고 했다. 그러나 뚜렷해지는 것은 수영의 모습일 뿐이다.

"어디로 가시겠습니까?"

"선생님 생각대로."

"남산으로 올라가 볼까요?"

"괜찮아요."

하는데 하란의 가슴에는 벅찬 노여움이 달려들었다.

'말 한마디 하지 않고 나가버렸지.'

수영의 행동이 마치 새로운 사실처럼 하란을 노엽게 하였다. 공백 지대에서 차츰 의식이 되살아나듯 수영의 행동은 새로운 의미를 갖고 하란의 눈앞에 되살아났다.

"가엾은 여자라구 동정하시죠?"

하란은 남산으로 올라가는 길목에서 물었다.

"가엾은 남자라고 동정하듯이?"

이번에는 허세준이 물었다.

"이제 그런 말 하시지 마세요."

하란은 스스로 낸 질문을 거두었다. 남산의 밤은 차가웠다. 봄이라고는 하나 아직 마른 가장이에 겨울의 흔적이 남아 있었다. 그들은 멈출 생각을 하지 않고 그냥 무턱대고 걷고만 있었다.

14. 이합離合이 인생인가

초여름, 허세준과 하란이 남산을 거닐었던 그날 이후 짧다면 짧고 길다면 긴 세월이 흘러갔다. 여기는 김포공항이다. 아무도 몰래 떠나기 때문에 전송객이라곤 한 사람도 없는 허세준이 여장을 꾸려 들고 서 있다. 그러나 달려온 단 한 사람이 있었다. 하란이었다. 하란의 모습을 본 허세준은 기쁨보다도 고통에 얼굴이 일그러졌다. 한마디 말도 없이 바라보고 서 있던 허세준은 호주머니 속에서 담배를 꺼내어 붙여 물고 연기를 훅 내어 뿜었다.

하란도 할 말을 잊은 듯 가없는 푸른 하늘을 바라보고 있었다. 영원히 돌아오지 않는다는 허세준의 말을 믿는다면 조금 후에 이루어질 이별은 그들의 마지막 대면을 의미한다. 하늘을 바라보고 섰는 하란은 흐느껴지도록 그 이별이 갖는 이유를 찾고 있었다. 허세준은 일 초 일 초 다가오는 시간을 헤고 있는 것만 같았다. 그처럼 두 사람은 한마디의 말도 나누지 못하고 서 있는 것이다.

드디어 시간은 바로 눈앞에 다가왔다. 허세준은 고개를 번쩍 들었다. 하란도 얼굴을 들었다. 눈이 소리 없이 합쳐진다. 허세준은 하란에게 바싹 다가섰다. 두 손을 꼭 쥔다. 하란의 손이 허세준의 손아귀에서 진동하였다.

"이대로 가야 합니까?"

꺼실꺼실한 목소리가 밀려 나왔다. 마지막 몸부림이 그의 어두운 동자를 태우고 있었다.

"안녕히, 안녕히, 다, 다녀오셔요."

하란이 고개를 푹 숙인다. 피와 피가 교류하는 손 위에 하란의 눈물이 떨어진다.

"사랑합니다, 영원히. 행복하세요."

허세준은 술을 마시듯 속삭이더니 하란의 손을 놓아주고 물러섰다.

비행기에 오를 때 허세준은 돌아보았다. 그는 도로 뛰어내릴 듯 몸짓을 하였으나 결국 비행기 속으로 사라지고 말았다. 연회색 하복을 입은 모습은 하란의 시야에서 영영 사라지고 말았다.

비행기가 보이지 않게 되었을 때 하란은 몸을 빙글 돌렸다. 한없이 넓고 푸른 하늘과 햇빛이 부서지는 대지, 그 사이에 일찍이 물질이 존재한 일이 없었던 것처럼 아득한 무無의 공간이 하란의 전신으로 스며들었다.

하란은 내딛으려던 걸음을 멈추고 우뚝 서서 눈을 감는다. 현기증을 느낀 것이다. 너무나 생생하게 되살아난 어느 감각이 있었다. 허세준의 뜨거운 입술이었다. 그날 밤 남산에서 하란을 포옹하고 입술을 찾던 허세준의 열기 뿜는 입술의 감각이었다. 환상이라 하기에는 너무나 선명한 회상이었던 것이다. 하란은 자기도 모르게 입술 위에 손을 얹어보았다. 역시 환상이었다. 하늘과 대지 사이에 한 점 먼지처럼 서 있는 자기의 모습을 하란은 깨닫는다.

집으로 돌아왔다.

"엄마, 어디 갔댔어? 나 엄마 보고 싶어 혼났어."

흙장난을 하고 놀던 희가 쫓아오며 하란에게 감겨들었다.

"아, 희!"

하란은 새로운 발견처럼 희를 안았다. 그러나 이내 아이를 밀어내며,

"희야? 엄마가 아야 해. 순이한테 가서 놀지? 응, 착해."

하란은 혼자 방으로 들어갔다. 아무하고도 현재의 이 시간을 나누고 싶지 않은 것이 하란의 심정이었던 것이다. 두 무릎을 모으고 앉은 하란은 푸른 천장지가 조금 전의 그 푸른 하늘처럼 느껴졌다.

'아주, 아주 가버렸다.'

두 손을 모아 쥐고 뒷머리를 싸며 하란은 방바닥에 이마를 부

딪쳤다. 어두운, 어두운 울음소리가 이 사이로 새어 나왔다.

영영 떠나버리고 만 허세준을 위하여 하란은 우는 것일까? 불행하였던 그 사나이를 위하여 하란은 뼈에 사무치게 지금 울고 있는 것일까? 아니었다. 하란은 자기 자신을 울어주고 있는 것이다. 어쩌면 하란은 허세준을 사랑했는지도 모른다. 외곬으로 쏟아져 나오던 허세준의 무서운 정열에 하란은 마음의 문을 열어놓았는지도 모른다. 그 거칠고 우악스러웠던 사랑의 표현은, 수영에게로만 흘러가던 하란의 물줄기를 결국 끊어놓고야 말았는지도 모른다.

허세준이 떠나버린 지금에 와서 하란은 그러한 것을 뚜렷이 느꼈다.

'위선자, 불쌍한 위선자여.'

이빨 사이로 새어 나오는 울음소리에 섞여 그 말이 나왔다.

"희야 엄마?"

문밖에서 부르는 소리가 있다. 신 여사였다. 대답이 없자,

"어디 나갔나?"

하며 방문을 드르륵 열었다.

"어머! 왜 이러우?"

울고 있는 하란을 보자 신 여사는 적이 놀라며 들먹거리는 하란의 어깨 위에 손을 얹었다. 그러나 하란의 울음은 멎지 않았다. 하란의 마음에는 아무런 죄의식도 자존심도 없었다. 실로 대담한 자기 표시이었던 것이다. 외곬으로 흘러간 허세준의 애

정처럼, 그러나 지금은 없는 사람인 그에게 하란은 대담하게 애정을 표시하고 있는 것이다.

"정말 왜 이러우?"

신 여사는 하란을 안아 일으켰다.

"철이 들면 돌아오겠지. 너무 상심 말아요. 수영이는 지금 회오리바람 속에서 정신을 못 차리는 거야. 그 바람이 설마한들 안 잘라구? 자, 이러지 말구, 전에 없이 웬일일까?"

신 여사는 수영이 때문에 울고 있는 줄만 알고 있다. 그도 그럴 수밖에 없는 일이다.

"아, 아니에요. 아주머니 그이 때문에 우, 우는 게 아니에요."

하란은 더욱더 심하게 흐느꼈다. 하란을 달래던 신 여사도 좀 심상치 않은 생각이 들었다. 아무리 괴로워도 집안 식구에게 눈물을 보인 일이 없는 하란이었기 때문이다.

"아무튼 자, 눈물을 거둬요. 아버님이 아시면, 그렇잖아도 상심하고 계신데…… 사람이 살아가노라면 별별 일을 다 겪는 거요. 인력으론 어떻게 할 수도 없는 일이지. 이러지 말고 내일부터 교회에나 나가도록, 영원히 구원받는 길은 그곳밖에 없답니다."

안 박사를 신에게 귀의시킨 데 자신을 얻었는지 신 여사는 하란에게 교회로 나가기를 권한다.

"교회라구요?"

얼굴을 든 하란은 헤아리기 어려울 정도의 조소를 머금고 반문한다.

"죄를 무서워하지 않았다면 차라리 인간은 더 행복했을 거예요."

하란의 다부진 대답은 완강한 거부를 내포하고 있었다.

"그런 말 함부로 하는 게 아니오. 그건 제일 무서운 말이오."

하란의 입에서 무슨 말이 튀어나오려고 할 때 순이가 왔다.

"아주머니, 전화 받으세요."

"누구한테서?"

하란을 막아서며 신 여사가 물었다.

"저 학교에서 한 선생님이라구……."

"그래 알았다."

계집아이를 보낸다.

"자, 얼굴 닦고 전화 받아요. 한영진 씬가 봐."

달래듯 등을 쓸어준다. 하란은 눈물을 닦고 밖으로 나가서 전화를 받았다.

"희야 어머니세요? 저 한입니다."

"네. 안녕하셨어요?"

코 먹은 소리로 겨우 인사말을 짜내었다.

"모두들 편안하신가요? 그리고 애기도……."

"네."

"저 다름이 아니라 일전에 말씀하신 일 되는 모양입니다. 바쁘신 일 없으면 내일이라도 한번 학교에 나오셔서 교장을 만나

보세요."

"한 선생님께서 몹시 애쓰셨군요."

"제가 뭐 애쓴 것 있습니까. 문 선생의 실력이구 교장의 재량이죠. 그럼 내일 나오시겠습니까?"

"나가겠어요."

"몇 시쯤?"

"네 시쯤 해서 어떨까요?"

하란은 멍한 표정으로 말하였다.

"그럭허세요."

"고맙습니다."

"뭘요……."

전화를 끊고 방으로 돌아왔을 때 하란은 예상외로 차분하고 냉정한 자세로 돌아와 있었다.

이튿날 하란은 학교에 나갔다. 교장을 만나고 다시 나올 것을 결정한 뒤 교무실로 돌아왔다.

"문 선생, 반갑습니다."

"고생문이 훤합니다."

옛날의 동료들이 각기 한마디씩 던지며 환영의 뜻을 표한다. 그러한 분위기는 하란의 마음을 얼마간 무마시켜 주는 것이 되었다.

벌써 퇴근할 차비를 물린 한영진이,

"나가실까요?"

하란은 한영진을 따라 나왔다. 옛날 그대로의 학교, 복도에서 꼬물거리고 있는 생도들, 새삼스럽게 감회가 새로워진다. 교문을 나서자,

"선생님? 저, 저녁 사겠어요."

"사주세요."

한영진은 사양하지 않았다. 그들은 명동으로 나갔다.

"아직 저녁 하기엔 좀 이르죠?"

한영진이 물었다.

"좀 이른 것 같은데요."

"다방에 가서 좀 기다릴까요? 차는 제가 사죠."

"좋으시도록."

"기왕이면 은전다방으로 갑시다. 혹시 박현태를 만날지도 모르고요."

"박 선생님은 요즘 어떻게 지내시는지."

박현태의 말이 나온 김에 물었다.

"그 사람이야, 뭐 근심 걱정이 있습니까? 노래와 술, 그것만 있음 인생은 언제나 장밋빛이죠. 하하하⋯⋯."

노래와 술, 그리고 여자라 하려다가 하란에 대한 예의상 여자라는 말은 그냥 쑥 빼어버린다.

은전다방 앞에 왔을 때 한영진은 레이디 퍼스트를 발휘하여 걸음을 멈췄다. 그리고 하란이 먼저 들어가기를 기다린다. 하란은 다방에 들어서면서 허세준과 만나던 바로 그곳인 것을 깨달

았다.

자리를 잡고 앉았을 때 한영진은 분주히 레지를 불러 차를 주문하였다.

"여기 음악인들이 더러 나오죠."

무심코 한 말이었다. 그러나 듣는 하란의 마음이 무심할 수는 없었다. 한영진은 하란의 기색을 알아차리고 아뿔싸 하고 후회하였으나 입 밖에 나가버린 말을 도로 잡아넣을 수는 없었다.

'그렇지. 그 어느 날 밤에 형숙일 이곳에서 만났었지. 그리고 그날 밤 세준 씨를 뿌리치고 집으로 달려갔었다. 그분이 집에 와 있으리라는 희망 때문에.'

하란은 서글프게 마음속으로 웃었다. 그날 밤이 회상되는데 이상스럽게도 아무런 노여움도 일지 않았다. 슬프지도 않았다.

한영진은 서툰 짓을 했다고 생각하였다. 그렇다고 해서 이곳에 수영은 나타나지 않는다고 말할 수도 없었다. 그것은 하란을 모욕하는 것이 된다.

'장솔 옮길까?'

곰곰이 생각에 잠겨 있는 하란을 바라보기가 답답하였다.

"박 군이 오늘은 안 나올려나?"

혼잣말처럼 뇌고 슬며시 시계를 들여다본다. 그냥 불쑥 나가자고 할 수 없었던 것이다.

"나가보실까요? 안 나오는 모양입니다."

"아니 이제 갓 왔는데요? 좀 기다려봅시다. 박 선생님 오시면 같이 저녁을 하게요."

하란이 그러는 데야 이의가 있을 수 없다. 한영진은 엉덩이를
들었다가 도로 놓았다.

다방 안에는 남미의 어느 나라의 민요 같은 가락이 쓸쓸하게
흘러나오고 있었다. 약 이십 분가량 지났을 때 박현태가 나타
났다.

"드디어 나타나셨군."

한영진이 흥, 하고 웃었다. 그러나 박현태는 누구를 찾는지
둘레둘레 사방을 살핀다.

"이거 원시안인가? 바로 옆에다 아는 사람을 두고 몰라보다
니? 도대체 누굴 찾는 거야?"

"어!"

박현태는 비로소 하란과 한영진을 발견하고 놀란다.

"웬일이세요."

박현태의 눈은 하란의 얼굴을 더듬었다.

"자넬 기다리고 있었단 말이야. 문 선생이 취임의 자축으로
저녁을 사시겠대."

"음?"

"아주 어마어마하게 말씀하시네요."

하란이 웃는다.

"학교에 나가시게 됐어요?"

"네."

300

"잘되었군요."

박현태는 그렇게 말하면서 자꾸 문 있는 곳을 바라본다.

"누구하고 약속이 있나?"

그 눈치를 알아차리고 한영진이 묻는다.

"아, 아니, 그럼 나가십시다."

박현태는 자리에 앉지도 않고 서둔다. 밖으로 나온 박현태는,

"사실은 미스 윤하고 형숙이가 나오기로 했거든."

살그머니 귓속말로 속삭였다.

"음? 그럼 미스 윤이 오면 어떡허지?"

"어떡하긴? 기다리다가 가겠지."

"공연히 성사된 일이 또 빠그라지면 어떡하나? 자넨 그럼 가게."

"아냐, 괜찮아. 심각하게 생각할 필요는 없어."

"형숙인 또 왜 따라오는 거야? 고거만 없음 미스 윤하고 합석해도 좋은데……."

"형숙이고 뭐고 쑥스럽게 합석은 무슨 합석?"

"역시 하란 씨의 비중이 크군그래. 그러다가 결혼하여 수영이처럼 가정 비극에 빠지면 큰 탈이지."

"그따위 소리는 그만두고 가자."

앞서가던 하란이 돌아섰다. 늑장을 부리는 남성을 기다리는 것이다. 그로써 그들의 낮은 대화는 중단되고 말았다.

학교에서 돌아온 하란은 아직 단련이 되지 못하여 그런지 몹시 피곤하였다. 밤에도 잠이 오지 않고 다리가 쑤셨다. 하는 수 없이 일어나 책상 앞에 앉았다. 벌써 열한 시가 지나려고 하는데 좀처럼 잠은 오지 않을 모양이다. 집안 식구는 다 잠이 들었는지 괴괴하고 사발시계 소리가 유난스레 귀에 거슬린다.

'안 되겠다. 억지로라도 잠을 자야겠다.'

하란은 불을 끄고 자리에 들었다. 그가 막 자리에 들자마자 밖에서 따르릉 하고 전화벨이 요란스럽게 울렸다. 조용한 밤인 만큼 그 소리는 귀청을 뚫는 듯 시끄러웠다.

"어디서 밤중에 전화가 오나?"

하란은 불길한 예감이 들어 이불을 젖히고 밖으로 나가 수화기를 들었다.

"아버님 빨리 바꿔!"

뜻밖에도 수영의 외치는 듯한 목소리였다.

"아버님은 지금 주무세요."

하란이 쌀쌀하게 대답을 하자,

"바꾸라면 바꿔!"

전화통이 터질 듯 외친다. 하란은 심상찮은 일이 생긴 것을 직감하였다. 하란은 수화기를 내려놓고 안 박사를 깨웠다. 안 박사는 하란이 보기가 민망하였던지 투덜투덜하며 나왔다.

"밤중에 웬일이냐."

"아, 아버지, 빨리, 상록 아파트까지 오, 오십시오."

"왜 내가 거길 가니?"

"형, 형숙이가 죽게 되었어요."

"의사를 부르렴. 내가 무슨 상관이냐."

그렇게 말하기는 했으나 안 박사의 안색은 변하였다.

"아버지가 오시잖으면, 저 제 얼굴 다 보신 줄 아세요!"

발광하듯 외친다.

"대관절 무슨 병이냐?"

"총, 총을 맞았어요."

수영은 어떻게 할 바를 모르는 듯 소리 질렀다.

"가마."

수화기를 놓는 안 박사의 수염이 떨렸다. 한숨과 더불어 하란
의 얼굴을 물끄러미 쳐다보더니 아무 말 하지 않고 방으로 들어
갔다. 얼마 후 옷을 갈아입은 안 박사는 의료기구가 든 가방을
들고 나왔다. 그는 하란의 집요한 눈길을 피하면서,

"나 잠시 다녀오마. 걱정 말고 있어라."

이 소동에 쫓아 나온 신 여사에게 눈짓을 하고 나간다.

상록 아파트에 안 박사가 갔을 때 형숙은 인근에 있는 B병원
으로 실려 가고 없었다. 물론 수영도 없었다. 사람들이 모여든
형숙의 방에는 경관들만 왔다 갔다 하고 있었다.

"어떻게 된 겁니까?"

안 박사가 아파트를 지키는 노인에게 물었다.

"글쎄올시다. 잘 모르지만 어떤 사나이가 와서 그 여자의 애

인을 쏘려고 한 것을 그 여자가 막아서서 총을 맞은 모양입
니다."

안 박사는 수영이가 쏘지 않았다는 것을 알았다. 떨려오던 가
슴이 얼마간 진정되기는 했다.

"상처는?"

"아마 살지는 못할걸요? 가슴 한복판을 맞았으니까요."

노인은 자기 가슴에다 손가락질을 하였다.

'망할 놈! 기어이 계집 때문에 신셀 망치는구나. 내일이면 대
문짝만한 기사가 신문에 나겠지. 그 꼴 좋다. 망할 놈!'

안 박사는 발길을 돌리며 중얼거린다. 그러나 그는 집으로 돌
아가지 않고 자동차를 잡아 B병원으로 갔다.

수영이 복도에 고개를 떨어뜨리고 서 있었다. 얼굴은 거의 흙
빛이었다. 수영은 안 박사를 보자 쫓아왔다. 그리고 안 박사의
소매를 꼭 잡으며,

"아버지! 형숙일 살려주세요, 살려주세요."

하고 소리쳤다. 그러나 안 박사는 아무 말없이 아들의 얼굴을
노려보더니 수술실로 들어갔다.

"나 안원석이오."

우선 안 박사는 자기의 신분을 밝혔다. 젊은 의사는 저명했던
외과의 안 박사를 이내 알아보았다.

"아, 선생님께서……."

하더니 그 젊은 의사는 설레설레 고개를 저으며,

304

"선생님, 희망이 없습니다."

안 박사는 그렇게 말하는 젊은 의사를 밀어내고 피투성이가 된 형숙 앞에 가서 우뚝 멈추어 섰다. 한참 내려다보고 서 있던 안 박사는 형숙의 앞가슴을 헤쳤다. 총구멍! 벌죽벌죽 피가 솟구쳐 나온다. 가망이 없음을 한눈에 알 수 있었다.

형숙은 흐려지는 의식을 되살려 보려는 듯 발버둥 쳤다.

"서, 선생님, 수, 수영 씨이……."

그러나 그 외침은 입 속에서 사그라진다. 허공을 잡듯 손을 휘두른다. 안 박사는 잠시 눈을 감았다가 복도로 나왔다.

"마지막이야! 임종이나 보아주어라!"

나무 막대기 같은 수영을 떠밀어 주고 안 박사는 병원에서 뛰쳐나왔다.

수영은 방심한 사람처럼 안 박사의 뒷모습을 쳐다보다가 미친 사람처럼 수술실로 뛰어갔다.

"형숙이!"

그는 형숙을 안고 흔들었다. 간호원과 의사는 외면을 하였다. 창밖은 칠흑처럼 검었다. 싸아! 하고 비가 쏟아진다. 빗소리 속에 형숙을 부르는 수영의 목소리가 음산하게 울린다.

형숙은 임종의 말 한마디 못 하고 목구멍에서 이상한 소리가 킬킬 하고 몇 번 나더니 숨을 거두고 말았다.

이튿날 조간에 이 사건은 크게 보도되었다. 가해자는 모 정보 기관에 있는 유현준이라는 사나이였다. 형숙이 유명한 가수요 수영이 역시 장래가 촉망되던 작곡가였던 만큼 사회의 물의는 컸다.

신문에 사건이 보도된 그날 저녁때 한영진과 박현태는 만났다. 수미가 죽었을 때도 그들은 말없이 다방에서 만났지만 이번에 받은 충격보다는 크지 않았다.

"형숙인 정말로 수영을 사랑했나 부지?"

박현태가 푸듯이 뇌었다. 한영진이 고개를 끄덕인다.

"죽고 보니 불쌍한 여자다. 그러나 하란 씨가 더 불쌍해. 수영이 가슴엔 골병이 들었을 테니까."

"오늘 학교에도 안 나왔더군. 인연 아닌 사람들이 만나……이건 비극이지."

"인연도 인연이려니와 걸려든 사람들이 모두 지나치게 심각했어. 집착이 너무 강했단 말이야."

"그러나저러나 수영이 말이 아닐세. 대체 어떻게 될까? 그 미치광이 같은 성격이 문제야."

"세월이 약이란다. 차차 사노라면 잊어지겠지."

"그건 자네 같은 인간에게나 적용되는 말이지."

"아, 따라 죽을 수 없고 살려면 잊어야지."

"말이 쉽지. 싫어서 헤어졌다면 몰라도 사랑하는 여자가 자길 대신하여 죽었다고 생각해 봐. 정말 평생을 두고 못할 노릇이지."

"아무튼 더럽게 걸렸어. 그놈도 지독하지. 아 나처럼 뺨이나 몇 차례 갈겨주고 말 것이지, 니 죽고 내 죽자는 그런 어리석은 놈이 어디 있어?"

"내가 뭐랬어? 형숙이 잘못 걸렸다고 일전에 내가 말하지 않았나."

"그럼 진작 충고를 해줄 것이지 이제 와서 그따위 말 무슨 소용인고?"

주거니 받거니 말을 하였으나 그들의 마음은 어둡다.

그러나 시일이 지나감에 따라 그 이채로웠던 사건은 차츰 사람들의 뇌리에서 사라지기 시작하였다. 다방에서나 학교에서도 그것을 화제로 삼는 사람은 별로 없었다. 다만 수영만은 아물 수 없는 상처를 안고 마치 박쥐처럼 밤이 되면 거리에 나타나 바를 쏘다녔다. 학교도 그만두게 되고 음악도 내던져 버린 수영은 집 잃은 개마냥 거리거리를 밤마다 헤매어 다니며 형숙의 이름을 부르는 것이었다. 여름은 가고 우수수 가을바람이 불어왔다. 가로수는 붉게 물들고 가로에 한 잎 두 잎 떨어지기 시작한다.

'결국 나는 죽는군요, 먼저……'

가슴을 움켜쥐고 소파에 푹 쓰러지면서 형숙은 외쳤다. 그 목소리를 수영은 잊을 수가 없다.

'결국 나는 죽는군요, 먼저……'

바람 소리에 따라 귀청을 두들기는 형숙의 목소리, 수영은 그 목소리를 듣기 위하여, 잊어버리기 위하여 술을 들이켠다. 우연히 바에서 만난 학교의 동료 한 사람이 마구 술을 들이켜는 수

영의 모습이 하 딱하여,

"안 형, 어쩌자구 그러우?"

하며 힐난조로 말을 하자 눈이 착 가라앉은 수영은,

"뭐, 건방지게. 너 따위가 뭘 알어!"

뺨을 호되게 갈긴다.

"이거 환장했구려."

화가 난 동료는 뺨을 움켜쥐고 수영을 노려본다. 수영은 술
잔을 와사삭 주먹으로 내리치더니 카운터에 엎드려 운다. 마치
짐승처럼 우는 것이었다. 그러나 수영은 어느 눈 내리는 날 집
으로 돌아갔다. 바바리코트에 쌓인 눈을 털며 들어서는 수영의
모습은 뼈만 남은 듯 앙상하였다. 순이가,

"아저씨 오셨어요!"

하고 집 안에다 소리를 쳤으나 안 박사도 하란이도 신 여사도
나오지 않았다. 각기 자기네들 방에 앉아 창밖에 내리고 있는
눈을 바라보고 있었다. 희만이 쫓아왔다. 오래간만에 돌아오는
수영을 잊지 않았던지,

"아빠? 어디 갔댔어? 나 아빠 보고 싶어 혼났어."

하며 팔에 매달렸다. 그러나 수영은 희를 조용히 밀어내고 혼자
자기 방으로 들어갔다.

모든 것은 옛날 그대로다. 다만 변한 것은 사람뿐이었다.

'형숙이.'

수영은 창가에 서서 담배를 붙여 물며 나직이 불러본다. 형숙

은 아무 곳에도 있지 않았다. 눈만 휘날리고 있었다. 차갑게 쓸쓸하게. 한편 하란은 묵념하듯 방에 그대로 앉아 있었다.

'돌아왔다. 허울만이 돌아왔다.'

허황한 바람이 지나가는 것을 하란은 느낀다.

'만나고 헤어지고 바라는 대로 살지 못하는 인간들이라면 이런대로 질서를 찾을 수밖에 없다.'

하란은 조용히 일어서서 부엌으로 나갔다.

"순아? 장에 갔다 온."

얼마간의 돈을 주어 계집아이를 시장에 보낸 후 하란은 쌀을 씻고 반찬 준비를 하는 것이었다. 수영이 돌아왔기 때문에 신이 나는지 계집아이는 숨을 할딱이며 찬거리를 사가지고 이내 돌아왔다.

"오늘은 식당에서 모두 같이 저녁을 할 테니까."

하란은 계집아이에게 말하고 고기를 썰었다. 저녁식사 때 가족은 실로 오래간만에 식당에 모였다. 수영은 형숙의 영상을 안고 하란은 허세준의 추억을 간직한 채 이 상반된 인간과 인간이 모인 가정이란 질서 속에서 그들은 조용히 대면하는 것이었다.

어휘 풀이

- 페치카[pechka]: 러시아와 만주 등 추운 지역에서 사용되는 벽난로를 가리키는 말.

- 붙안다: 두 팔로 부둥켜안는 일.

- 그러구러: 그럭저럭 시간이 흘러가는 모양을 뜻하는 말.

- 비루[ビール]: '맥주(beer)'를 뜻하는 일본식 표현.

- 가등: 거리에 있는 조명이나 교통안전, 미관을 위해 길가에 설치해 둔 등을 이르는 말.

- 자세자세: '아주 자세히'를 뜻하는 말.

- 데카당[décadent]: '퇴폐', '타락'을 의미하는 불어로, 19세기 후반의 시인들을 뜻한다. 구체적으로는 프랑스 상징주의, 영국 심미주의 시인들을 지칭하는 말이다.

- 코케트[coquette]: '요부'를 가리키는 말.

- 박모: 해가 지고 난 뒤 어스레한 시기.

- 딱따기: 밤에 화재나 범죄 등이 없도록 돌아다닐 때 딱딱 소리를 내게 만든 두 짝의 나무토막.

- 율리시스: 소설 『오디세이』 주인공 '오디세우스'의 라틴어 이름.

- 피뜩: 어떤 생각이나 모습이 갑자기 떠올랐다가 사라지는 모양을 의미하는 말.

작품 해설

견고한 제도,
사랑으로 균열을 만들다

서현주(평택대 공연영상콘텐츠학과 겸임교수)

한 남자를 사이에 두고 상반된 성향의 두 여자가 사랑을 얻기 위해 고투하면서 자신의 진실한 모습을 찾아가는 『성녀와 마녀』는 1960년 4월부터 1961년 3월까지 여성 잡지 《여원》에 연재되었던 장편소설이다. 작가는 이 작품을 통해서 여성을 그리려고 고집하는 것이 아니라 인간을 그려보고 싶었다고 말한다. 1960년대 한국 사회는 1950년대 한국전쟁의 암흑기를 지나면서 폐허 속에서 새로운 가치를 만들고 잃어버린 자존을 되돌아보면서 자구책을 모색하던 때이다. 기존의 기성작가들이 보여주었던 윤리나 가치를 성찰적으로 응시하면서 전쟁의 상흔으로 인해 피해의식과 무의지에 함몰된 인간형이 아니라 새로운 인간상의 창출에 주목했다. 이에 박경리 소설의 인간 유형은 여성의 이름이되 인간의 본질적인 정체성의 탐색이라는 데에서 의미를 찾을 수 있다.

이 작품은 남녀가 애정의 삼각관계를 보이고, 출생의 비밀로 작품의 주요 서사가 결정되며 인물이 대비적으로 묘사되는 흥미로운 요소로 인해 영화(1969년 5월 10일 개봉, 97분, 나한봉 감독)로 상연되고 드라마(2003. 9. 22.~ 2004. 4. 24. 183부작)로도 방송되었다. 최근 매체에서 다루는 남녀의 등가적이며 자본주의적인 사랑이 아니라 낭만적 사랑을 다룬다는 점도 시청자나 관객으로 하여금 추억을 소환하기에 안성맞춤일 것이다.

그러나 이 작품의 두 주인공 오형숙과 문하란은 멜로적 요소에 충실한 통속적인 사랑과는 거리를 둠으로써 이 작품의 진가를 보여준다. 흥미로운 요소를 갖되 인물을 단순하게 묘사하지 않음으로써 인간의 정체성과 사랑의 본질에 대한 진지한 질문을 가능하게 한다. 그리고 더욱 매력적인 부분은 두 인물이 다르면서 같은 점이 있으며, 상실과 회복이 맞물리고 한 남자를 사이에 두고 격렬한 감정이 요동하지만 절제와 격조를 잃지 않는다는 것이다. 박경리 작가 특유의 결벽증의 여성 인물과 연결하여 작품을 읽어보아도 또 다른 묘미를 느낄 수 있다.

매력과 마력

매력과 마력, 작가는 동전의 양면처럼 둘을 혼용한다. 형숙이

태생적으로 가진 신비하고 매력적인 눈과 목소리는 매혹적이다. 이 눈과 목소리에 안수영이 '자기를 잃은 채' 빠져들 듯이 안수영의 아버지 안 박사는 형숙의 어머니인 기생 오국주에게 빠져들었다. 그러나 형숙의 아름다움을 선망의 시선으로 볼 때는 매력이지만 이성과의 관계에서 사로잡히고 사로잡는 데 우위를 논하려고 하면 마력이 된다. 여기에서 주목할 부분은 매력의 원천이 눈과 목소리, 즉 시각과 청각이라는 것이다. 다섯 가지 감각 중에서 시각은 가장 먼 감각이며 문명적이다. 그다음 먼 감각은 청각이다. 촉각이 가장 가까운 감각이고 본능적이라는 것을 떠올려 본다면, 눈과 목소리로 매력을 설득하는 것은 관념적이며 취향의 문제로 빠질 수 있다. 이를테면 안수영과 안 박사의 취미 유전 정도로 말이다.

실제로 작품에서 형숙과 대결 구도를 보이는 것은 안수영이 아니라 안 박사이다. 형숙은 "안 박사를 빤히 쳐다"보며 "조금도 주저하는 빛이 없는 눈이다." "오히려 수영이 민망한 듯 이리저리 눈 둘 곳을 찾"을 정도이다. 그리고 형숙이 자신의 행로를 바꾼 것도 "안 박사한테서 자기의 비밀을 들은 후 미국에 가려고 수속을 밟은 것"이다. 이에 더해 안 박사는 형숙이 친구인 수미의 장례식에 애도를 표하기 위해 찾아왔을 때도 노여움과 심술로 "왜 왔어!" 하며 면박을 준다. 이런 연유로 형숙은 수영과의 결혼도 포기하고 연애를 택하며 안 박사에게 복수를 결심한다. 형숙이 수영과의 결혼을 거부하는 것은 당연한 수순이다.

가족이 되면 대결 구도에서 상하 관계로 전락하며 가부장적 제도에 편입되어 인형의 삶에 지나지 않게 되기 때문이다.

형숙의 나쁜 피—출생의 비밀이 수영에게는 제약이 되지 않지만 안 박사에게는 강하게 거부됨으로써 형숙은 결혼을 포기한다. 결혼을 포기하는 데에 그치는 것이 아니라 형숙은 삶의 방향까지 바꾸게 된다. 출생의 비밀을 알기 전에 형숙은 수영을 사랑하되 희롱했으며 영원히 내 것이라고 소유를 역설하고 아무도 빼앗아 가지 못한다고 독설했다. 싫어서 버렸음 버렸지 자신의 것을 빼앗긴 적이 없다고 했다. 그러나 출생의 비밀을 안 이후에는 박현태와 연인 관계를 연출하고 수영을 밀어내면서, 수영이 결혼을 하자 박현태와의 결혼을 해소하고 유학길에 오른다.

유학을 다녀와 성공한 모습으로 안수영 앞에 나타난 형숙은 안수영을 유혹하는데, 그 유혹은 처절하다. 자본도 예술적 성취도 가부장제 앞에서는 소용없는 것이어서 유학파라는 카드는 수영과의 만남의 기회를 만들 수 있는 정도에 지나지 않다. 그리고 결혼제도 속으로 떳떳하게 편입되어 수영과의 관계를 만들어가는 것이 아니라 창부로서 수영을 상대한다. 출생의 비밀을 알기 전에는 "정신적인 요부였고, 육체는 그야말로 성처녀"였던 형숙은 그 이야기를 들은 후 "육체의 요부가 되고 정신은 성처녀"가 된 것이라고 말한다.

형숙은 육신과 정신의 분리로 1960년대 한국 사회의 규율에 맞서지만, 이 처절한 사투가 한국 사회의 규율에서 벗어나는 것이 아니라 오히려 함몰되어 있다. 육신과 정신의 분리는 나쁜 피에 대한 인지에서 출발하기 때문이다. 그러면서 창녀의 딸, 부모를 부정하지 않으면서 자신의 정체성을 인정받기 위해 결혼제도가 아니라 사랑을 전제한 연애를 선택한다. 사회제도에 순응하면서 자신의 사랑을 지켜내기 위한 처절한 몸부림은 창녀를 연기함으로써 비극을 고조시킨다. 이러한 창녀 연기를 육신의 자유라는 그럴싸한 이름으로 명명하지만 육신과 정신을 철저하게 이분화하려는 몸부림의 표현이다. 자신의 정체성을 인정하고 잊지 않고 자기를 지키려고 자학적 창녀 연기까지 하는 것이다.

형숙이 생각하는 사랑은 낭만적이며 대등한 것이다. 그러나 출생의 비밀, 신분 앞에서 사랑은 무력해진다. 때문에 형숙은 사랑을 통해 결혼제도에 편입되는 것을 거부하고 연애 관계를 선택한다. 너의 세계와 나의 세계를 서로 인정하며 행동의 자유를 전제한 형숙의 연애 관계는 선진적이어서 연극과 궤변이 필요했으며 애정을 양껏 표현할 수 없었다. 『토지』의 용이처럼 애정 표출의 욕망을 짓누르고 애인을 잃을 수도 있다는 각고를 다져야 했다. 이러한 형숙의 태도는 주체적이긴 하되 수영과 의사소통적 대화를 하고 있다기보다 선언적 발언으로 일관한다. 수영에게 분석적이며 설명적으로 발화하는 형숙은 지적 언어와 관념적 이지를 보이는데, 이는 남성의 세계에 남성의 발화 형태로 맞서는 것이라고 볼 수 있다.

이를테면 '싫다'(열등감과 자기혐오, 동정을 받아가며 유전적 사실을 엄폐하는 것, 비열하고 비굴한 것)는 표현을 강조한다. 형숙은 자기혐오나 자기부정 없이 당당한 존재로 타자로부터 동정을 받거나 열등감에 사로잡혀 있지 않은 대등한 개별자로서 사랑하길 바란다. 빼앗겨 본 일이 없다, 느낌에 순응할 수밖에 없다, 감정도 개혁시킬 수 없다, 피차 아무 부채도 없다, 자유를 피차 침범할순 없다, 마음을 들여다볼 수 없다, 마음의 양은 같을 수 없다, 어머니를 잊은 적은 없다, 이 순간처럼 미더운 건 없다 등 '없다'의 표현 방식으로 단호하게 자신의 의사를 발화한다. 아울러 숙녀가 아니다, 구애받지 않는다, 나는 안 선생님이 아니다, 요조숙녀로서 사랑받고 싶지 않다, 마음을 이해해 달라고 하지도 않는다, 아내가 아니며 노예도 아니다 등의 부정 표현으로 자신을 타자와 변별한다.

작품의 말미에서 형숙은 수영을 살리기 위해 대신 총을 맞아 죽는다. 형숙이 택한 방탕한 자유와 연기의 결과는 복수 실패가 아니다. 수영과 안 박사의 여생에 새긴 형숙의 죽음이 이를 증언한다. 수영은 형숙이 자기 대신 총을 맞아서 살게 된 죄책감의 여생, 수영의 그 여생을 죽을 때까지 지켜보며 견뎌야 하는 안 박사의 여생, 이만하면 복수는 성공적이다. 그러나 죽음으로 종결되는 복수가 형숙에게 어떤 의미가 있을까. 목숨을 바쳐서라도 안 박사와 한국 사회의 규율에 흠집을 내고 존재를 각인시키는 데는 의미가 있다. 가부장 중심의 사회에서 여성을 통제할 수 있을 때는 매력으로, 현혹되어 사로잡힐 때는 마력으로 호명되는 형숙은 고유한 자신의 정체성을 인정받기 위해 온몸으로 사회와 부딪친다. 그 방식이 한국 사회의 규율에 함몰된 것이고 비소통적 발화라 하더라도 60년대 생동하는 한 여성의 존재 증명은 된 셈이다.

고독과의 고투

하란은 전쟁고아다. 한국전쟁 때 아버지가 납치되고 어머니가 세상을 떠난 후 안 박사의 후원으로 성장하고 선생님으로 취업했다. 성정이 유순하고 조신한 하란이 안 박사에 대한 부채감과 화목한 가정의 갈구는 당연해 보인다. 주목할 부분은 고아의 현실도 결혼의 성사도 하란이 거머쥔 것이 아니라 주어진 현실이라는 데 있다. 때문에 하란에게 고독은 겹겹이 다른 형태로 다가온다. 그러나 그러한 고독 속에서 하란은 자신의 방향을 찾아간다.

첫 번째로 하란이 고독을 느꼈을 때는 수영이 우는 것을 처음 보고서이다. 하란은 이때 "가슴이 조여들고 한없이 고독감을 느"끼며 수영에게 결혼하지 않아도 된다고 선언한다. 수영으로 인한 고독감으로 수영에게 분명하게 자신의 의사를 밝힌다. 두 번째로 느낀 고독은 가족의 상실에 대한 고독이다. 수영이 외도를 하는 상황에서 안 박사는 무감동하며 신 여사는 안 박사에 대한 고민에 집중한다. 이러한 주위의 사정은 하란을 더욱더 고독하게 한다. 울 곳조차 없는 하란은 수미의 망우리 묘지를 찾아가는데, 그곳에서 허세준을 만나 위안을 주고받을 수 있다고 생각한다. 세 번째는 새로운 고독감을 느끼는데, 안 박사과 신 여사가 마주 앉아서 성경책을 읽는 장면을 목도한 때이다. "늙으면 늙은 대로 각기 자기의 반려자를 찾는다는 생각으로 자기 혼자만이 이 끝없는 바다 위에서 정처 없이 헤매어야 한다는" 서글픈 마음이 든다. 이때 마음의 동요를 느끼며 수영도 가족도 아닌 자신의 반려에 대한 고독감에 접어든다.

하란은 사랑보다는 울타리인 가족이 필요했다. 허세준이 "수미와의 결혼을 거절한 이유"가 "올케인 자기 때문"이라는 사실을 수미가 눈치챌까 봐 제일 두려워한다. "비밀만을 지켜나가기에 급급"한 하란은 가정의 와해가 가장 두려운 것이다. 그뿐 아니라 수영이 결혼을 하고 형숙을 만난다는 것을 알면서도 "전 당신을 믿어요. 믿으려고 노력하는 거예요", "당신은 남이 아니에요"라며 수영을 돌려세우려 하며 수영이 집에 들어오지 않을 때조차 초점을 두는 것은 '이 집에서 나는 나가야 하나?'이다. 형숙을 마주쳤을 때도 증오의 감정보다 안도를 느끼며 만일 같이 온 남자가 수영이었다면 자기 자신은 무엇이 되겠는가에 생각이 미치며 형숙은 저렇게 다른 남자와 만나고 있으니 남편은 필시 집에 돌아왔으리라는 생각에 허세준을 밀치고 서둘러 귀가한다. 수영이 하란을 원수를 바라보듯 하고 타인의 눈으로 보며, 고통의 존재로 인지하게 하고 쓸데없는 인간으로까지 자존감을 무너뜨리는데도 하란이 이 가정을 깨지 못하는 것은 그만큼 하란에게 가정이 중요하다는 의미이다.

자의식이 과잉되어 자기에 대한 분노와 증오를 보이는 하란은 감정이 먼저 표출되고 이 감정을 통해 자신을 인지하는 사람이다. 자기검열과 스스로 가련해하는 자기연민을 느끼며 가계를 지속하던 하란에게 허세준에 대한 사랑의 감정은 가족을 떠나서 자존을 찾아갈 수 있는 통로가 된다. 버림을 받은 두 남녀가 서로 위안을 주고받는 것에서 허세준이란 존재가 한 가닥의 위안이 되고 있음을 깨닫게 된다. 허세준의 간절한 청을 물리치고 그를 만나러 가지 않은 하란은 가만히 누워서 왜 만나러 가지 못하였는가 생각하며 그 이유가 분명치 않음을 인지한다. 이러한 인지는 가족의 끈을 놓아버림을 의미한다. 허세준이 자기의 행동을 일종의 동정으로 받아들인 것 같기도 하여 마음이 언짢았던 것과, 허세준과 같이 있을 때 수영을 만났지만 동요하지 않은 침착한 태도가 이를 뒷받침한다. 허세준이 외국으로 떠남으로써 사랑을 자각하지만 하란의 성정에 만나지는 못하니, 이별로 그리움의 대상이 되는 게 나을 수도 있겠다.

가족이라는 울타리에 집착했던 하란의 이러한 변화는 며칠을 앓고 난 후 변해야겠다는 자각에서 비롯된 것인데, 자신의 행동에서 스스로 당황한다. 변해야 한다는 생각으로 취직을 알아보러 나왔다가 허세준을 만나자 "아, 허 선생" 하며 자기의 생각 밖으로 목소리가 드높은 데 하란은 당황한 것이다. 또한 허세준이 "저를 만나주십시오"라고 하자 "어떻게요?"라며 자기도 모르게 말한다. 물론 이때 하란은 허세준에 대해 자신이 느끼는 슬픔을 사랑이라고 인지하지 못하고 친근감이라고 생각한다. 하란의 변화의 시작은 자신의 감정을 표출하는 데서 비롯되는 것인데, 종국에는 "시원스럽게 내 몸 하나 처리해 버리는 것이 옳은 일"이라는 생각에서 "모든 것 버리고 사는 날까지 살아보자"로 바뀌는 독립적인 개별자로 변모하게 된다.

영영 떠나버리고 만 허세준을 위하여 하란은 우는 것일까? 불행하였던 그 사나이를 위하여 하란은 뼈에 사무치게 지금 울고 있는 것일까? 아니었다. 하란은 자기 자신을 울어주고 있는 것이다. 어쩌면 하란은 허세준을 사랑했는지도 모른다. 외곬으로 쏟아져 나오던 허세준의 무서운 정열에 하란은 마음의 문을 열어놓았는지도 모른다. 그 거칠고 우악스러웠던 사랑의 표현은, 수영에게로만 흘러가던 하란의 물줄기를 결국 끊어놓고야 말았는지도 모른다.

허세준이 떠나버린 지금에 와서 하란은 그러한 것을 뚜렷이 느꼈다.

'위선자, 불쌍한 위선자여.'

(중략)

하란의 마음에는 아무런 죄의식도 자존심도 없었다. 실로 대담한
자기 표시이었던 것이다. 외곬으로 흘러간 허세준의 애정처럼, 그
러나 지금은 없는 사람인 그에게 하란은 대담하게 애정을 표시하
고 있는 것이다. (294~295쪽)

하란은 "만나고 헤어지고 바라는 대로 살지 못하는 인간들이
라면 이런대로 질서를 찾을 수밖에 없다"라고 현실을 담담하게
받아들이며 가정생활에서 사랑을 뺀 생활을 유지한다. "수영은
형숙의 영상을 안고 하란은 허세준의 추억을 간직한 채 이 상반
된 인간과 인간이 모인 가정이란 질서 속에서 그들은 조용히 대
면하는 것이었다." 희에게는 부모의 이름으로, 안 박사에게는
자식의 이름으로 말이다. 그러나 이때 하란은 더 이상 가족에게
의존적인 존재가 아니라 자신의 반려(허세준)를 찾은 독립적인
존재이다.

형숙이 자신의 생각과 신념으로 표정과 제스처를 취한다면
하란은 자신의 감정 표출을 통해 자신을 인지한다. 때문에 형숙
은 표변하는 태도를 보이며, 하란은 자기성찰적 태도를 보인다.
하란(감정 노출)과 형숙(나쁜 피)의 공통점은 동정받고 경멸받는 것
을 싫어한다는 것이다. 또한 하란과 형숙은 안수영과 감정적 교
류나 소통이 잘 안 된다. 형숙은 결정론적으로 이야기하며, 하

란은 감정 노출을 기피한다. 이는 60년대 낭만적인 사랑도, 가부장제하의 사랑도 진정한 소통이 안 된다는 것을 비판적으로 보이는 것이다. 비천한 여자가 되기도 싫어한다. 하란은 "수영을 믿지 못한다면 자기는 아주 천한 여자로 떨어질 수밖에 없"기에 억지로 그를 믿으려 하는데, 이는 결국 자기를 위해서 믿는 것에 가깝다.

자신의 위치와 정체성을 파악하는 데 중요한 사람은 형숙에게는 안 박사이며, 하란에게는 허세준이다. 안 박사와의 대결 구도와 함께 비밀을 알고 난 후 형숙은 바뀐다. 감미로운 슬픔과 추억, 사랑을 얻은 인물은 하란이다. 형숙이 스스로를 정신의 성녀라고 정의했을 때 이는 사랑의 대상인 타자에 초점을 맞춘 성녀다. 하지만 하란은 사랑의 대상을 떠나서 사랑을 하는 자기 자신에 대한 풍요를 얻은 것이어서 오히려 고독감에서 벗어나 일상을 영위할 수 있는 힘을 얻은 셈이다. 형숙의 출생의 비밀을 발설하고 형숙의 죽음을 맞는 안 박사는, 형숙의 출생의 비밀을 발설한 것과 하란을 결혼시킨 것에 대한 성찰을 보인다. 안 박사의 이러한 변화는 견고한 사회제도에 형숙이 죽음으로 균열을 만들고 있음을 반증한다.

성녀와 마녀

초판 1쇄 인쇄 2023년 12월 1일
초판 1쇄 발행 2023년 12월 13일

지은이 박경리
펴낸이 김선식

경영총괄이사 김은영
콘텐츠사업2본부장 박현미
책임편집 한나래 **디자인** 정명희 **책임마케터** 문서희
콘텐츠사업6팀장 임경섭 **콘텐츠사업6팀** 한나래, 임고운, 정명희
편집관리팀 조세현, 백설희 **저작권팀** 한승빈, 이슬, 윤제희
마케팅본부장 권장규 **마케팅4팀** 박태준, 문서희
미디어홍보본부장 정명찬
브랜드관리팀 오수미, 김은지, 이소영
뉴미디어팀 김민정, 이지은, 홍수경, 서가을, 문윤정, 이예주
크리에이티브팀 임유나, 박지수, 변승주, 김화정, 장세진, 박장미
뉴미디어팀 김민정, 이지은, 홍수경, 서가을
지식교양팀 이수인, 염아라, 석찬미, 김혜원, 백지은
브랜드제휴팀 안지혜
재무관리팀 하미선, 윤이경, 김재경, 이보람, 임혜정
인사총무팀 강미숙, 김혜진, 지석배, 황종원
제작관리팀 이소현, 최완규, 이지우, 김소영, 김진경, 박예찬
물류관리팀 김형기, 김선진, 한유현, 전태환, 전태연, 양문현, 최창우, 이민운
외부스태프 교정교열 유혜림 **본문 조판** 스튜디오 수박

펴낸곳 다산북스 **출판등록** 2005년 12월 23일 제313-2005-00277호
주소 경기도 파주시 회동길 490
전화 02-704-1724 **팩스** 02-703-2219
이메일 dasanbooks@dasanbooks.com
홈페이지 www.dasan.group **블로그** blog.naver.com/dasan_books
용지 아이피피 **인쇄** 한영문화사 **코팅 및 후가공** 평창피앤지 **제본** 국일문화사

ISBN 979-11-306-4772-2 (03810)

• 책값은 뒤표지에 있습니다.
• 파본은 구입하신 서점에서 교환해 드립니다.
• 이 책은 저작권법에 의하여 보호를 받는 저작물이므로 무단 전재와 복제를 금합니다.